中國語言文字研究輯刊

九　編
許　鋏　輝　主編

第13冊
前四史韻語研究（下）

王　冲　著

花木蘭文化出版社

國家圖書館出版品預行編目資料

前四史韻語研究（下）／王冲 著 -- 初版 -- 新北市：花木蘭
文化出版社，2015〔民104〕
目 12+220 面；21×29.7 公分
（中國語言文字研究輯刊 九編；第 13 冊）
ISBN 978-986-404-394-1（精裝）
1. 漢語 2. 聲韻學
802.08   104014810

ISBN- 978-986-404-394-1

中國語言文字研究輯刊
九　編　　第十三冊　　　　　ISBN：978-986-404-394-1

前四史韻語研究（下）

作　　者　王　冲
主　　編　許錟輝
總 編 輯　杜潔祥
副總編輯　楊嘉樂
編　　輯　許郁翎
出　　版　花木蘭文化出版社
社　　長　高小娟
聯絡地址　235 新北市中和區中安街七二號十三樓
　　　　　電話：02-2923-1455／傳眞：02-2923-1452
網　　址　http://www.huamulan.tw 信箱 hml 810518@gmail.com
印　　刷　普羅文化出版廣告事業
初　　版　2015 年 9 月
全書字數　510318 字
定　　價　九編 16 冊（精裝）　台幣 40,000 元　　　　版權所有‧請勿翻印

前四史韻語研究（下）

王 冲 著

第十三章 前四史韻語的韻譜

第一節 韻譜說明

1‧本韻譜根據丁聲樹先生的《古今字音對照手冊》、沈兼士先生的《廣韻聲系》、郭錫良先生的《漢字古音手冊》、鄭張尚芳先生的《上古音系》以及《漢語大字典》、《廣韻》來決定韻字和擬音，而且還依據東方語言學網頁中的上古音和中古音查詢系統來進行校正。

2‧多音字和又音字讀音的取捨，取決於該字所處韻段的具體語境。

3‧兩漢時期，各個韻部的名稱基本採用了王力先生《漢語語音史》當中的先秦、兩漢的韻部名稱，順序也基本上按照王力先生的排列方法。之所以採用這種方法，是因爲其較爲通行，便於稱引。三國以及南朝劉宋時期的韻部名稱，原則上依照《廣韻》的 206 韻來命名操作。

4‧本部字在一起押韻的稱之爲「某部獨用韻譜」，簡稱爲「獨用」；本部字與其它韻部的字在一起押韻的稱之爲「某部合韻韻譜」，簡稱爲「合韻」。

5‧本譜先列獨用，次列合韻。合韻之字，於字後括號內標明其音韻地位。韻字前面或後面括號內的數字分別表示「卷次序號」和「頁碼」、「韻段所在的行數」。例：來、在、裁、之（後漢書－3－142－6），3 表示《後漢書》的「卷

次第三」、142 表示「第 142 頁」、6 表示「第 6 行」。

6‧詩文韻譜的材料是研究共同語音的主體材料，其中可能會涉及到方音的內容，比如韻語中包括了張衡、揚雄等人的詩詞歌賦，本文將其也一律收錄在官話的韻譜之中。這麼做的原因，是因為我們沒有什麼根據說，他們的作品一定是完全用其方音寫作而成的。本文傾向於認為，他們的作品應該多數是用官話創作而成，因為經過千年的流傳，這些作品依然完整地保留下來，這必定是通過官話的影響力，而並非是方言。但是本文也承認，這些作品雖然是用官話創作的，然而其中也一定或多或少地帶有作者的方音色彩。方言中的一般性特徵是共同語因素的表現，而方言所獨有的特徵則是方言和共同語差別的體現。這個問題前文也討論過了。

7‧前四史的語料包括如下的時代層次：

（1）《史記》中先秦的語料。（2）《史記》中西漢的語料。（3）《史記》中東漢的語料。（4）《漢書》中先秦的語料。（5）《漢書》中西漢的語料。（6）《漢書》中東漢的語料。（7）《三國志》中先秦的語料。（8）《三國志》中魏晉的語料。（9）《後漢書》中先秦的語料。（10）《後漢書》中西漢的語料。（11）《後漢書》中東漢的語料。（12）《後漢書》中魏晉的語料。（13）《後漢書》中劉宋的語料。

【說明】

（1）本文將前四史中的所有先秦的語料放在一起研究，即將 1、4、7、9 的語料放在一起。

（2）本文將前四史中的所有西漢的語料放在一起研究，即將 2、5、10 的語料放在一起。

（3）本文將前四史中的所有東漢的語料放在一起研究，即將 3、6、11 的語料放在一起。

（4）本文將前四史中的所有魏晉的語料放在一起研究，即將 8、12 的語料放在一起。

（5）《後漢書》中劉宋的語料，即 13，單獨進行研究。

第二節　前四史的先秦語料韻譜

（一）之獨用

（史記－6－243－3）治、誨、理、志、事、嗣（史記－6－245－1）始、紀、事、子、理、士、海、事、志、字、載（史記－6－246－4）里、止、紀（史記－6－250－3）旗、疑、尤、治、罘（史記－6－249－3）起、罘、海、始、治、紀、理、已、哉（史記－10－428－1）子、母（史記－12－465－6）基、牛、鼎（史記－2－81－3）喜、起、熙（史記－24－1223－3）悔、祉、子（史記－32－1505－8）埋、事、謀、之（史記－28－1392－7）基、牛、鼎（史記－126－3206－10）菑、才（史記－130－3298－1）釐、裏（史記－63－2145－3）仕、志（史記－46－1883－4）芑、子（史記－104－2708－7）使、子、友（史記－79－2424－3）止、有（史記－71－2310－3）鄙、裏（史記－47－1932－4）哉、子、財、宰（漢書－21－983－10）時、始（漢書－25－1228－1）紀、始（漢書－27－1315－4）祀、子（漢書－27－1316－1）事、紀、疑（漢書－23－1098－5）子、母（漢書－24－1121－3）止、子、畝（漢書－25－1255－3）士、茲（漢書－27－1365－2）時、徵（漢書－27－1365－2）佩、旗（漢書－27－1365－2）事、始（漢書－45－2165－3）時、來（漢書－51－2334－1）能、忌（漢書－56－2514－4）子、之（漢書－70－3017－10）喜、祉、久（漢書－65－2858－9）理、裏（漢書－75－3188－5）止、時（漢書－81－3359－11）之、思、哉（漢書－99－4068－5）宰、海（三國－22－650－5）子、止（三國－25－713－7）子、母（後漢書－3－138－4）志、思、矣（後漢書－36－1221－3）時、辭（後漢書－85－2823－2）之、有（司馬彪－2－3026－8）之、已（司馬彪－13－3265－3）時、謀（司馬彪－15－3305－1）祠、祀、時（司馬彪－15－3309－5）子、志、災

【合韻】

1 之魚合韻：（史記－38－1617－1）疑（之之開三平）土（魚姥合一上）（漢書－81－3338－6）祖（魚姥合一上）止（之止開三上）（漢書－85－3467－1）顧（魚暮合一去）宅（之之開三平）（漢書－25－1255－4）顧（魚暮合一去）宅（之之開三平）（史記－62－2132－9）予（魚語開三上）否（之有開三上）

去（魚御開三去）

2 之東合韻：（史記－63－2143－2）同（東東合一平）謀（之尤開三平）

3 之幽合韻：（漢書－27－1465－6）周（幽尤開三平）之（之之開三平）

4 之微合韻：（漢書－48－2246－2）恥（之止開三上）維（微脂合三平）

5 之職合韻：（司馬彪－29－3640－10）子（之止開三上）服（職屋合三入）（史記－4－138－2）備（職至開三去）辭（之之開三平）（史記－6－250－2）極（職職開三入）息（職職開三入）德（職德開一入）怠（之海開一上）（史記－63－2145－2）時（之之開三平）得（職德開一入）（史記－60－2119－7）芷（之止開三上）服（職屋合三入）（史記－122－3131－2）德（職德開已入）有（之有開三上）（史記－129－3253－1）極（職職開三入）食（職職開三入）服（職屋合三入）來（之咍開一平）（漢書－9－292－5）止（之止開三上）國（職德合一入）（漢書－27－1331－11）意（職志開三去）理（之止開三上）事（之志開三去）疑（之之開三平）（漢書－64－2785－3）塞（職德開一入）來（之咍開一平）（漢書－64－2826－5）士（之止開三上）國（職德合一入）（三國－25－698－9）止（之止開三上）國（職德合一入）

6 之物合韻：（漢書－21－961－1）始（之止開三上）物（物物合三入）

7 之至合韻：（漢書－23－1091－2）事（之志開三去）器（質至開三去）（漢書－67－2920－8）事（之志開三去）器（質至開三去）

8 之覺合韻：（漢書－25－1225－8）基（之之開三平）牛（之尤開三平）才（之咍開一平）宿（覺屋合三入）

9 之宵合韻：（漢書－62－2717－13）軞（宵豪開一平）里（之止開三上）

10 之緝合韻：（後漢書－37－1255－4）子（之止開三上）習（緝緝開三入）

（二）職獨用

（司馬彪－2－3026－8）得、息（史記－4－147－7）服、國（史記－6－243－1）飭、服、極、德、式、革、戒（史記－4－141－6）稷、極（史記－6－245－1）富、意（史記－6－245－7）德、極、福、殖、革、賊、式（史記－6－249－5）德、服、極、則、式（史記－6－252－1）息、服、域（史記－38－1613－4）福、極、德（史記－38－1614－1）色、德、福、極（史記－38－1614－5）側、直、極（史記－126－3208－1）極、國（史記－38－1616－1）

德、直、克、福、食、國、式（史記－84－2485－6）食、惻、福（史記－60－2117－7）直、黑（漢書－6－185－6）翼、服（漢書－27－1405－3）德、仄（漢書－27－1465－2）服、國（漢書－27－1494　3）息·國（漢書－27－1316－1）極、德、福、極（漢書－36－1959－3）福、國（漢書－54－2443－10）式、服、服、力、伏、國（漢書－56－2514－4）息、福（漢書－81－3362－4）極、國（漢書－85－3450－2）福、極（漢書－86－3494－3）福、食、國、匿（漢書－94－3744－6）戒、棘（漢書－80－3321－3）德、福（漢書－81－3335－6）翼、極（漢書－77－3255－10）德、極（漢書－74－3139－2）式、服（漢書－65－2870－4）極、國（漢書－63－2745－1）極、國（三國－14－429－8）職、極（三國－36－944－3）棘、極（後漢書－34－1174－2）德、極（後漢書－41－1398－6）福、國（後漢書－54－1780－9）德、職

【合韻】

1 職幽合韻：（漢書－10－309－3）修（幽尤開三平）得（職德開一入）蝕（職職開三入）職（職職開三入）賊（職德開一入）

2 職隊合韻：（漢書－21－983－11）惑（職德合一入）誖（物隊合一去）

3 職鐸合韻：（漢書－27－1508－1）赤（鐸昔開三入）黑（職德開一入）（後漢書－27－938－1）德（職德開一入）格（鐸陌開二入）

4 職屋合韻：（漢書－71－3049－5）德（職德開一入）族（屋屋合一入）

5 職之合韻：見之部

（三）蒸獨用

（史記－68－2235－1）興、崩（史記－118－3098－1）膺、懲（漢書－36－1935－5）騰、崩、陵、懲（三國－53－1245－8）登、崩

【合韻】

1 蒸耕合韻：（後漢書－74－2425－3）勝（蒸蒸開三平）徵（耕清開三平）（史記－126－3208－1）營（耕清合三平）營（耕清合三平）青（耕青開四平）蠅（蒸蒸開三平）（史記－126－3208－1）營（耕清合三平）蠅（蒸蒸開三平）（漢書－64－2838－2）膺（蒸蒸開三平）徵（耕清開三平）（漢書－44－2157－4）膺（蒸蒸開三平）徵（耕清開三平）（漢書－75－3189－4）令（耕勁開三去）騰（蒸登開一平）（史記－20－1027－2）膺（蒸蒸開三平）徵（耕

清開三平）（史記－24－1175－3）成（耕清開三平）興（蒸蒸開三平）

2 蒸冬合韻：（司馬彪－2－3026－9）應（蒸蒸開三平）躬（冬東合三平）

3 蒸陽合韻：（司馬彪－7－3163－1）承（蒸蒸開三平）萌（陽耕開二平）（司馬彪－2－3026－4）昌（陽陽開三平）光（陽唐合一平）興（蒸蒸開三平）（漢書－21－962－2）朋（蒸登開一平）慶（陽映開三去）（漢書－99－4184－2）莽（陽陽開一上）陵（蒸蒸開三平）興（蒸蒸開三平）

（四）幽獨用

（司馬彪－7－3165－13）孝、修（史記－38－1614－3）好、咎（史記－38－1613－5）守、咎、受（史記－38－1614－4）好、道（史記－38－1621－1）油、好（史記－130－3292－3）朽、守（漢書－36－1935－3）卯、丑（史記－47－1918－7）憂、游（漢書－99－4062－5）仇、報（漢書－53－2425－1）搗、老、首（漢書－59－2651－13）仇、報（漢書－70－3017－7）首、卯（後漢書－37－1265－4）卯、卯（後漢書－46－1549－9）柔、憂（後漢書－78－2530－7）繡、酒（後漢書－78－2516－5）讎、報

【合韻】

1 幽宵合韻：（漢書－27－1358－2）觩（幽幽開四平）柔（幽尤開三平）傲（宵號開一去）求（幽尤開三平）（史記－12－465－6）驁（宵豪開一平）休（幽尤開三平）（史記－28－1392－7）驁（宵豪開一平）休（幽尤開三平）（史記－61－2127－2）照（宵笑開三去）求（幽尤開三平）（漢書－27－1385－1）弔（宵嘯開四去）老（幽皓開一上）（史記－63－2145－2）繡（幽宥開三去）廟（宵笑開三去）

2 幽元合韻：（漢書－99－4058－4）飽（幽巧開二上）安（元寒開一平）

3 幽侵合韻：（司馬彪－2－3026－7）軌（幽旨合三上）堪（侵覃開一平）

4 幽侯合韻：（漢書－45－2162－7）取（侯虞合三上）咎（幽有開三上）（漢書－39－2006－8）取（侯虞合三上）咎（幽有開三上）

5 幽魚合韻：（史記－61－2127－2）虎（魚姥合一上）覿（幽尤開三平）

6 幽之合韻：見之部

7 幽職合韻：見職部

（五）覺獨用

（漢書－36－1933－5）肅、穆（漢書－73－3117－4）肅、穆

【合韻】

1 覺屋合韻：（史記－126－3198－5）榖（屋屋合一入）熟（覺屋合三入）

2 覺之合韻：見之部

（六）冬獨用

（漢書－21－983－10）中、終（漢書－21－983－11）中、終（漢書－27－1365－3）躬、衷（後漢書－42－1437－4）仲、降

【合韻】

1 冬東合韻：（三國－28－781－5）功（東東合一平）窮（冬東合三平）（司馬彪－7－3165－8）中（冬東合三平）封（東鍾合三平）（司馬彪－7－3163－1）宗（冬冬合一平）用（東用合三去）

2 冬陽合韻：（司馬彪－7－3165－9）宗（冬冬合一平）萌（陽耕開二平）（漢書－23－1093－3）忠（冬東合三平）行（陽唐開一平）強（陽陽開三平）剛（陽唐開一平）

3 冬蒸合韻：見蒸合韻

（七）宵獨用

（史記－43－1832－4）號、笑、毛（漢書－36－1935－2）勞、嗷（漢書－36－1943－5）鷕、消（漢書－36－1945－2）悄、小（漢書－27－1394－6）巢、搖、勞、驕（漢書－27－1416－7）巢、兆（漢書－27－1463－6）妖、表（漢書－97－3979－5）巢、咷（漢書－99－4187－7）啕、笑

【合韻】

1 宵侯合韻：（史記－33－1540－1）巢（宵肴開二平）侯（侯侯開一平）

2 宵之合韻：見之部

3 宵幽合韻：見幽部

4 宵東合韻：見東部

（八）藥

獨用無

【合韻】

藥魚合韻：（漢書－28－1652－8）樂（藥鐸開一入）女（魚語開三上）謔（藥藥開三入）

（九）侯獨用

（史記－47－1908－1）僂、傴、俯、走、侮、口（史記－47－1918－7）口、走（史記－126－3198－5）寠、籔（史記－69－2253－3）口、後（漢書－27－1394－6）跦、侯、襦（司馬彪－2－3026－7）驟、陋

【合韻】

1 侯魚合韻：（史記－63－2140－2）盧（魚魚開三平）愚（侯虞合三平）（史記－86－2543－1）珠（侯虞合三平）馬（魚馬開二上）鼓（魚姥合一上）（漢書－27－1380－5）樹（侯遇合三去）野（魚馬開三上）樹（侯遇合三去）

2 侯歌合韻：（漢書－27－1380－5）何（歌歌開一平）偷（侯侯開一平）

3 侯幽合韻：見幽部

4 侯宵合韻：見宵部

5 侯東合韻：見東部

（十）屋獨用

（史記－129－3255－8）足、辱（史記－79－2424－3）足、欲（史記－62－2132－8）足、辱（漢書－27－1394－5）鵒、辱（漢書－27－1394－7）鵒、哭（漢書－100－4210－2）足、餗（三國－48－1158－6）足、辱

【合韻】

1 屋魚合韻：（漢書－56－2500－5）屋（屋屋合一入）烏（魚模合一平）（三國－25－707－10）屋（屋屋合一入）家（魚麻開二平）戶（魚姥合一上）

2 屋歌合韻：（漢書－78－3272－7）錄（屋燭合三入）為（歌寘合三去）

3 屋錫合韻：（史記－106－2836－11）狄（錫錫開四入）屬（屋燭合三入）

4 屋鐸合韻：（漢書－21－1012－4）沒（物沒合一入）作（鐸鐸開一入）（漢

書－21－1012－6）沒（物沒合一入）作（鐸鐸開一入）

　　5 屋職合韻：見職部

　　6 屋覺合韻：見覺部

（十一）東獨用

　　（司馬彪－29－3639－1）功、庸（史記－39－1646－5）茸、公、從（史記－79－2423－14）容、凶（史記－86－2545－1）眾、勇（史記－126－3206－10）同、功（史記－64－2193－2）勇、眾（漢書－36－1933－5）雍、公（漢書－27－1361－4）恭、從（漢書－64－2796－1）同、功（漢書－73－3117－4）雍、公

　　【合韻】

　　1 東陽合韻：（漢書－27－1315－1）象（陽養開三上）凶（東鐘合三平）（漢書－29－1677－9）公（東東合一平）旁（陽唐開一平）梁（陽陽開三平）（漢書－65－2866－4）明（陽庚開三平）聰（東東合一平）（史記－24－1223－3）明（陽庚開三平）邦（東江開二平）王（陽陽合三平）

　　2 東耕合韻：（漢書－27－1332－2）重（東鐘合三平）輕（耕清開三平）成（耕清開三平）（漢書－29－1678－3）命（耕映開三去）功（東東合一平）（漢書－64－2801－10）令（耕勁開三去）用（東用合三去）（史記－109－2878－5）正（耕清開三平）從（東鐘合三平）

　　3 東侵合韻：（漢書－23－1093－3）從（東鐘合三平）淫（侵侵開三平）（漢書－28－1659－7）風（侵東合三平）[註1] 公（東東合一平）

　　4 東侯合韻：（司馬彪－7－3165－13）符（侯虞合三平）封（東鐘合三平）

　　5 東之合韻：見之部

　　6 東冬合韻：見冬部

（十二）魚獨用

　　（司馬彪－7－3165－11）父、五（司馬彪－7－3165－12）拒、予（史記－33－1540－1）處、野（史記－38－1614－3）家、辜（史記－6－245－9）土、

〔註 1〕本文將「風」字放入侵部。

戶、夏、者、馬、宇（史記－6－246－1）下、土、邪（史記－6－252－2）阻、撫、序、所、矩（史記－7－300－3）戶、楚（史記－130－3288－3）慮、塗（史記－64－2206－3）予、羽（史記－79－2423－15）下、處（史記－79－2425－6）舞、賈（史記－117－3051－3）下、土（史記－38－1618－1）序、廡（史記－39－1662－10）輔、宇、所（史記－38－1618－6）雨、夏、雨（史記－126－3198－5）邪、車、家（史記－47－1931－1）虎、野（漢書－27－1315－1）圖、書（漢書－27－1315－5）居、敘（漢書－24－1121－3）下、處（漢書－27－1324－8）鼙、塗、徒（漢書－27－1394－5）羽、野、馬（漢書－30－1706－2）圖、書（漢書－30－1746－3）途、慮（漢書－56－2503－5）圖、華（漢書－28－1653－2）鼓、下、夏、羽、栩、下（漢書－27－1411－6）御、下（漢書－27－1412－5）華、華（漢書－57－2585－7）下、土（漢書－62－2710－1）慮、途（漢書－99－4055－1）茹、吐、寡、圉（漢書－94－3744－6）家、故（漢書－80－3317－2）魯、輔（漢書－72－3097－1）處、語（漢書－65－2866－4）魚、徒（後漢書－3－153－3）汝、舞（後漢書－10－406－2）懼、汝、予、乎（後漢書－36－1220－9）舉、鼓（後漢書－37－1266－5）怒、豫（後漢書－38－1282－1）虎、虜（後漢書－43－1478－7）互、序

【合韻】

1 魚鐸合韻：（史記－62－2132－8）度（鐸暮合一去）固（魚暮合一去）（漢書－22－1039－2）石（鐸昔開三入）舞（魚虞合三上）

2 魚陽合韻：（史記－106－2823－6）魚（魚魚開三平）祥（陽陽開三平）（漢書－22－1032－8）魚（魚魚開三平）網（陽養合三上）

3 魚之合韻：見之部

4 魚幽合韻：見幽部

5 魚藥合韻：見藥部

6 魚侯合韻：見侯部

7 魚屋合韻：見屋部

（十三）鐸獨用

（漢書－100－4207－9）赫、莫（後漢書－44－1503－11）百、郭（史記－46－1903－3）柏、客（史記－78－2390－3）獲、度（史記－38－1614－4）

惡、路

【合韻】

1 鐸月合韻：（漢書－8－255－4）罰（月月合三入）赦（鐸禡開三去）

2 鐸歌合韻：（漢書－97－3981－1）何（歌歌開一平）作（鐸鐸開一入）

3 鐸侵合韻：（司馬彪－13－3277－3）赤（鐸昔開三入）陰（侵侵開三平）

4 鐸魚合韻：見魚部

5 鐸屋合韻：見屋部

6 鐸職合韻：見職部

（十四）陽獨用

（司馬彪－2－3026－11）量、衡、象（司馬彪－7－3165－10）昌、當、常、王（司馬彪－15－3308－2）霜、黃（司馬彪－13－3272－6）煌、彭（史記－6－245－6）明、方、行、良、荒、莊、常（史記－6－246－5）皇、明、方、長、行（史記－6－250－1）方、陽、明、強、暢、王、兵（史記－6－261－1）長、方、莊、明、章、常、強、行、兵、方、殃、亡、疆（史記－2－82－1）明、良、康（史記－28－1399－4）祥、明、享（史記－36－1578－4）鏘、姜、昌、卿、京（史記－38－1614－2）明、行、昌（史記－38－1614－4）黨、蕩（史記－38－1618－5）明、章、康（史記－39－1651－8）葬、昌、兄（史記－41－1746－5）藏、烹（史記－62－2132－7）張、亡（史記－38－1614－6）行、光、王（史記－47－1947－6）仰、行（史記－60－2108－2）仰、向（史記－130－3292－3）常、綱（史記－64－2181－10）卿、享（史記－64－2187－4）行、藏（史記－68－2235－3）昌、亡（史記－110－2882－2）彭、方（史記－117－3064－2）明、良（史記－102－2761－4）黨、蕩（史記－46－1880－6）鏘、姜、昌、卿、京（漢書－36－1935－7）霜、傷、將（漢書－57－2601－2）明、良（漢書－9－279－8）良、康（漢書－9－292－5）康、方（漢書－22－1039－2）鍠、鏘、穰（漢書－36－1934－2）良、方（漢書－25－1266－10）陽、剛（漢書－26－1291－1）行、望（漢書－26－1291－6）常、臧（漢書－27－1376－10）蝗、羹（漢書－27－1394－1）葬、昌、兄（漢書－28－1659－7）泱、量（漢書－55－

2473－6）彭、方（漢書－45－2162－7）行、殃（漢書－45－2163－6）烹、
亡（漢書－48－2246－2）張、亡（漢書－27－1405－3）明、卿（漢書－75
－3188－5）行、明（漢書－99－4047－1）黨、蕩（漢書－99－4056－5）
揚、王（漢書－73－3129－1）享、王（漢書－66－2885－7）黨、蕩（漢書
－64－2796－1）抗、張（漢書－65－2852－3）黨、蕩（漢書－65－2866－
2）廣、行（三國－15－478－5）良、康（三國－25－698－9）康、方（後
漢書－35－1202－6）昌、光（後漢書－39－1293－2）養、葬（後漢書－43
－1478－7）傷、殃（後漢書－47－1585－4）康、方（後漢書－56－1817－
2）忘、章（司馬彪－2－3026－11）量、衡、象（司馬彪－7－3165－10）
昌、當、常、王（司馬彪－15－3308－2）霜、黃（司馬彪－13－3272－6）
煌、彭

【合韻】

1 **陽耕合韻**：（司馬彪－2－3037－3）經（耕青開四平）明（陽庚開三平）
（司馬彪－13－3275－12）姓（耕勁開三去）境（陽梗開三上）（史記－28－1355
－5）衡（陽庚開二平）政（耕勁開三去）（史記－47－1934－2）名（耕清開三
平）行（陽唐開一平）（漢書－25－1191－3）衡（陽庚開二平）政（耕勁開三
去）（漢書－27－1319－1）名（耕清開三平）桑（陽唐開一平）（漢書－27－1316
－1）行（陽唐開一平）政（耕勁開三去）徵（耕清開三平）（漢書－54－2469
－9）方（陽陽合三平）命（耕映開三去）（漢書－65－2866－3）形（耕青開四
平）行（陽唐開一平）常（陽陽開三平）（漢書－36－1935－4）行（陽唐開一
平）政（耕勁開三去）良（陽陽開三平）（後漢書－30－1065－7）令（耕勁開
三去）更（陽映開二去）政（耕勁開三去）

2 **陽侵合韻**：（漢書－28－1652－8）甚（侵寢開三上）堪（侵覃開一平）
亡（陽陽合三平）

3 **陽魚合韻**：見魚部

4 **陽東合韻**：見東部

5 **陽蒸合韻**：見蒸部

6 **陽冬合韻**：見冬部

（十五）支

獨用無

【合韻】

支脂合韻：（漢書－27－1463－6）矢（脂旨開三上）咫（支紙開三上）

（十六）**錫獨用**

（漢書－75－3177－1）帝、易

【合韻】

1 **錫歌合韻**：（史記－6－245－4）帝（錫霽開四去）地（歌至開三去）劃（錫麥合二入）懈（錫卦開二去）辟（錫昔開三入）易（錫寘開三去）

2 錫屋合韻：見屋部

（十七）**耕獨用**

（史記－6－247－1）平、成、經（史記－6－261－4）清、名、情、貞、誠、程、清、經、平、傾、銘、令（史記－24－1224－5）鳴、聽（史記－38－1618－5）成、寧、星（史記－43－1804－6）熒、榮、嬴（史記－122－3131－1）政、刑（史記－126－3197－5）庭、鳴（史記－61－2127－1）名、生（史記－79－2433－3）聲、名（史記－64－2193－2）敬、正、靜（史記－107－2847－4）清、寧（史記－84－2486－2）清、醒（漢書－14－391－3）屏、寧、城（漢書－23－1094－2）政、刑（漢書－27－1319－1）姓、性（漢書－97－3981－2）刑、聽、傾（漢書－65－2872－8）生、楨、寧（漢書－90－3645－1）政、刑（漢書－81－3335－6）寧、生（漢書－56－2511－2）政、刑（後漢書－30－1070－3）聲、成（後漢書－30－1065－7）令、更、政（後漢書－37－1255－5）成、性（後漢書－46－1551－6）寧、靜（司馬彪－7－3165－12）聖、平（司馬彪－16－3328－1）盛、命（三國－3－98－10）寧、城

【合韻】

1 耕眞合韻：（史記－38－1614－5）偏（眞仙開三平）平（耕庚開三平）（漢書－70－3021－1）聲（耕清開三平）臣（眞眞開三平）（後漢書－54－1780－9）

政（耕勁開三去）身（眞眞開三平）

  2 耕文合韻：（史記－49－1983－5）文（文文合三平）姓（耕勁開三去）

  3 耕侵合韻：（漢書－22－1073－3）聲（耕清開三平）淫（侵侵開三平）

  4 耕元合韻：（史記－43－1810－7）情（耕清開三平）變（元線開三去）

  5 耕蒸合韻：見蒸部

  6 耕陽合韻：見陽部

  7 耕東合韻：見東部

（十八）脂獨用

  （史記－32－1505－8）死、師（史記－68－2234－14）體、禮、禮、死（漢書－24－1123－4）淒、祁、私（漢書－27－1395－5）死、矢（漢書－47－2216－6）弟、爾

【合韻】

  1 脂質合韻：（漢書－97－3980－1）日（質質開三入）稚（脂至開三去）

  2 脂物合韻：（史記－64－2215－7）貴（物未合三去）美（脂旨開三上）

  3 脂微合韻：（史記－126－3208－3）死（脂旨開三上）哀（微咍開一平）（三國－22－650－5）悲（微脂開三平）夷（脂脂開三平）（後漢書－78－2530－7）衣（微未開三去）死（脂旨開三上）（漢書－21－970－7）師（脂脂開三平）維（微脂合三平）毗（脂脂開三平）迷（脂齊開四平）

  4 脂祭合韻：（漢書－27－1319－1）制（月祭開三去）禮（脂薺開四上）

  5 脂歌合韻：（漢書－27－1339－7）戈（歌戈合一平）矢（脂旨開三上）（漢書－8－254－2）儀（歌支開三平）諧（脂皆開二平）

  6 脂眞合韻：（漢書－22－1033－4）民（眞眞開三平）禮（脂薺開四上）（史記－64－2187－2）禮（脂薺開四上）仁（眞眞開三平）（漢書－72－3063－10）民（眞眞開三平）禮（脂薺開四上）

  7 脂支合韻：見支部

（十九）質獨用

  （司馬彪－2－3027－1）日、實（史記－129－3255－8）實、節（史記－

62－2132－8）實、節（漢書－10－339－5）室、穴（漢書－21－963－5）日、
實（漢書－24－1128－1）實、節（漢書－27－1412－5）實、室（漢書－97－
4003－1）室、穴（三國－34－905－10）室、穴（三國－48－1158－6）實、
節

　　1 質至合韻：（漢書－64－2799－4）器（至至開三去）節（質屑開四入）

　　2 質祭獨用：（漢書－27－1361－2）會（月泰合一去）結（質屑開四入）

　　3 質眞合韻：（後漢書－54－1776－7）人（眞眞開三平）日（質質開三入）

　　4 質脂合韻：見脂部

（二十）眞獨用

　　（史記－40－1700－3）天、人（史記－4－141－6）天、民（史記－79－
2422－4）天、人（史記－117－3051－3）濱、臣（史記－126－3197－5）天、
人（史記－61－2124－1）親、人（漢書－12－358－7）親、仁（漢書－23－1093
－3）信、仁（漢書－23－1112－12）人、天（漢書－54－2469－9）人、仁、
仁（漢書－56－2505－5）人、天（漢書－27－1396－1）田、人、顚、憐（漢
書－57－2585－7）濱、臣（漢書－64－2826－5）天、人（漢書－71－3049－5）
天、人（漢書－85－3460－2）天、人（漢書－99－4113－15）人、天、申（三
國－58－1353－1）人、天

　　【合韻】

　　1 眞侵合韻：（漢書－55－2477－3）堅（眞仙開四平）禽（侵侵開三平）

　　2 眞元合韻：（漢書－56－2521－8）山（元山開二平）尹（眞準合三上）（史
記－102－2761－4）偏（眞仙開三平）便（元仙開三平）

　　3 眞文合韻：（後漢書－38－1282－2）臣（眞眞開三平）濆（文魂合一平）
（司馬彪－2－3037－2）文（文文合三平）渾（文魂合一平）神（眞眞開三
平）（史記－64－2214－4）仁（眞眞開三平）訒（文震開三去）（史記－64－
2202－3）倩（眞霰開四去）盼（文襉開二去）絢（眞霰合四去）（漢書－27
－1365－2）身（眞眞開三平）純（文諄合三平）（漢書－63－2771－5）順（文
稕合三去）信（眞震開三去）（漢書－27－1395－1）煙（眞先開四平）門（文
魂合一平）（漢書－28－1662－7）尊（文魂合一平）親（眞眞開三平）（漢書

－36－1962－5）君（文文合三平）臣（眞眞開三平）臣（眞眞開三平）身（眞眞開三平）

　　4 **眞耕合韻**：見耕部

　　5 **眞脂合韻**：見脂部

　　6 **眞質合韻**：見質部

（二十一）微獨用

　　（史記－47－1933－1）衰、追（史記－61－2123－6）薇、非、歸、衰（史記－78－2389－3）水、尾（漢書－36－1934－3）衰、違、依（漢書－36－1935－4）微、微、衰（漢書－14－391－3）壞、畏（三國－5－163－3）枚、回（漢書－73－3125－11）推、雷、威

　　【合韻】

　　1 **微歌合韻**：（史記－47－1944－4）壞（微怪合二去）摧（微灰合一平）萎（歌支合三平）〔註2〕（後漢書－54－1769－11）威（微微合三平）馳（歌支開三平）

　　2 **微文合韻**：（漢書－70－3017－7）焞（文魂合一平）雷（微灰合一平）威（微微合三平）

　　3 **微祭獨用**：（史記－47－1918－7）維（微脂合三平）歲（月祭合三去）

　　4 **微脂合韻**：見脂部

　　5 **微之合韻**：見之部

（二十二）物獨用

　　（漢書－85－3460－1）饋、遂

　　【合韻】

　　1 **物文合韻**：（史記－79－2422－4）貴（物未合三去）雲（文文合三平）

　　2 **物祭合韻**：（漢書－24－1121－3）蟀（物質合三入）歲（月祭合三去）

　　3 **物之合韻**：見之部

　　4 **物脂合韻**：見脂部

〔註2〕郭先生原爲「微」，鄭張先生改爲「歌」。

5 物至合韻：（漢書－27－1362－2）位（至至合三去）墜（物至開三去）

（二十三）文獨用

（史記－38－1614－6）訓、順（史記－47－1929－3）勤、分（漢書－21－1019－7）辰、辰、振（漢書－21－1019－8）賁、淳、軍、奔（漢書－28－1652－8）門、雲（漢書－27－1395－5）根、孫（後漢書－26－918－1）君、門

【合韻】

1 文元合韻：（漢書－73－3125－11）犿（文準合三上）原（元元合三平）（漢書－94－3744－6）犿（文準合三上）原（元元合三平）（漢書－55－2473－6）允（文準合三上）原（元元合三平）（漢書－27－1385－1）昏（文魂合一平）愆（元仙開三平）

2 文物合韻：見物部

3 文眞合韻：見眞部

4 文耕合韻：見耕部

5 文微合韻：見微部

（二十四）歌獨用

（司馬彪－2－3026－8）和、播（史記－2－82－2）脞、惰、墮（史記－38－1614－4）頗、義（史記－69－2256－1）何、柯（史記－79－2422－4）移、虧（史記－39－1649－5）磨、爲（史記－84－2486－4）移、波、醨、爲（漢書－27－1373－3）儀、爲

【合韻】

1 歌侯合韻：見侯部

2 歌屋合韻：見屋部

3 歌微合韻：見微部

4 歌鐸合韻：見鐸部

5 歌錫合韻：見錫部

6 歌脂合韻：見脂部

（二十五）月獨用

（漢書－73－3127－10）伐、茷（漢書－78－3282－4）越、發、烈、截（漢書－27－1339－7）鉞、烈（漢書－72－3058－5）發、揭、悒（漢書－85－3459－7）滅、威（史記－69－2256－1）絕、伐（漢書－8－270－4）越、發、烈、截

【合韻】

1 月祭合韻：（史記－38－1618－4）歲（祭）月（月）（史記－47－1918－7）謁（月）敗（夬）（漢書－23－1085－9）斾（祭）鉞（月）烈（月）遏（月）

2 月蒸合韻：見蒸部

3 月鐸合韻：見鐸部

（二十六）元獨用

（史記－86－2534－2）寒、還（史記－78－2399－2）斷、亂（史記－126－3208－3）言、善（史記－126－3208－1）蕃、言（漢書－6－168－2）貫、選（漢書－14－391－2）藩、垣、翰（漢書－27－1331－11）變、見（漢書－27－1395－5）涎、見（漢書－63－2745－1）藩、言（漢書－63－2766－8）藩、言（漢書－65－2866－4）愆、言（漢書－28－1652－8）灌、菅（漢書－81－3345－4）愆、言（後漢書－54－1780－3）怨、亂

【合韻】

1 元談合韻：（三國－4－137－1）占（談鹽開三平）言（元元開三平）（漢書－25－1254－15）占（談鹽開三平）言（元元開三平）

2 元眞合韻：見眞部

3 元耕合韻：見耕部

4 元文合韻：見文部

5 元幽合韻：見幽部

（二十七）緝獨用

獨用無

【合韻】

緝之合韻：見之部

（二十八）侵獨用

獨用無

【合韻】

1 侵幽合韻：見幽部

2 侵東合韻：見東部

3 侵鐸合韻：見鐸部

4 侵陽合韻：見陽部

5 侵耕合韻：見耕部

6 侵眞合韻：見眞部

（二十九）葉獨用

獨用無

合韻無

（三十）談獨用

（漢書－56－2521－8）嚴、瞻

【合韻】

1 談眞合韻：見眞部

2 談元合韻：見元部

（三十一）祭獨用

（司馬彪－7－3165－13）世、際

【合韻】

1 祭微合韻：見微部

2 祭脂合韻：見脂部

3 祭物合韻：見物部

4 祭月合韻：見月部

5 祭質合韻：見質部

（三十二）隊獨用

（漢書－51－2334－1）對、退

【合韻】

隊職合韻：見職部

（三十三）至獨用

（史記－63－2145－1）利、位

【合韻】

1 至之合韻：見之部

2 至質合韻：見質部

3 至物合韻：見物部

第三節　前四史的西漢語料韻譜

（一）之獨用

（司馬彪－15－3319－12）時、災、來（史記 25－1244－6）子、滋（史記 25－1244－1）亥、䜭（史記－25－1245－2〕箕、棋（史記－24－1178－4）里、友（史記－55－2047－6）里、海（史記－29－1413－8）菑、來（史記－1－13－5）鬱、嶷、時、士（史記－24－1222－2）止、子（史記－24－1229－2）事、志、治（史記－41－1753－4）子、市（史記－49－1967－1）喜、己（史記－62－2132－3）母、子（史記－26－1259－2）時、始（史記－86－2516－6）志、事（史記－117－3014－1）臺、持、之（史記－117－3017－2）態、來（史記－117－3034－4）來、態（史記－117－3038－3）起、耳（史記－117－3038－1）怠、臺（史記－117－3041－6）旗、圉（史記－117－3059－1）旗、娭、疑（史記－117－3060－7）止、母、使、喜（史記－117－3070－5）熙、思、來、哉（史記－117－3071－1）圉、熹、能、來（史記－84－2487－5）鄙、改（史記－84－2500－6）止、已（史記－118－3082－7）時、裏、起（史記－127－3216－10）志、財、己（史記－127－3217－3）止、理（史記－127－3221－5）子、士（史記－127－3219－6）之、時（史記－127－3220－3）起、辭（史記－128－3229－10）龜、之（史記－128－3330－1）龜、之（史記－128－3230－11）龜、期（史記－128－3226－3）絲、龜（史記－128－3232－5）時、治、之（史記－128－3232－15）海、市、之、子、海（史記－128－3233－4）來、

財、時、期、災、期（史記－128－3235－1）理、海、之、起、殆、子（史記－128－3235－3）理、時、士、使、友、喜、始、之、子、之、紀（史記－128－3236－1）之、巳（史記－128－3235－11）子、之、巳（史記－128－3239－4）灰、龜（史記－128－3240－2）某、喜、悔（史記－129－3256－1）子、市（史記－129－3256－2）熙、來（漢書－26－1274－7）時、紀（漢書－4－132－3）志、祀（漢書－29－1683－2）菑、來（漢書－40－2029－6）里、海（漢書－41－2089－2）基、時（漢書－48－2226－5）災、之、期（漢書－97－3985－6）時、思、詩（漢書－97－3985－9）茲、滋、災（漢書－97－3987－5）期、之（漢書－99－4058－8）時、有（漢書－99－4060－4）紀、基（漢書－99－4063－4）之、子（漢書－99－4054－3）士、友（漢書－99－4171－3）吏、理（漢書－48－2228－6）止、已（漢書－57－2544－1）臺、持、之（漢書－57－2548－1）態、來（漢書－57－2569－3）起、耳（漢書－57－2569－1）怠、臺（漢書－57－2573－1）旗、圍（漢書－57－2580－1）史、事（漢書－57－2595－4）旗、娭、疑（漢書－57－2596－6）止、母、使、喜（漢書－57－2607－3）熙、思、來、哉（漢書－57－2607－5）圍、熹、能、來（漢書－8－273－7）止、在（漢書－36－1948－6）已、之、材（漢書－10－317－1）時、事（漢書－10－318－7）司、改（漢書－22－1055－4）祀、之（漢書－22－1055－1）熙、胎、祺（漢書－22－1057－1）釐、時、理、始（漢書－22－1058－2）喜、事（漢書－22－1060－1）里、友（漢書－22－1060－4）時、期（漢書－22－1061－1）媒、臺（漢書－22－1060－3）徠、里（漢書－22－1062－1）期、時（漢書－22－1063－1）紀、始（漢書－22－1066－3）時、思（漢書－27－1460－5）始、之（漢書－25－1258－5）祠、時（漢書－51－2360－6）基、胎、基、胎、來（漢書－48－2251－5）吏、事（漢書－45－2188－3）期、思（漢書－56－2496－6）在、起、鄙、理（漢書－53－2431－3）再、悔（漢書－58－2632－4）祀、子（漢書－66－2896－2）治、旗、耳、時（漢書－73－3014－1）子、司（漢書－73－3014－2）茲、思（漢書－73－3015－4）子、齒（漢書－73－3103－1）祀、士（漢書－72－3083－3）事、里（漢書－73－3111－2）理、子（漢書－74－3139－8）時、事（漢書－73－3113－9）事、舊（漢書－75－3179－5）紀、道、士、海、士（漢書－77－3247－5）采、起（漢書－81－3342－5）基、能（漢書－81－3331－2）時、頤（漢書－85－3464－3）孳、

怠、改（漢書－85－3467－3）滋、右（漢書－87－3516－4）辭、綦（漢書－85－3447－1）始、右（漢書－87－3521－4）有、改（漢書－87－3532－1）頤、旗（漢書－87－3536－4）輜、旗（漢書－87－3543－5）罘、旗（漢書－87－3544－2）事、來（漢書－87－3564－2）基、來（漢書－87－3566－2）士、紀、已、母（漢書－87－3577－8）辭、基（漢書－94－3816－2）辭、期（漢書－97－3955－1）止、已、子、恃（漢書－87－3532－1）頤、旗（漢書－48－2227－6）謀、時（漢書－24－1211－5）祠、牛（史記－128－3231－10）謀、治、埃、時、來、龜、哉（史記－1－11－1）謀、事（史記－28－1376－1）祠、牛（史記－86－2549－6）時、謀、時（史記－117－3014－5）里、士、右、哉（史記－114－2990－2）負、祀（史記－117－3043－1）之、事、哉、里、尤（史記－117－3071－3）時、祀、祉、有（史記－84－2498－6）謀、時（史記－84－2488－2）態、采、有（史記－124－3184－2）財、采、牛（史記－128－3229－9）子、牛、謀、期、來（史記－128－3231－13）使、謀、有（史記－128－3231－10）謀、治、埃、時、來、龜、哉（史記－128－3232－14）始、理、紀、有（漢書－97－3981－4）事、右（漢書－57－2575－2）之、事、哉、里、尤（漢書－57－2608－1）時、祀、有（漢書－73－3112－3）子、尤、辭

【合韻】

1·之職合韻：（史記－4－126－1）德（職德開一入）祀（之止開三上）（史記－4－136－5）備（職至開三去）辭（之之開三平）（史記－88－2569－7）識（職職開三入）事（之志開三去）（史記－117－3065－7）丘（之尤開三平）惡（職屋合三入）（史記－117－3070－1）試（職志開三去）事（之志開三去）富（職宥開三去）（史記－117－3040－1）服（職屋合三入）鬱（之屋合三入）側（職職開三入）（史記－84－2493－2）志（之志開三去）植（職職開三入）（史記－127－3218－1）塞（職代開一去）治（之志開三去）（史記－127－3219－2）子（之止開三上）德（職德開一入）（漢書－31－1811－5）職（職職開三入）止（之止開三上）（漢書－22－1062－3）閾（職代開一去）海（之海開一上）（漢書－11－343－1）敏（之軫開三上）息（職職開三入）（史記－120－3114－1）富（職宥開三去）態（之代開一去）（漢書－48－2223－3）志（之志開三去）植（職職開三入）（漢書－50－2325－5）富（職宥開三去）態（之代開一去）（漢書－57－2571－2）服（職屋合三入）鬱（之屋合三入）側（職職開三

入）（漢書－57－2572－6）色（職職開三入）始（之止開三上）（漢書－57－2602－3）丘（之尤開三平）惡（職屋合三入）（漢書－58－2615－3）治（之志開三去）得（職德開一入）力（職職開三入）富（職宥開三去）（漢書－36－1948－3）直（職職開三入）慉（職職開三入）之（之之開三平）（漢書－8－262－1）德（職德開一入）福（職屋合三入）怠（之海開一上）（漢書－10－324－7）德（職德開一入）財（之咍開一平）（漢書－63－2762－7）喜（之止開三上）亟（職職開三入）（漢書－5－149－3）服（職屋合三入）里（之止開三上）異（職志開三去）（漢書－26－1283－2）革（職麥開二入）紀（之止開三上）（漢書－40－2028－2）職（職職開三入）止（之止開三上）（漢書－87－3567－2）剖（之厚開一上）國（職德合一入）（漢書－99－4128－5）代（職代開一去）紀（之止開三上）

2・之物合韻：（史記－114－3004－1）鬱（之屋合三入）崒（物術合三入）（漢書－57－2535－2）鬱（之屋合三入）崒（物術合三入）（漢書－9－281－7）出（物術合三入）災（之咍開一平）（史記－24－1181－3）事（之志開三去）物（物物合三入）

3・之錫合韻：（史記－117－3042－1）帝（錫霽開四去）喜（之止開三上）（漢書－57－2574－1）帝（錫霽開四去）喜（之止開三上）（漢書－59－2645－9）吏（之志開三去）責（錫麥開二入）

4・之質合韻：（史記－84－2487－3）替（質霽開四入）鄙（之止開三上）（漢書－57－2545－9）記（之志開三去）計（質霽開四去）

5・之緝合韻：（史記－125－3191－1）仕（之止開三上）合（緝合開一入）（漢書 57 2542 4）喝（緝合開 入）駭（之駭開二上）

6・之藥合韻：（漢書－51－2346－7）子（之止開三上）翟（藥錫開四入）

7・之宵合韻：（漢書－73－3016－3）舊（之宥開三去）朝（宵宵開三平）

8・之屋合韻：（漢書－99－4058－8）畝（之厚開一上）足（屋燭合三入）

9・之鐸合韻：（漢書－87－3571－3）莫（鐸鐸開一入）宅（之之開三平）（史記－47－1924－7）白（鐸陌開二入）淄（之之開三平）

10・之祭合韻：（史記－4－136－1）祭（月祭開三去）祀（之止開三上）（史記－99－2726－4）裘（之尤開三平）際（月祭開三去）（史記－84－2488－1）吠（月廢合三去）怪（之怪合二去）（漢書－27－1376－9）乂（月廢開三

去）治（之志開三去）（漢書－53－2423－3）里（之止開三上）蔡（月泰開一去）

11・之歌合韻：（漢書－57－2577－5）駊（之駭開二上）和（歌過合一去）

12・之支合韻：（漢書－99－4073－8）祇（支支開三平）時（之之開三平）（史記－84－2494－1）己（之止開三上）知（支支開三平）（漢書－86－3482－7）知（支支開三平）治（之志開三去）（漢書－9－288－4）此（支紙開三上）恥（之止開三上）

13・之支脂合韻：（漢書－87－3524－1）纚（支止開三上）柅（脂脂開三上）旗（之之開三平）

14・之魚合韻：（漢書－63－2744－4）父（魚虞合三上）子（之止開三上）（漢書－97－3984－2）姬（之之開三平）仔（魚魚合三平）（漢書－63－2749－6）圖（魚模合一平）怠（之海開一上）（漢書－97－3937－10）里（之止開三上）女（魚語開三上）（漢書－87－3548－2）部（之厚開一上）伍（魚姥合一上）

15・之侯合韻：（史記－62－2131－3）侯（侯侯開一平）謀（之尤開三平）

16・之幽合韻：（漢書－73－3016－5）好（幽皓開一上）在（之海開一上）（漢書－97－3986－1）幽（幽幽開四平）流（幽尤開三平）期（之之開三平）休（幽尤開三平）（史記－9－404－2）悔（之隊合一去）財（之咍開一平）之（之之開三平）理（之止開三上）仇（幽尤開三平）（史記－84－2497－2）之（之之開三平）酉（幽有開三上）期（之之開三平）（史記－84－2493－5）久（之有開三上）咎（幽有開三上）（漢書－38－1989－6）之（之之開三平）仇（幽尤開三平）（漢書－58－2614－3）始（之止開三上）期（之之開三平）油（幽尤開三平）（漢書－87－3521－2）流（幽尤開三平）丘（之尤開三平）（史記 25－1244－8）牛（之尤開三平）冒（幽號開一去）（漢書－57－2545－7）丘（之尤開三平）九（幽有開三上）（漢書－97－3985－8）郵（之尤開三平）周（幽尤開三平）（漢書－48－2223－5）久（之有開三上）咎（幽有開三上）（漢書－66－2879－2）流（幽尤開三平）久（之有開三上）（漢書－49－2301－4）有（之有開三上）誘（幽有開三上）

17・之微合韻：（史記－9－403－11）事（之志開三去）妃（微微合三平）

（漢書－62－2712－4）衣（微微開三平）裘（之尤開三平）（漢書－49－2278－4）威（微微合三平）倍（之海開一上）（漢書－27－1460－4）妃（微微合三平）嗣（之志開三去）（漢書－73－3101－3）韋（微微合三平）旗（之之開三平）（漢書－87－3550－6）胎（之咍開一平）妃（微微合三平）

18‧之脂合韻：（漢書－24－1131－4）旨（脂旨開三上）恥（之止開三上）

（二）職獨用

（史記24－1184－4）德、得（史記25－1247－7）則、賊（史記－9－404－1）國、直（史記－24－1178－6）極、德、國、服（史記－1－32－4）得、側（史記－4－136－2）意、德（史記－9－412－4）穡、殖（史記－10－434－3）福、革（史記－27－1339－8）服、食（史記－60－2112－4）德、備（史記－38－1612－1）直、革、穡（史記－86－2550－8）惑、賊（史記－86－2549－2）德、服、食（史記－112－2963－6）得、息（史記－113－2977－6）惑、殖、福、墨（史記－117－3016－1）得、職（史記－117－3017－1）極、北（史記－117－3055－4）得、食（史記－117－3041－6）戒、服（史記－117－3072－2）德、翼（史記－84－2497－2）服、息、翼、意、息（史記－84－2498－4）福、繹、極（史記－84－2499－1）息、則、極（史記－84－2498－2）伏、域（史記－84－2500－4）或、意、息（史記－128－3231－6）力、德、福（史記－128－3231－1）域、力、極、色、匿、食、黑、德、福、服、稷（史記－128－3232－6）色、黑（史記－128－3233－4）福、賊、惑（史記－129－3255－8）富、德、富、力（漢書－1－34－4）賊、服（漢書－4－132－3）食、德（漢書－4－132－4）福、革（漢書－38－1989－5）國、直、賊（漢書－48－2227－1）息、翼、意、息（漢書－48－2227－4）福、繹、極（漢書－57－2609－1）德、翼（漢書－62－2719－6）德、意（漢書－63－2750－3）域、德、備（漢書－6－160－9）服、蝕、塞（漢書－97－3951－2）國、國、得（漢書－22－1047－1）德、翼、式、德、極、北、德、慝、國（漢書－22－1048－1）殖、德（漢書－22－1048－3）德、極（漢書－22－1051－4）德、則、福（漢書－22－1052－4）飭、億（漢書－22－1050－1）翼、則、極、德、福、則、國、福、革（漢書－22－1051－1）德、福、則、德、殖、翼（漢書－22－1056－1）息、服、德、翊（漢書－22－1057－2）德、飾（漢書－22－1060－3）極、服（漢書－

48－2228－4）惑、意、息（漢書－48－2227－2）伏、域（漢書－48－2228－1）
息、則、極（漢書－52－2403－2）備、戒（漢書－57－2547－6）極、北（漢
書－57－2573－1）戒、服（漢書－57－2586－1）國、域（漢書－57－2591－6）
得、食（漢書－22－1068－1）德、殛（漢書－22－1065－4）服、福（漢書－
22－1069－1）福、極（漢書－27－1398－9）德、革（漢書－27－1460－5）側、
直（漢書－48－2231－2）服、息、得、德、極（漢書－53－2422－8）息、食
（漢書－56－2498－2）直、極（漢書－56－2495－4）德、極（漢書－56－2508
－2）德、職（漢書－58－2627－2）德、直（漢書－64－2778－4）革、德（漢
書－64－2777－1）服、服、服、服、服、異（漢書－64－2828－2）塞、得（漢
書－64－2823－7）極、息（漢書－65－2849－1）福、異（漢書－65－2865－2）
德、服、異（漢書－65－2866－6）直、得（漢書－69－2995－2）域、德、克
（漢書－67－2909－1）得、惑（漢書－69－2995－2）域、德、克（漢書－72
－3060－2）食、德（漢書－72－3063－9）服、極（漢書－70－3029－5）德、
職（漢書－73－3014－3）則、國（漢書－72－3087－9）服、惑（漢書－73－
3113－6）德、則（漢書－73－3114－4）服、域（漢書－73－3123－9）福、極、
息（漢書－75－3185－3）墨、德、北（漢書－77－3252－2）福、異（漢書－
81－3342－5）德、色（漢書－85－3464－2）直、賊（漢書－85－3467－7）備、
德（漢書－84－3432－6）域、德（漢書－85－3443－6）德、異（漢書－81－
3360－6）異、福、惑（漢書－85－3448－1）福、職、德（漢書－87－3534－2）
福、極（漢書－87－3561－5）伏、息（漢書－87－3563－4）弋、域（漢書－
87－3571－2）默、極（漢書－89－3641－2）德、力（漢書－97－3974－10）
食、惑（漢書－97－3978－4）服、德（漢書－99－4050－11）食、職、國（漢
書－99－4058－2）翼、德、國

【合韻】

1・職緝合韻：（漢書－22－1066－2）翊（職職開三入）集（緝緝開三入）
（漢書－22－1069－5）合（緝合開一入）國（職德合一入）

2・職鐸合韻：（漢書－27－1460－5）塞（職德開一入）赤（鐸昔開三入）

3・職覺合韻：（漢書－48－2251－5）覆（覺屋合三入）誡（職怪開二去）

4・職質合韻：（漢書－49－2296－5）賊（職德開一入）極（職職開三入）
節（質屑開四入）（史記－84－2487－1）墨（職德開一入）抑（質職開三入）

5・**職侵合韻**：（漢書－49－2296－6）意（職志開三去）心（侵侵開三平）

6・**職屋合韻**：（漢書－18－721－3）牧（職屋合三入）穀（屋屋合一入）（漢書－87－3561－4）國（職德合一入）穀（屋屋合一入）

7・**職藥合韻**：（漢書－87－3568－1）墨（職德開一入）樂（藥鐸開一入）

8・**職物合韻**：（史記－60－2114－1）富（職宥開三去）貴（物未合三去）（史記－129－3254－3）食（職職開三入）出（物術合三入）

9・**職隊合韻**：（史記－26－1259－2）惑（職德合一入）悖（物隊合一去）（漢書－51－2364－5）國（職德合一入）內（物隊合一去）

10・**職月合韻**：（史記－27－1339－7）絕（月薛合三入）坺（職德開一入）

11・**職歌合韻**：（史記－2－77－3）德（職德開一入）和（歌過合一去）

12・**職侯合韻**：（漢書－76－3235－14）誅（侯虞合三平）域（職職合三入）

13・**職魚合韻**：（史記－4－129－1）牧（職屋合三入）野（魚馬開三上）

14・**職幽合韻**：（漢書－10－314－6）嗇（職職開三入）秋（幽尤開三平）

15・**職微合韻**：（漢書－87－3560－4）機（微微開三平）飾（職職開三入）

16・**職祭合韻**：（漢書－87－3516－5）械（職怪開二去）賴（月泰開一去）

17・**職之合韻**：見之部

（三）蒸獨用

（史記－117－3071－5）升、烝、乘（漢書－87－3529－2）繩、夢（漢書－57－2608－3）升、烝、乘（漢書－22－1067－2）興、承（漢書－87－3542－4）乘、興、閎、朋（漢書－87－3577－6）升、閎（漢書－87－3577－7）紘、烝（漢書－98－4014－3）雄、乘、崩（漢書－99－4113－15）應、仍

【合韻】

1・**蒸陽合韻**：（漢書－31－1786－8）興（蒸蒸開三平）王（陽陽合三平）（漢書－74－3136－2）王（陽陽合三平）勝（蒸蒸開三平）（漢書－81－3357－10）明（陽庚開三平）仍（蒸蒸開三平）光（陽唐合一平）行（陽唐開一平）良（陽陽開三平）（史記－48－1950－9）興（蒸蒸開三平）王（陽陽合三平）（漢書－8－256－1）明（陽庚開三平）稱（蒸蒸開三平）仰（陽養開三上）（漢書－9－289－3）增（蒸登開一平）陽（陽陽開三平）光（陽唐合一平）

2・蒸耕合韻：（漢書－57－2607－6）聲（耕清開三平）徵（耕清開三平）興（蒸蒸開三平）（漢書－24－1226－1）庭（耕青開四平）應（蒸蒸開三平）（漢書－84－3432－2）應（蒸蒸開三平）徵（耕清開三平）（漢書－58－2613－7）登（蒸登開三平）興（蒸蒸開三平）生（耕庚開二平）（漢書－58－2616－2）登（蒸登開三平）興（蒸蒸開三平）生（耕庚開二平）（史記－117－3071－1）聲（耕清開三平）徵（耕清開三平）興（蒸蒸開三平）

3・蒸藥合韻：（漢書－62－2712－4）等（蒸等開一上）斫（藥藥開三入）

4・蒸侵合韻：（漢書－11－337－2）兢（蒸蒸開三平）心（侵侵開三平）（漢書－87－3524－3）乘（蒸蒸開三平）風（侵東合三平）澄（蒸蒸開三平）兢（蒸蒸開三平）

5・蒸東冬合韻：（漢書－87－3549－1）窮（冬東合三平）雄（蒸東合三平）容（東鍾合三平）中（冬東合三平）

6・蒸東合韻：（漢書－31－1824－3）應（蒸蒸開三平）從（東鍾合三平）（漢書－58－2616－1）從（東鍾合三平）應（蒸蒸開三平）（漢書－85－3458－4）興（蒸蒸開三平）用（東用合三去）

7・蒸冬合韻：（漢書－57－2563－3）乘（蒸蒸開三平）中（冬東合三平）（漢書－87－3550－4）蟲（冬東合三平）冰（蒸蒸開三平）（史記－117－3033－3）乘（蒸蒸開三平）中（冬東合三平）

（四）幽獨用

（史記25－1245－7）卯、茂（史記26－1255－3）幽、幼（史記25－1247－10）酉、老（史記－29－1413－5）流、游（史記－27－1321－1）憂、流（史記－27－1339－9）獸、就（史記－49－1984－7）道、好（史記－83－2475－1）讎、仇（史記－106－2836－11）首、咎（史記－114－2990－2）首、咎（史記－126－3199－5）留、曹（史記－126－3200－8）棗、稻（史記－117－3028－4）抱、茂（史記－117－3033－2）蚪、游（史記－117－3037－2）首、柳（史記－117－3041－8）道、獸（史記－117－3056－4）州、留、游、浮（史記－117－3057－1）綢、浮（史記－117－3070－3）油、游（史記－84－2500－6）浮、休、舟、寶、浮、憂（史記－128－3229－10）留、囚（史記－127－3219－5）憂、道（史記－128－3231－8）報、受、寶（史記－128－3231－9）州、

留、囚、仇（史記－128－3231－14）道、紂、咎、寶、留（史記－128－3236－1）寶、受、咎（漢書－57－2607－1）油、游（漢書－62－2713－7）巧、守（漢書－22－1049－1）巧、壽（漢書－22－1052　2）斿、休（漢書－22－1060－3）草、道（漢書－22－1062－2）斿、求（漢書－29－1682－6）流、游（漢書－48－2228－6）浮、休、舟、浮、憂（漢書－57－2559－4）抱、茂（漢書－57－2563－2）蚴、游（漢書－57－2592－4）州、留、游、浮（漢書－57－2592－7）綢、浮（漢書－57－2567－4）首、柳（漢書－56－2517－5）道、孝、道（漢書－64－2778－4）守、巧（漢書－64－2828－2）翱、游（漢書－65－2866－6）柔、求（漢書－73－3013－2）巧、考（漢書－87－3581－3）道、考（漢書－97－3985－10）咎、求（漢書－97－3987－3）流、憂、浮、休（漢書－87－3520－1）茅、皋

【合韻】

1・**幽歌合韻**：（漢書－56－2508－2）誼（歌寘開三去）宜（歌支開三平）道（幽皓開一上）（漢書－51－2347－2）侔（幽尤開三平）爲（歌支合三平）

2・**幽侯合韻**：（史記－27－1291－1）鬥（侯候開一去）首（幽有開三上）（史記－40－1745－6）取（侯虞合三上）咎（幽有開三上）（史記－89－2580－4）取（侯虞合三上）咎（幽有開三上）（史記－92－2624－3）取（侯虞合三上）咎（幽有開三上）（史記－107－2845－6）頭（侯侯開一平）仇（幽尤開三平）（史記－117－3028－1）棷（侯侯開一去）陶（幽豪開一平）（史記－117－3036－1）浮（幽虞合三平）俱（侯遇合三去）（史記－127－3217－5）報（幽號開一去）務（侯遇合三去）受（幽有開三上）（漢書－26－1274－5）鬥（侯候開一去）首（幽有開三上）（漢書－57　2567－1）浮（幽虞合三平）俱（侯遇合三去）（漢書－57－2578－4）走（侯厚開一上）後（侯厚開一上）仇（幽尤開三平）（漢書－57－2559－1）棷（侯侯開一去）陶（幽豪開一平）（漢書－18－721－3）陋（侯候開一去）獸（幽宥開三去）寇（侯候開一去）（漢書－45－2188－3）留（幽尤開三平）須（侯虞合三平）（漢書－56－2515－3）厚（侯厚開一上）導（幽號開一去）（漢書－87－3578－5）後（侯厚開一上）睹（幽尤開三平）

3・**幽魚合韻**：（漢書－53－2431－3）聊（幽蕭開四平）舒（魚魚開三平）

4・**幽宵合韻**：（漢書－85－3464－4）銷（宵宵開三平）保（幽皓開一上）

（漢書－87－3543－3）道（幽晧開一上）草（幽晧開一上）鎬（宵宵開三平）流（幽尤開三平）杳（宵宵開三平）（史記－117－3034－6）宙（幽宥開三去）梟（宵蕭開四平）（史記－117－3057－5）消（宵宵開三平）求（幽尤開三平）（史記－117－3065－4）獸（幽宥開三去）庖（幽肴開二平）獸（幽宥開三去）沼（宵小開三上）（漢書－87－3582－4）道（幽晧開一上）曹（幽豪開一平）條（幽蕭開四平）藻（宵晧開一上）（漢書－87－3568－5）鳥（幽筱開四上）少（宵小開三上）（史記－128－3235－2）廟（宵笑開三去）寶（幽晧開一上）（漢書－57－2566－2）宙（幽宥開三去）梟（宵蕭開四平）（漢書－57－2573－3）道（幽晧開一上）獸（幽宥開三去）廟（宵笑開三去）（漢書－57－2593－4）消（宵宵開三平）求（幽尤開三平）（漢書－58－2614－3）道（幽晧開一上）效（宵效開三去）（漢書－36－1963－5）敖（宵豪開一平）紂（幽有開三上）（漢書－9－289－1）調（幽嘯開四去）咎（幽有開三上）效（宵效開一去）（史記－58－2091－1）驕（宵宵開三平）孝（幽孝開二去）（漢書－57－2601－9）獸（幽宥開三去）庖（幽肴開二平）獸（幽宥開三去）沼（宵小開三上）（漢書－56－2496－6）壽（幽宥開三去）號（宵號開一去）

　　5・幽覺合韻：（漢書－87－3563－1）浮（幽虞合三平）覆（覺屋合三入）（史記－70－2287－1）舟（幽尤開三平）軸（覺屋合三入）

　　6・幽微合韻：（史記－27－1322－1）憂（幽尤開三平）水（微旨合三上）

　　7・幽錫合韻：（史記－127－3218－1）調（幽嘯開四去）適（錫昔開三入）

　　8・幽藥合韻：（漢書－87－3548－4）豹（藥效開二去）寶（幽晧開一上）

　　9・幽之合韻：見之部

　　10・幽職合韻：見職部

（五）覺獨用

　　（史記－27－1320－4）縮、復（史記－69－2257－4）築、鞠（史記－117－3022－3）鬻、陸、築（史記－117－3070－3）育、蓄（漢書－57－2553－3）鬻、陸、築（漢書－53－2423－5）軸、肉（漢書－57－2607－1）育、蓄（漢書－84－3440－4）覆、復、鵠

　　【合韻】

　　1・覺物合韻：（漢書－49－2278－4）卒（物沒合一入）復（覺屋合三入）

2‧覺屋合韻：（史記－117－3028－1）孰（覺屋合三入）樸（屋覺開二入）（漢書－56－2520－1）睦（覺屋合三入）木（屋屋合一入）（史記－1－15－2）族（屋屋合一入）睦（覺屋合三入）（史記－117－3026－1）穀（屋屋合一入）屬（屋燭合三入）宿（覺屋合三入）（漢書－57－2559－1）孰（覺屋合三入）樸（屋覺開二入）（漢書－57－2557－1）穀（屋屋合一入）屬（屋燭合三入）宿（覺屋合三入）

3‧覺歌合韻：（漢書－73－3014－5）何（歌歌開一平）覺（覺覺開二入）

4‧覺魚合韻：（漢書－85－3467－7）寤（魚暮合一去）告（覺號開一去）（漢書－87－3536－6）肅（覺屋合三入）如（魚魚開三平）

5‧覺職合韻：見職部

6‧覺幽合韻：見幽部

（六）冬獨用

（史記－23－1173－2）隆、中（史記－26－1259－2）中、終（史記－60－2111－4）中、終、躬（史記－117－3029－2）宮、窮（史記－117－3064－4）戎、隆、終（漢書－57－2559－7）宮、窮（漢書－63－2762－5）終、窮（漢書－72－3059－1）宗、隆（漢書－49－2292－5）宗、終（漢書－87－3538－3）降、隆（漢書－57－2601－2）戎、隆、終

【合韻】

1‧冬東合韻：（史記－117－3064－6）洪（東東合一平）豐（冬東合三平）（史記－84－2488－3）豐（冬東合三平）容（東鍾合三平）（漢書－31－1811－5）中（冬東合三平）東（東東合一平）（漢書－40－2028－2）中（冬東合三平）東（東東合一平）（漢書－57－2601－5）洪（東東合一平）豐（冬東合三平）（漢書－58－2613－7）降（冬絳開二去）童（東東合一平）（漢書－22－1059－1）窮（冬東合三平）同（東東合一平）（漢書－45－2172－4）中（冬東合三平）功（東東合一平）（漢書－49－2280－2）中（冬東合三平）同（東東合一平）（漢書－58－2616－2）降（冬絳開二去）童（東東合一平）（漢書－91－3687－1）農（冬冬合一平）工（東東合一平）工（東東合一平）（漢書－16－529－11）眾（東送合三去）中（冬送合三去）（漢書－18－721－3）工（東東合一平）用（東用合三去）宗（冬冬合一平）（漢書－56－2495－4）窮（冬東合三

平）重（東鍾合三平）統（冬宋合一去）（漢書－64－2823－11）隆（冬東合三
平）功（東東合一平）（漢書－85－3448－1）工（東東合一平）隆（冬東合三
平）（漢書－84－3432－2）宗（冬冬合一平）功（東東合一平）（漢書－87－3529
－1）隆（冬東合三平）鍾（東鍾合三平）窮（冬東合三平）（漢書－87－3545
－1）宮（冬東合三平）鍾（東鍾合三平）

2．冬耕合韻：（史記－112－2960－1）盛（耕清開三平）窮（冬東合三平）
（漢書－57－2545－9）中（冬東合三平）名（耕清開三平）（漢書－87－3542
－3）聖（耕勁開三去）宮（冬東合三平）崇（冬東合三平）（漢書－87－3550
－2）熒（耕青合四平）冥（耕青開四平）形（耕青開四平）榮（耕庚合三平）
嚶（耕耕開二平）中（冬東合三平）鳴（耕庚開三平）霆（耕青開四平）（漢書
－99－4073－11）成（耕清開三平）中（冬東合三平）

3．冬侵合韻：（漢書－9－289－2）中（冬東合三平）心（侵侵開三平）（漢
書－63－2749－7）心（侵侵開三平）中（冬東合三平）終（冬東合三平）躬（冬
東合三平）

4．冬緝合韻：（漢書－85－3444－1）躬（冬東合三平）立（緝緝開三入）

5．冬侯合韻：（漢書－24－1138－1）務（侯遇合三去）農（冬冬合一平）

6．冬陽合韻：（漢書－81－3359－5）宗（冬冬合一平）象（陽養開三上）
強（陽陽開三平）明（陽庚開三平）（漢書－87－3581－3）中（冬東合三平）
罔（陽養合三上）（漢書－97－3977－6）宗（冬冬合一平）象（陽養開三上）

7．冬蒸合韻：見蒸部

（七）宵獨用

（史記－113－2977－5）囂、驕、搖、朝（史記－108－2861－4）縞、毛
（史記－117－3034－3）腦、倒（史記－128－3234－8）傲、高、驕、笑、毫、
逃（史記－117－3050－7）勞、毛（史記－117－3056－5）旄、霄、搖（漢書
－57－2585－3）勞、毛（漢書－57－2592－5）旄、霄、搖（漢書－10－314
－6）少、矯（漢書－11－343－1）廟、勞（漢書－22－1058－2）膏、搖（漢
書－22－1063－2）昭、姚（漢書－27－1401－2）逃、毛（漢書－65－2844－4）
毛、謷、高（漢書－65－2844－6）毛、謷、高（漢書－87－3536－3）旄、梢
（漢書－87－3536－5）橋、敖（漢書－87－3564－2）高、號

【合韻】

　　1．**宵藥合韻**：（漢書－56－2496－1）韶（宵宵開三平）勺（藥藥開三入）（史記－117－3011－2）削（藥藥開三入）髇（宵肴開二平）（史記－129－3297－5）爵（藥藥開三入）刀（宵豪開一平）（漢書－57－2541－2）削（藥藥開三入）髇（宵肴開二平）（漢書－57－2571－1）約（藥藥開三入）嫋（宵筱開四上）削（藥藥開三入）

　　2．**宵歌合韻**：（漢書－57－2541－1）縞（宵皓開一上）羅（歌歌開一平）

　　3．**宵魚合韻**：（漢書－57－2559－3）扈（魚模合一上）野（魚魚合三上）樗（魚魚合三平）櫨（魚模合一平）餘（魚魚合三平）鬧（宵肴開二去）閭（魚魚合三平）

　　4．**宵侯合韻**：（漢書－73－3013－3）苗（宵宵開三平）愉（侯虞合三平）

　　5．**宵脂合韻**：（漢書－64－2823－11）勞（宵豪開一平）禮（脂薺開四上）（史記－2－58－2）夭（宵宵開三平）喬（宵宵開三平）泥（脂齊開四平）

　　6．**宵鐸合韻**：（漢書－72－3063－9）銷（宵宵開三平）薄（鐸鐸開一入）

　　7．**宵質合韻**：（史記－49－1984－8）肖（宵笑開三去）嫉（質質開三入）

　　8．**宵之合韻**：見之部

　　9．**宵幽合韻**：見幽部

（八）藥獨用

　　（史記－117－3034－6）耀、弱（史記－117－3039－1）約、削（史記－117－3040－2）爍、蒻（漢書－57－2566－2）耀、弱（漢書－57－2571－3）爍、蒻（漢書－22－1049－1）耀、約、約（漢書－94－3758－2）約、樂（漢書－76－3219－6）虐、弱（漢書－87－3563－8）弱、樂

【合韻】

　　1．**藥鐸合韻**：（漢書－27－1507－2）弱（藥藥開三入）白（鐸陌開二入）（漢書－87－3561－4）石（鐸昔開三入）弱（藥藥開三入）

　　2．**藥脂合韻**：（漢書－58－2615－7）禮（脂薺開四上）暴（藥號開一去）

　　3．**藥祭合韻**：（漢書－10－318－7）大（月泰開一去）暴（藥號開一去）

　　4．**藥歌合韻**：（漢書－87－3563－8）樂（藥鐸開一入）和（歌戈合一平）

5・藥魚合韻：（漢書－87－3563－9）鑠（藥藥開三入）胥（魚魚開三平）
（漢書－27－1416－11）虐（藥藥開三入）舍（魚馬開三上）

6・藥屋錫合韻：（漢書－99－4062－2）族（屋屋合一入）弱（藥藥開三入）
策（錫麥開二入）

7・藥宵合韻：見宵部

8・藥之合韻：見之部

9・藥職合韻：見職部

10・藥蒸合韻：見蒸部

11・藥幽合韻：見幽部

（九）侯獨用

（史記－24－1222－2）俯、儒（史記－49－1984－7）垢、走（史記－28－1376－3）數、具（史記－97－2704－3）儒、注（史記－114－2990－2）禺、誅、侯（史記－117－3045－3）走、侯（史記－124－3182－5）鉤、誅、侯（史記－126－3206－9）湊、數（漢書－48－2228－4）拘、俱（漢書－62－2713－6）後、主（漢書－22－1058－1）殊、朱（漢書－73－3014－4）耇、後（漢書－73－3110－6）鄒、侯（漢書－77－3252－5）柱、主（漢書－87－3516－1）隅、侯（漢書－87－3520－1）投、漚（漢書－87－3563－1）區、濡（漢書－87－3570－1）遇、侯、驅（漢書－87－3564－4）隅、侯（漢書－99－4082－9）侯、數（漢書－99－4086－4）鬥、奏

【合韻】

1・侯東合韻：（史記－56－2060－12）口（侯厚開一上）用（東用合三去）
（史記－118－3089－11）口（侯厚開一上）通（東東合一平）（漢書－26－1306－4）恐（東腫合三上）誅（侯虞合三平）

2 侯魚合韻：（史記－24－1234－1）矩（魚虞合三上）鉤（侯侯開一平）珠（侯虞合三平）（史記－32－1491－5）侯（侯侯開一平）下（魚馬開二上）（史記－70－2293－5）頭（侯侯開一平）虜（魚姥合一上）（史記－83－2475－1）侯（侯侯開一平）下（魚馬開二上）（史記－113－2977－6）女（魚語開三上）後（侯厚開一上）（史記－117－3018－1）渚（魚語開三上）藕（侯厚開一上）（史記－129－3255－5）侯（侯侯開一平）下（魚馬開二上）（漢書－29

－1685－6）所（魚語合三上）口（侯厚開一上）後（侯厚開一上）雨（魚虞合三上）鬥（侯候開一去）黍（魚語開三上）口（侯厚開一上）（漢書－51－2351－1）語（魚語開三上）口（侯厚開一上）（漢書－57－2548－12）渚（魚語開三上）藕（侯厚開一上）（漢書－51－2371－2）污（魚模合一平）詬（侯候開一上）（漢書－69－2995－4）虎（魚姥合一上）雅（魚馬開二上）武（魚虞合三上）後（侯厚開一上）（漢書－73－3102－2）後（侯厚開一上）緒（魚語開三上）（漢書－87－3521－1）女（魚語開三上）耦（侯厚開一上）（漢書－87－3538－1）敘（魚語開三上）後（侯厚開一上）（漢書－87－3568－6）虛（魚魚開三平）懼（魚遇合三去）侯（侯侯開一平）舉（魚語開三上）（漢書－99－4128－5）祖（魚姥合一上）主（侯虞合三上）侯（侯侯開一平）（漢書－75－3179－6）布（魚暮合一去）輔（魚虞合三上）後（侯厚開一上）（漢書－99－4058－7）侯（侯侯開一平）御（魚御開三去）（史記－43－1810－2）誅（侯虞合三平）怒（魚暮合一去）（史記－2－80－1）諛（侯虞合三平）予（魚語開三上）（史記－27－1331－11）輔（魚虞合三上）誅（侯虞合三平）（史記－117－3033－1）處（魚語開三上）舍（魚馬開三上）具（侯遇合三去）（史記－84－2500－3）拘（侯虞合三平）懼（魚遇合三去）（史記－129－3258－4）取（侯虞合三上）與（魚語開三上）（漢書－5－150－3）愚（侯虞合三平）下（魚馬開二上）（漢書－57－2563－1）處（魚語開三上）舍（魚馬開三上）具（侯虞合三去）（漢書－57－2569－1）寓（侯虞合三平）虛（魚魚開三平）鼓（魚姥合一上）舞（魚虞合三上）（漢書－57－2583－2）榆（侯虞合三平）蒲（魚模合一平）都（魚模合一平）（漢書－58－2614－5）符（侯虞合三平）如（魚魚開三平）（漢書－58－2615－8）去（魚魚合三去）取（侯虞合三上）（漢書－22－1048－2）所（魚語開三上）緒（魚語開三上）愉（侯虞合三平）（漢書－48－2244－5）寡（魚馬合二上）愚（侯虞合三平）怯（魚魚開三平）（漢書－51－2359－2）下（魚馬開二上）聚（侯虞合三上）侯（侯侯開一平）（漢書－49－2296－13）帑（魚模合一平）除（魚魚合三去）孤（魚模合一平）嫁（魚麻開二去）租（魚模合一平）華（魚虞合三平）邪（魚麻開三平）誅（侯虞合三平）都（魚模合一平）奢（魚麻開三平）（漢書－70－3017－4）誅（侯虞合三平）懼（魚遇合三去）（漢書－72－3066－2）樹（侯遇合三去）去（魚魚合三去）（漢書－73－3013－2）娛（魚虞合三平）驅（侯虞合三平）（漢書－85－3460

—7）數（侯虞合三上）辜（魚模合一平）（漢書—81—3335—3）聚（侯虞合三上）恕（魚御開三去）（漢書—87—3558—2）罝（魚麻開三平）隅（侯魚合三平）陆（魚魚開三平）胡（魚模合一平）（漢書—87—3568—1）禺（侯虞合三平）塗（魚模合一平）候（侯侯開一平）（漢書—87—3571—3）殊（侯虞合三平）如（魚魚開三平）（漢書—87—3563—5）務（侯遇合三去）御（魚御開三去）（漢書—65—2844—3）脯（魚模合一平）數（侯虞合三上）

　　3·**侯鐸合韻**：（漢書—26—1274—7）度（鐸暮合一去）鬥（侯候開一去）（漢書—16—529—8）主（侯虞合三上）墓（鐸暮合一去）（漢書—63—2762—6）與（侯虞合三平）路（鐸暮合一去）（漢書—64—2837—6）澤（鐸陌開二入）誅（侯虞合三平）（漢書—87—3549—3）獲（鐸麥合二入）聚（侯虞合三上）

　　4·**侯魚鐸合韻**：（漢書—48—2226—3）夏（魚馬開二上）舍（魚馬開三上）隅（侯虞合三平）暇（魚禡開二去）故（魚暮合一去）度（鐸暮合一去）去（魚御開三去）（漢書—51—2348—1）寤（魚暮合一去）後（侯厚開一上）墓（鐸暮合一去）下（魚禡開二去）侯（侯侯開一平）下（魚禡開二去）（漢書—18—677—2）墓（鐸暮合一去）後（侯厚開一上）後（侯厚開一上）序（魚語開三上）（漢書—67—2908—11）帛（鐸陌開二入）槨（鐸鐸合一入）石（鐸昔開三入）後（侯厚開一上）腐（侯魚合三上）土（魚姥合一上）客（鐸陌開二入）（漢書—87—3549—1）與（魚語開三上）隃（侯虞合三平）攫（鐸藥合三入）遽（魚御開三去）注（侯遇合三去）怖（魚暮合一去）脰（侯侯開一去）

　　5·**侯屋合韻**：（漢書—57—2541—1）穀（屋屋合一入）絿（侯尤開三去）谷（屋屋合一入）（漢書—51—2334—5）數（侯遇合三去）哭（屋屋合一入）（漢書—87—3547—1）趣（侯遇合三去）欲（屋燭合三入）（漢書—56—2515—9）後（侯厚開一上）獄（屋燭合三入）（漢書—87—3566—3）符（侯虞合三平）祿（屋屋合一入）穀（屋屋合一入）（漢書—99—4056—1）誅（侯虞合三平）附（侯遇合三去）屬（屋燭合三入）

　　6·**侯宵合韻**：見宵部

　　7·**侯之合韻**：見之部

　　8·**侯職合韻**：見之部

　　9·**侯幽合韻**：見幽部

　　10·**侯冬合韻**：見冬部

（十）屋獨用

（漢書－87－3567－1）縠、族（漢書－87－3525－3）縠、屬（漢書－22－1052－6）縠、玉（漢書－22－1056－4）俗、樸、岳、縠（漢書－52－2384－2）濁、族（史記 25－1247－9）濁、觸（史記－29－1413－7）玉、屬（史記－1－3－5）縠、木（史記－27－1339－8）木、屬（史記－117－3011－1）縠、曲、谷（史記－117－3022－2）木、縠、瀆（史記－129－3271－11）縠、木（史記－117－3041－4）足、獨（史記－128－3232－10）族、祿、縠、耨（史記－128－3223－4）木、俗（漢書－29－1683－1）玉、屬（漢書－57－2553－1）木、縠、瀆（漢書－65－2844－6）竇、縠、啄（漢書－67－2913－11）嶽、角

【合韻】

1・屋鐸合韻：（漢書－6－166－4）略（鐸藥開三入）俗（屋燭合三入）（漢書－49－2294－3）惡（鐸鐸開一入）欲（屋燭合三入）（漢書－77－3252－4）暮（鐸暮合一去）欲（屋燭合三入）（漢書－99－4058－4）縠（屋屋合一入）庶（鐸御開三去）

2・屋東合韻：（史記－65－2229－3）俗（屋燭合三入）眾（東送合三去）（漢書－64－2784－7）足（屋燭合三入）共（東用合三去）（漢書－87－3539－1）功（東東合一平）龍（東鍾合三平）觸（屋燭合三入）頌（東用合三去）雍（東鍾合三平）蹤（東鍾合三平）

3・屋魚合韻：（史記－117－3034－6）羽（魚虞合三上）虛（魚魚開三平）處（魚語開三上）僕（屋屋合一入）（史記－129－3256－9）土（魚姥合一上）土（屋燭合三入）（漢書－57－2566－3）羽（魚虞合三上）虛（魚魚開三平）處（魚語開三上）僕（屋屋合一入）（漢書－56－2515－13）序（魚語開三上）欲（屋燭合三入）舉（魚語開三上）（漢書－87－3568－1）足（屋燭合三入）餘（魚魚開三平）（漢書－99－4104－2）木（屋屋合一入）鼓（魚姥合一上）（漢書－48－2249－3）木（屋屋合一入）鼓（魚姥合一上）（漢書－64－2784－7）足（屋燭合三入）御（魚御開三去）（漢書－87－3517－2）足（屋燭合三入）下（魚馬開二上）睹（魚姥合一上）（漢書－57－2572－5）足（屋燭合三入）寡（魚馬合二上）獨（屋屋合一入）（漢書－57－2534－5）鹿（屋屋合一入）浦（魚姥合一上）

4・屋質合韻：（史記－86－2538－3）栗（質質開三入）角（屋覺開二入）（漢書－9－289－1）粟（屋燭合三入）失（質質開三入）

5・屋物合韻：（漢書－85－3467－4）物（物物合三入）欲（屋燭合三入）

6・屋之合韻：見之部

7・屋職合韻：見職部

8・屋覺合韻：見覺部

9・屋侯合韻：見侯部

（十一）東獨用

（史記－1－13－4）用、送（史記－1－20－1）凶、用（史記－1－24－6）功、庸（史記－2－65－1）從、同（史記－24－1186－1）動、頌（史記－24－1225－4）動、眾（史記－84－2482－1）聰、公、容（史記－70－2294－11）眾、勇（史記－97－2705－5）從、功（史記－112－2960－1）重、用（史記－117－3049－2）胧、邛（史記－128－3233－7）同、雙、凶、功、通、眾（史記－84－2499－1）工、銅（史記－84－2500－3）東、同（史記－118－3080－8）縫、容（史記－128－3233－8）逢、功（漢書－44－2144－3）縫、容（漢書－48－2228－1）工、銅（漢書－48－2228－3）東、同（漢書－73－3101－3）邦、同、邦（漢書－73－3111－2）東、從（漢書－73－3111－5）同、庸（漢書－65－2872－2）功、用（漢書－48－2252－6）公、用（漢書－49－2289－5）用、功（漢書－22－1066－2）容、縱（漢書－49－2295－5）眾、重（漢書－59－2645－9）功、公（漢書－62－2727－9）功、寵（漢書－73－3016－5）恭、邦（漢書－87－3538－3）東、雙（漢書－57－2583－1）胧、邛（漢書－99－4086－4）封、松（漢書－87－3564－1）雍、頌（漢書－87－3573－3）從、凶

【合韻】

1・東耕合韻：（史記－3－95－5）眾（東送合三去）政（耕勁開三去）（史記－65－2229－1）名（耕清開三平）功（東東合一平）（史記－24－1214－1）聲（耕清開三平）容（東鍾合三平）（史記－43－1807－1）功（東東合一平）名（耕清開三平）（史記－83－2467－1）名（耕清開三平）功（東東合一平）（史記－83－2468－9）名（耕清開三平）功（東東合一平）（史記－112－2956－1）令（耕勁開三去）用（東用合三去）（史記－129－3254－3）成（耕清開三平）

通（東東合一平）（史記－126－3206－6）通（東東合一平）榮（耕庚合三平）（史記－24－1206－1）性（耕勁開三去）動（東董合一上）形（耕青開四平）（漢書－48－2265－3）用（東用合三去）盛（耕勁開三去）痛（東送合一去）（漢書－40－2058－9）輕（耕清開三平）鋒（東鍾合三平）（漢書－13－363－1）功（東東合一平）姓（耕勁開三去）政（耕勁開三去）（漢書－22－1049－3）龍（東鍾合三平）盛（耕清開三平）（漢書－65－2871－5）同（東東合一平）成（耕清開三平）從（東鍾合三平）（漢書－85－3468－1）聖（耕勁開三去）經（耕青開四平）同（東東合一平）（漢書－87－3540－1）盈（耕清開三平）從（東鍾合三平）（史記－57－2076－1）輕（耕清開三平）鋒（東鍾合三平）

　　2・東陽合韻：（史記－4－136－1）享（陽養開三上）貢（東送合一去）王（陽陽合三平）（史記－4－136－2）享（陽養開三上）貢（東送合一去）王（陽陽合三平）（史記－4－136－4）享（陽養開三上）貢（東送合一去）王（陽陽合三平）（史記－118－3088－11）通（東東合一平）行（陽唐開一平）（史記－127－3217－3）行（陽唐開一平）凶（東鍾合三平）（漢書－31－1815－9）翁（東東合一平）羹（陽庚開一平）（漢書－27－1507－3）亡（陽陽合三平）動（東董合一上）（漢書－87－3571－4）皇（陽唐合一平）龍（東鍾合三平）病（陽映開三去）（漢書－64－2828－1）明（陽庚開三平）聰（東東合一平）

　　3・東侵合韻：（史記－24－1235－1）心（侵侵開三平）通（東東合一平）（史記－117－3052－2）封（東鍾合三平）頌（東用合三去）三（侵談開一平）（漢書－57－2588－2）封（東鍾合三平）頌（東用合三去）三（侵談開一平）（漢書－99－4063－4）品（侵寢開三上）封（東鍾合三平）（漢書－85－3467－4）淫（侵侵開三平）從（東鍾合三平）（漢書－36－1933－2）風（侵東合三平）訟（東用合三去）

　　4・東文合韻：（漢書－27－1376－9）從（東鍾合三平）順（文稕合三去）

　　5・東陽耕合韻：（漢書－49－2295－2）功（東東合一平）行（陽庚開二平）名（耕清開三平）（漢書－85－3446－1）功（東東合一平）亡（陽陽合三平）傾（耕清合三平）（漢書－85－3470－2）政（耕勁開三去）寵（東腫合三上）行（陽庚開二平）（漢書－97－3954－1）光（陽唐合一平）榮（耕庚合三平）茸（東鍾合三平）程（耕清開三平）盛（耕清開三平）傷（陽陽開三平）悵（陽漾開三去）

6・東耕侵合韻：（漢書－81－3338－4）功（東東合一平）心（侵侵開三平）名（耕清開三平）

7・東蒸合韻：見蒸部

8・東冬合韻：見冬部

9・東侯合韻：見侯部

10・東屋合韻：見屋部

（十二）魚獨用

（史記25－1243－3）舍、舒（史記25－1247－10）呂、旅（史記－24－1178－4）下、赭（史記－1－3－3）虎、野（史記－1－33－3）居、竄（史記－1－35－2）土、序（史記－1－15－1）舒、馬（史記－2－58－1）都、居（史記－2－65－2）旅、鼠、野、序（史記－2－84－4）祖、社、女（史記－4－151－6）舞、怒（史記－24－1222－2）旅、鼓、武、雅、語、古、家、下（史記－27－1322－2）雨、暑（史記－27－1339－8）閭、枯（史記－42－1777－1）者、疏（史記－27－1339－9）鼠、處、呼、悟（史記－49－1983－3）怒、華、下（史記－52－2001－3）疏、去（史記－60－2111－3）社、古、家、土、輔（史記－60－2112－1）古、土、社、家、輔（史記－60－2113－2）胥、社、古、家、土、輔（史記－75－2352－4）乎、邪（史記－75－2359－3）乎、魚（史記－75－2359－4）乎、輿（漢書－77－3252－4）女、下（史記－75－2359－6）乎、家（史記－79－2419－5）序、去（史記－82－2456－2）女、戶、兔、距（史記－108－2860－4）父、虎（史記－114－3004－5）蒲、蕪、且（史記－114－3004－4）珸、華（史記－114－3004－6）葭、胡、蘆、芋、居、圖（史記－117－3009－3）御、舒、慮、狳（史記－117－3009－5）與、怒、懼（史記－117－3014－2）與、娛、如（史記－117－3017－3）浦、野、下、怒（史記－117－3022－4）蕪、旅（史記－117－3028－3）扈、野、櫧、櫨、餘、閭（史記－117－3034－1）蘇、虎、馬（史記－117－3033－3）者、陳、櫨（史記－117－3034－5）去、兔（史記－117－3038－1）盧、鼓、舞（史記－117－3041－7）塗、虞、雅、胥、圃（史記－117－3049－3）蒲、都（史記－117－3039－1）徒、都（史記－117－3051－6）序、辜、奴、普、所、雨（史記－117－3062－1）都、霞、華（史記－84－2493－4）故、瓠、驪、車（史記－84

－2494－1）語、去（史記－84－2494－4）辜、都、下、去、魚（史記－84－2487－5）下、舞（史記－118－3088－11）賈、下（史記－126－3199－4）睹、故、語（史記－122－3145－6）虎、怒（史記　126－3204－7）去、顧（史記－126－3206－7）下、盂、家（史記－126－3207－3）處、興、胥、扶、徒、餘（史記－127－3217－6）污、下（史記－127－3219－13）下、譽（史記－127－3220－5）糈、處（史記－127－3219－6）庫、車（史記－128－3330－1）家、且（史記－128－3330－2）圖、家、廬、且（史記－128－3229－6）去、語（史記－128－3231－1）土、古（史記－128－3231－8）下、所、塗（史記－128－3237－4）枯、下、烏、蟆、且、盧、閭、虛、疏、如、乎（漢書－52－2397－1）父、虎（漢書－31－1799－8）戶、楚（漢書－48－2223－4）故、瓠、驢、車（漢書－48－2224－1）語、去（漢書－48－2224－4）故、都、下、去、魚（漢書－57－2535－7）葭、胡、盧、於、圖（漢書－57－2535－4）吾、華、圖、蒲、蕪、且（漢書－57－2539－3）御、舒、虛、馬、餘（漢書－57－2539－6）與、怒、懼（漢書－57－2544－2）興、娛、如（漢書－57－2548－2）浦、野、下、怒（漢書－57－2553－4）蕪、旅（漢書－57－2566－1）去、兔（漢書－57－2563－3）者、陡、櫓（漢書－57－2563－6）蘇、虎、馬（漢書－57－2571－1）徒、都（漢書－57－2573－1）塗、虞、雅、胥、圖（漢書－57－2577－4）下、奴（漢書－57－2586－3）序、辜、虜（漢書－57－2598－1）都、霞、華（漢書－58－2616－4）圖、書（漢書－63－2749－5）社、序、古、家、土、輔（漢書－63－2750－1）社、家、土、輔（漢書－90－3653－6）虎、怒（漢書－97－3937－10）虜、幕、伍（漢書－22－1052－3）下、馬、虎（漢書－22－1054－1）宇、所、五、武（漢書－22－1057－2）雨、緒（漢書－22－1060－1）下、赭（漢書－22－1065－4）處、宇（漢書－22－1065－1）都、華（漢書－22－1066－3）宇、舞（漢書－27－1400－9）下、虜（漢書－27－1471－8）苦、虜（漢書－45－2188－2）呼、語（漢書－53－2411－3）下、寡（漢書－51－2364－1）怒、下、都（漢書－56－2520－1）邪、虛（漢書－63－2757－9）渠、居、華、居（漢書－63－2759－7）社、家、土、輔（漢書－65－2865－3）所、苦、虜、下、虎、鼠（漢書－65－2867－1）徒、居、興、胥、扶、徒（漢書－65－2870－3）虛、華（漢書－65－2872－6）餘、虛、牙（漢書－67－2924－5）途、慮（漢書－73－3014－1）土、顧（漢書－73－3015－5）土、窊、魯（漢書－73－3102－1）楚、輔（漢書－72－3079－1）苦、下、輔（漢

書－73－3114－3）居、懼（漢書－85－3462－4）雨、下、故（漢書－87－3518
－3）舉、處（漢書－87－3519－2）吾、華、與、許（漢書－87－3543－7）虛、
與、遮（漢書－87－3545－1）虎、輿（漢書－87－3550－5）梧、魚、虞、胥
（漢書－87－3558－3）豬、胥、餘、圖（漢書－87－3561－2）怒、旅（漢書
－87－3570－1）傅、漁（漢書－87－3568－2）書、廬（漢書－87－3568－4）
吾、渠、華（漢書－87－3563－8）虞、舞、祜、雅（漢書－92－3713－1）壺、
酤、車、家、乎（漢書－94－3755－1）居、虞、五（漢書－94－3755－3）苦、
弩（漢書－96－3917－1）驢、馬（漢書－97－3974－10）下、除（漢書－97
－3953－7）躇、去（漢書－98－4024－1）怒、都、杜、虎（漢書－99－4059
－4）家、所（漢書－99－4116－4）茹、吐、寡、圉（漢書－99－4116－6）固、
楚（漢書－99－4142－7）下、土（漢書－99－4153－6）車、馬、虎、武（漢
書－99－4183－3）舞、邪

【合韻】

1・魚歌合韻：（漢書－72－3074－3）家（魚麻開二平）加（歌麻開二平）
（漢書－99－4058－3）下（魚禡開二去）化（歌禡合二去）（史記－65－2229
－8）過（歌過合一去）邪（魚麻開三平）（漢書－47－2216－9）華（魚禡合二
去）化（歌禡合二去）（漢書－57－2535－9）華（魚麻合二平）沙（歌麻開二
平）（漢書－22－1049－3）華（魚麻合二平）儀（歌支開三平）（漢書－97－3991
－1）過（歌過合一去）邪（魚麻開三平）家（魚麻開二平）（漢書－87－3561
－4）它（歌歌開一平）於（魚虞合三平）

2魚鐸合韻：（史記－9－404－1）妒（魚暮合一去）惡（鐸暮合一去）寙（魚
暮合一去）（史記－83－2474－1）墓（鐸暮合一去）下（魚禡開二去）（史記－
114－3003－8）澤（鐸陌開二入）餘（魚魚開三平）（漢書－36－1956－1）墓（鐸
暮合一去）居（魚魚開三平）餘（魚魚開三平）（漢書－38－1989－5）妒（魚暮
合一去）惡（鐸暮合一去）寙（魚暮合一去）（漢書－57－2535－3）堊（鐸鐸開
一入）坿（魚虞合三去）（漢書－18－721－3）土（魚姥合一上）徒（魚模合一
平）虞（魚虞合三平）徒（魚模合一平）伯（鐸陌開二入）馬（魚馬開二上）（漢
書－65－2844－8）壺（魚模合一平）齟（魚魚合三上）柏（鐸陌開二入）塗（魚
模合一平）亞（鐸禡開二去）牙（魚麻開二平）（漢書－65－2850－1）虛（魚魚
開三平）墓（鐸暮合一去）廬（魚魚開三平）（史記－114－3004－2）堊（鐸鐸

開一入）坿（魚魚合三去）（史記－84－2488－3）故（魚暮合一去）慕（鐸暮合一去）（史記－84－2489－2）暮（鐸暮合一去）故（魚暮合一去）（史記－84－2490－2）錯（鐸暮開一去）懼（魚遇合三去）（漢書－54－2466－7）幕（鐸鐸開一入）奴（魚模合一平）（漢書－62－2713－7）度（鐸暮合一去）舍（魚馬開三上）（漢書－87－3561－3）廬（魚模合一平）幕（鐸鐸開一入）吾（魚模合一平）（漢書－22－1061－4）著（鐸藥開三入）豫（魚遇開三去）（漢書－51－2346－1）惡（鐸暮合一去）妒（魚暮合一去）（史記－27－1339－9）庫（魚暮合一去）路（鐸暮合一去）（史記－55－2040－11）閭（魚魚開三平）居（魚魚開三平）墓（鐸暮合一去）（史記－49－1984－8）惡（鐸暮合一去）妒（魚暮合一去）（漢書－87－3563－6）度（鐸暮合一去）虞（魚虞合三平）（史記－3－108－7）墓（鐸暮合一去）閭（魚魚開三平）（漢書－65－2844－8）齟（魚魚合三上）塗（魚模合一平）亞（鐸禡開二去）牙（魚麻開二平）（史記－84－2497－1）夏（魚馬開二上）舍（魚馬開三上）暇（魚麻開二平）故（魚暮合一去）處（魚御開三去）去（魚御開三去）度（鐸暮合一去）

　　3·魚陽合韻：（史記－84－2487－1）夏（魚馬開二上）莽（陽陽開一上）土（魚姥合一上）

　　4·魚物合韻：（漢書－53－2423－4）寡（魚馬合二上）骨（物末合一入）

　　5·魚祭合韻：（漢書－56－2498－2）泄（魚禡開三去）害（月泰開一去）

　　6·魚宵合韻：見宵部

　　7·魚之合韻：見之部

　　8·魚職合韻：見職部

　　9·魚幽合韻：見幽部

　　10·魚覺合韻：見覺部

　　11·魚藥合韻：見藥部

　　12·魚侯合韻：見侯部

　　13·魚屋合韻：見屋部

（十三）鐸獨用

　　（史記89－2584－1）柏、迫（史記－68－2234－3）披、諾、諤（史記－86－2555－10）釋、搏（史記－92－2625－12）螫、步（史記－83－2462－5）

坼、席、斯（史記－117－3037－3）略、獲、若、躇、籍、澤（史記－117－3041－5）度、朔（史記－117－3052－2）廓、澤（史記－117－3043－1）庶、獲（史記－117－3070－5）澤、濩（史記－100－2731－11）百、諾（史記－126－3199－7）席、錯、藉、客、石（史記－128－3229－6）路、訴（史記－128－3232－6）惡、若、作、錯、擇、薄、獲、澤、谷、郭、陌、籍（漢書－29－1692－4）澤、迫（漢書－51－2340－5）百、鸒（漢書－57－2572－5）度、朔（漢書－57－2575－2）庶、獲（漢書－57－2568－1）略、獲、若、躇、籍、澤（漢書－65－2844－2）百、帛（漢書－57－2607－3）澤、護（漢書－65－2866－7）度、索（漢書－72－3059－1）吒、露、炙、薄（漢書－73－3112－2）作、度（漢書－22－1057－6）慕、路（漢書－8－263－4）墓、著（漢書－8－263－4）夕、錯（漢書－87－3525－1）繹、錯、度、薄、鄂（漢書－87－3564－3）庶、獲（漢書－87－3566－7）白、落（漢書－87－3571－5）白、鵲（漢書－87－3572－2）骼、索（漢書－94－3755－8）落、度（漢書－87－3584－5）奠、閣

【合韻】

1・**鐸物合韻**：（漢書－73－3115－2）骨（物末合一入）墓（鐸暮合一去）

2・**鐸葉合韻**：（史記－65－2229－8）百（鐸陌開二入）法（葉乏合三入）

3・**鐸元合韻**：（史記－84－2500－1）搏（鐸鐸開一入）患（元諫合二去）

4・**鐸歌合韻**：（漢書－87－3544－1）射（鐸禡開三去）離（歌支開三平）路（鐸暮合一去）（史記－2－62－2）雒（鐸鐸開一入）河（歌歌開一平）（史記－117－3009－5）腋（鐸昔開三入）地（歌至開三去）（漢書－48－2226－5）我（歌哿開一上）度（鐸暮合一去）（漢書－13－364－3）伯（鐸陌開二入）議（歌寘開三去）（漢書－16－529－2）百（鐸陌開二入）賀（歌個開一去）（漢書－9－288－4）薄（鐸鐸開一入）何（歌歌開一平）（漢書－73－3113－8）夜（鐸禡開三去）惰（歌過合一去）（漢書－87－3523－1）差（歌佳開二平）霍（鐸鐸合一入）（史記－43－1792－2）皮（歌支開三平）腋（鐸昔開三入）（漢書－57－2534－5）騎（歌支開三平）澤（鐸陌開二入）（漢書－57－2586－2）加（歌麻開二平）作（鐸鐸開一入）（漢書－58－2613－7）和（歌過合一去）涸（鐸鐸開一入）（漢書－58－2616－2）和（歌過合一去）涸（鐸鐸開一入）

5・**鐸脂合韻**：（漢書－73－3112－2）齊（脂齊開四平）庶（鐸御開三去）

6・**鐸月合韻**：（史記－117－3041－9）獲（鐸麥合二入）說（月薛合三入）（漢書－57－2573－4）獲（鐸麥合二入）說（月薛合三入）（漢書－99－4056－4）魄（鐸陌開二入）殺（月黠開二入）（漢書－73－3014－4）發（月月合三入）霸（鐸禡開二去）

7・**鐸宵合韻**：見宵部

8・**鐸之合韻**：見之部

9・**鐸職合韻**：見職部

10・**鐸藥合韻**：見藥部

11・**鐸侯合韻**：見侯部

12・**鐸屋合韻**：見屋部

13・**鐸魚合韻**：見魚部

（十四）陽獨用

（史記25－1247－1）景、竟（史記25－1248－1）誾、倡（史記26－1255－3）明、孟（史記25－1247－3）狼、量（史記25－1247－3）丙、明（史記－8－389－8）揚、鄉、方（史記－3－95－1）方、網（史記－3－95－7）喪、亡（史記－2－52－1）陽、漳（史記－7－305－4）羊、狼（史記－10－414－6）王、光（史記－12－477－3）祥、明、饗（史記－13－505－7）芒、商（史記－24－1178－2）陽、明（史記－24－1186－6）行、防（史記－24－1223－1）當、昌、祥、當（史記－27－1291－3）央、鄉（史記－27－1321－1）行、慶、方、昌、亡（史記－27－1322－2）兵、昌（史記－27－1339－7）長、象（史記－27－1342－2）昌、殃（史記－46－1879－1）光、王（史記－46－1889－9）昌、亡（史記－46－1890－2）昌、亡（史記－68－2233－9）明、強、尚（史記－55－2037－10）行、病（史記－60－2111－4）常、光（史記－68－2234－3）昌、亡（史記－75－2353－3）將、相（史記－86－2555－12）行、常（史記－88－2569－7）殃、祥（史記－92－2624－3）行、殃（史記－92－2627－7）尚、藏、亡、陽、尚（史記－101－2740－1）堂、衡（史記－101－2748－7）常、亡（史記－97－2700－6）相、將（史記－86－2562－8）享、殃（史記－108－2860－4）兄、狼（史記－111－2924－1）彭、方（史記－114－3004－9）楊、芳（史記－128－3235－11）行、疆、王（史記－128－3235－12）王、將、

行、當（史記－128－3236－3）良、羊、央、傷、腸、創、迎、當、鄉、兵、王、強（史記－128－3236－8）王、當（史記－128－3235－3）強、常、郎、氓、方、囊、強、嘗、傍、行、祥、享、光、綱、長、亡（史記－129－3256－2）壤、往（史記－128－3233－8）梁、狼、傍、傷、央、狂、亡、陽、殃、忘、疆、郎、床、羹、胻、狂、昌、明、亡、望、兵、行、將、王、陽、郎、葬、行、湯（史記－128－3229－7）光、鄉、衡、望（史記－128－3230－6）黃、行、箱、光（史記－126－3200－8）光、腸（史記－126－3203－3）蕩、上（史記－126－3203－5）行、更（史記－126－3206－4）郎、行（史記－126－3206－6）兵、強、亡（史記－84－2489－1）強、象（史記－118－3088－4）病、行（史記－119－3113－1）行、糧（史記－84－2493－2）祥、翔（史記－84－2494－3）藏、羊（史記－84－2487－4）章、明（史記－84－2487－5）量、臧（史記－84－2500－5）喪、荒、翔（史記－117－3026－2）堂、房（史記－117－3034－1）狼、羊（史記－117－3036－1）皇、明（史記－117－3037－1）羊、鄉（史記－128－3223－1）上、祥（史記－127－3219－1）饗、上（史記－128－3232－5）長、藏、疆、鄉（史記－128－3231－14）強、亡、亡（史記－128－3239－4）黃、祥（史記－117－3058－1）光、陽、湟、方、行（漢書－26－1281－3）祥、殃、兵、亡（漢書－26－1283－2）王、亡、明、強、昌（漢書－26－1281－5）喪、兵、殃（漢書－25－1237－1）祥、明、享（漢書－24－1120－4）上、養、長、強（漢書－24－1121－1）黨、鄉（漢書－24－1183－3）將、長、臧（漢書－1－34－4）昌、亡（漢書－26－1274－7）陽、行（漢書－1－74－3）揚、鄉、方（漢書－31－1802－7）羊、狼（漢書－31－1808－8）鄉、行（漢書－40－2027－2）行、病（漢書－48－2224－3）臧、羊（漢書－43－2115－4）相、將（漢書－43－2119－8）王、亡（漢書－44－2149－7）病、行（漢書－48－2223－2）祥、翔（漢書－51－2351－1）亡、王（漢書－57－2535－10）章、楊、芳（漢書－52－2397－1）兄、狼（漢書－57－2557－2）堂、房（漢書－57－2563－5）狼、羊（漢書－57－2567－3）羊、鄉（漢書－57－2567－2）皇、明（漢書－62－2711－1）昌、亡（漢書－62－2713－7）常、綱、明（漢書－57－2595－1）光、陽、湟、方、行（漢書－63－2749－5）常、光（漢書－64－2792－4）鄉、行（漢書－27－1518－6）亡、方（漢書－8－263－4）翔、旁（漢書－11－337－2）光、行（漢書－22－1049

－3）芳、光、行、芒、章（漢書－22－1050－5）芳、饗、饗、臧、臧、常、

忘（漢書－22－1051－3）常、明、光、良、光、芳、忘（漢書－22－1051－4）

常、明、疆（漢書－22－1052－2）望、方（漢書－22－1052－5）香、鄉、黃、

堂（漢書－22－1052－7）芳、觴（漢書－22－1054－2）光、黃（漢書－22－

1055－3）昌、嘗（漢書－22－1055－4）忘、疆（漢書－22－1056－4）臧、霜

（漢書－22－1057－3）享、荒、翔、將（漢書－22－1058－3）明、章（漢書

－22－1058－4）商、長、鴹、享（漢書－22－1061－4）蕩、饗（漢書－22－

1061－5）廣、堂、望、光、黃、羊、明、觴、放、章（漢書－22－1062－2）

昌、方（漢書－22－1066－1）房、堂（漢書－22－1067－2）觴、驤（漢書－22

－1068－2）詳、饗（漢書－22－1067－1）芳、光（漢書－27－1455－9）陽、

強（漢書－22－1069－5）享、祥、觴、光、央（漢書－27－1472－6）昌、亡（漢

書－45－2188－7）岡、往（漢書－49－2288－2）鄉、往（漢書－51－2359－2）

昌、亡（漢書－56－2515－5）長、養（漢書－62－2736－2）亡、往（漢書－58

－2632－4）光、享（漢書－65－2865－1）強、亡、行、倉、享（漢書－69－2995

－2）羌、陽、章、亢（漢書－65－2868－6）行、明（漢書－65－2871－4）湯、

王（漢書－69－2995－1）狂、疆（漢書－67－2908－13）尙、葬（漢書－69－

2995－2）羌、陽、章、亢（漢書－72－3060－3）臧、長（漢書－72－3067－2）

張、王（漢書－73－3014－3）霜、王（漢書－73－3101－3）荒、商、彭、光（漢

書－73－3016－1）堂、牆（漢書－73－3110－4）常、翔（漢書－73－3114－4）

常、荒（漢書－75－3184－3）陽、行、障、光、明（漢書－85－3460－2）方、

量、臧、上、饗（漢書－85－3467－7）光、傷（漢書－87－3518－1）裳、房（漢

書－85－3444－5）陽、喪、臧（漢書－87－3523－1）兵、狂、裝、梁（漢書－

87－3523－1）攘、行、章（漢書－87－3520－3）行、芳（漢書－87－3538－1）

鄉、黃（漢書－87－3530－3）芳、英、堂（漢書－87－3548－4）揚、皇、方、

光（漢書－87－3552－2）王、長、享（漢書－87－3553－7）衡、房、央（漢書

－87－3566－5）光、當（漢書－87－3581－4）恍、方（漢書－87－3581－6）

明、廣（漢書－90－3674－1）場、葬（漢書－92－3707－5）喪、卿（漢書－96

－3903－7）方、王、牆、漿、傷、鄉（漢書－96－3913－14）狼、羊（漢書－

97－3953－1）長、鄉、傷、陽、亡、疆、央、羊、章、莊、揚、芒、揚（漢書

－99－4047－10）讓、章、賞、望（漢書－97－3981－5）望、臧（漢書－99－

4074－1）明、享（漢書－99－4166－9）王、行、陽、光、行（漢書－99－4084－1）兵、殃（漢書－22－1066－3）觴、洋、長

【合韻】

1・**陽耕合韻**：（漢書－87－3566－5）星（耕青開四平）衡（陽庚開二平）（漢書－87－3581－5）煌（陽唐合一平）疆（陽陽開三平）命（耕映開三去）（史記－118－3086－5）糠（陽唐開三平）形（耕青開四平）（史記－117－3049－2）徵（耕清開三平）攘（陽陽開三平）（史記－117－3054－4）萌（陽耕開二平）形（耕青開四平）（史記－119－3101－6）更（陽庚開一平）正（耕清開三平）（漢書－26－1274－5）衡（陽庚開二平）政（耕勁開三去）（漢書－49－2270－5）堂（陽唐開一平）衡（陽庚開二平）幸（耕耿開二上）（漢書－58－2617－7）行（陽庚開二平）聽（耕青開四平）（漢書－62－2711－2）長（陽陽開三平）臧（陽唐開一平）經（耕青開四平）綱（陽唐開一平）（漢書－62－2712－4）刑（耕青開四平）羹（陽庚開一平）（漢書－10－317－1）行（陽庚開二平）成（耕清開三平）寧（耕青開四平）（漢書－18－722－7）政（耕勁開三去）亡（陽陽合三平）（漢書－63－2759－8）強（陽陽開三平）正（耕清開三平）（漢書－72－3065－1）冥（耕青開四平）萌（陽耕開二平）（漢書－73－3101－6）城（耕清開三平）生（耕庚開二平）耕（耕耕開二平）寧（耕青開四平）京（陽庚開三平）（漢書－56－2515－11）行（陽庚開二平）成（耕清開三平）（漢書－56－2520－1）盛（耕清開三平）行（陽庚開二平）（史記－27－1291－1）衡（陽庚開二平）政（耕勁開三去）（史記－46－1889－3）清（耕清開三平）相（陽陽開三平）（史記－60－2113－4）疆（陽陽開三平）政（耕勁開三去）（史記－55－2057－4）定（耕徑開四去）烹（陽庚開二平）（漢書－48－2228－5）形（耕青開四平）喪（陽唐開一平）荒（陽唐合一平）翔（陽陽開三平）（漢書－57－2583－1）徵（耕清開三平）攘（陽陽開三平）（漢書－75－3159－4）明（陽庚開三平）耕（耕耕開二平）（漢書－85－3443－6）政（耕勁開三去）卿（陽庚開三平）（漢書－73－3111－4）兄（陽庚合三平）兄（陽庚合三平）形（耕青開四平）聲（耕清開三平）京（陽庚開三平）（漢書－73－3114－1）盛（耕勁開三去）慶（陽映開三去）（漢書－97－3985－5）靈（耕青開四平）庭（耕青開四平）明（陽庚開三平）成（耕清開三平）（史記－4－136－5）兵（陽庚開三平）命（耕映開三去）（史記－104－2799－7）卿（陽庚

開三平）平（耕庚開三平）（史記－24－1190－1）聖（耕勁開三去）明（陽庚
開三平）（漢書－51－2347－2）明（陽庚開三平）聽（耕青開四平）（漢書－23
－1079－7）明（陽庚開三平）性（耕勁開三去）（漢書－69－2995－3）京（陽
庚開三平）庭（耕青開四平）（史記－101－2737－5）柄（陽映開三去）正（耕
勁開三去）

　　2・**陽眞合韻**：（漢書－63－2757－8）廣（陽蕩合一上）人（眞眞開三平）

　　3・**陽侵合韻**：（史記－117－3054－5）金（侵侵開三平）堂（陽唐開一平）
（漢書－36－1948－3）明（陽庚開三平）常（陽陽開三平）心（侵侵開三平）
（漢書－63－2750－2）心（侵侵開三平）毗（陽耕開二平）（漢書－57－2544
－1）行（陽庚開二平）淫（侵侵開三平）（漢書－57－2591－1）金（侵侵開三
平）堂（陽唐開一平）（漢書－87－3546－2）蹌（陽陽開三去）光（陽唐合一
去）林（侵侵開三平）唐（陽唐合一平）（漢書－87－3558－1）楊（陽陽開三
平）風（侵東合三平）莽（陽陽開一上）

　　4・**陽蒸合韻**：見蒸部

　　5・**陽冬合韻**：見冬部

　　6・**陽東合韻**：見東部

　　7・**陽魚合韻**：見魚部

（十五）**支獨用**

　　（史記－99－2726－4）枝、智（史記－117－3034－2）豸、氏、豕（史記
－117－3041－1）此、麗（漢書－57－2563－7）豸、氏、豕（漢書－48－2251
－5）知、智

　　【合韻】

　　1・**支錫合韻**：（漢書－57－2539－4）擊（錫錫開四入）皆（支佳開二去）
係（錫霽開四去）

　　2・**支至合韻**：（史記－28－1357－2）至（質至開三去）祗（支支開三平）
（漢書－67－2909－1）至（質至開三去）知（支支開三平）

　　3・**支月合韻**：（漢書－99－4056－3）刺（月曷開一入）知（支支開三平）

　　4・**支歌合韻**：（漢書－87－3550－5）碕（歌支開三平）技（支紙開三上）
螭（歌支開三平）鼉（歌歌開一平）蠵（支合四平）（漢書－57－2580－1）彼

（歌紙開三上）此（支紙開三上）（漢書－9－281－7）虧（歌支合三平）斯（支支開三平）（漢書－87－3532－1）施（歌支開三平）沙（歌麻開二平）崖（支佳開二平）（漢書－87－3550－1）河（歌歌開一平）厓（支佳開二平）陂（歌支開三平）（漢書－87－3550－6）螔（支齊開四上）離（歌支開三平）（漢書－87－3553－7）麗（支霽開四去）靡（歌紙開三上）（漢書－87－3577－1）此（支紙開三上）彼（歌紙開三上）（漢書－87－3577－8）地（歌至開三去）卦（支卦合二去）（史記－92－2625－12）智（支寘開三去）麾（歌支合三平）（史記－117－3022－3）靡（歌紙開三上）豸（支紙開三上）（史記－117－3028－5）倚（歌支開三上）佹（歌支合三上）砢（歌歌開一上）纚（支止開三上）（史記－117－3033－1）徙（支止開三上）移（歌支開三平）（史記－117－3036－1）雞（支齊開四平）鵝（歌歌開一平）（史記－117－3046－1）彼（歌紙開三上）此（支紙開三上）（史記－117－3051－2）議（歌寘開三去）規（支支合三平）地（歌至開三去）（史記－117－3051－11）此（支紙開三上）彼（歌紙開三上）（漢書－51－2360－2）知（支支開三平）爲（歌支合三平）（漢書－87－3533－3）峨（歌歌開一平）厓（支佳開二平）（漢書－57－2553－3）靡（歌紙開三上）豸（支紙開三上）（漢書－57－2559－5）倚（歌支開三上）佹（歌支合三上）砢（歌歌開一上）纚（支止開三上）（漢書－57－2563－1）徙（支止開三上）移（歌支開三平）（漢書－57－2567－1）雞（支齊開四平）鵝（歌歌開一平）（漢書－62－2713－5）爲（歌支合三平）知（支支開三平）（漢書－22－1052－6）麗（支霽開四去）靡（歌紙開三上）（漢書－57－2586－8）此（支紙開三上）彼（歌紙開三上）

　　5．支脂合韻：（漢書－92－3713－1）轠（脂脂合三上）泥（脂齊開四平）此（支紙開三上）夷（脂脂開三平）（漢書－73－3110－6）夷（脂脂開三平）祇（支支開三平）（漢書－87－3518－2）佳（支佳開二平）眉（脂脂開三平）

　　6．支元合韻：（史記－117－3025－1）端（元桓合一平）崖（支佳開二平）（漢書－57－2556－1）端（元桓合一平）崖（支佳開二平）

　　7．支質合韻：（史記－117－3067－6）替（質霽開四入）祇（支支開三平）（漢書－8－256－1）實（質質開三入）知（支支開三平）（漢書－57－2604－6）替（質霽開四入）祇（支支開三平）

8・**支微合韻**：（史記－117－3072－2）祗（支支開三平）遺（微脂合三平）
（漢書－57－2609－2）祗（支支開三平）遺（微脂合三平）

9・**支之合韻**：見之部

（十六）錫獨用

（漢書－34－1908－1）帝、易（漢書－53－2431－3）積、益（漢書－64－2823－10）策、迹（漢書－87－3563－7）易、役（漢書－87－3570－4）闢、迹

【合韻】

1・**錫質合韻**：（漢書－29－1682－6）溢（錫質開三入）日（質質開三入）（漢書－22－1058－1）溢（錫質開三入）一（質質開三入）（漢書－49－2279－10）畢（質質開三入）解（錫蟹開二上）失（質質開三入）（漢書－94－3813－8）計（質霽開四去）策（錫麥開二入）（漢書－27－1420－6）解（錫蟹開二上）血（質屑合四入）（史記－29－1413－4）溢（錫質開三入）日（質質開三入）（史記－117－3017－4）汨（錫錫開四入）戾（質霽開四去）

2・**錫歌合韻**：（漢書－87－3558－3）扼（錫麥開二入）羆（歌支開三平）（漢書－57－2542－2）池（歌支開三平）鷫（錫錫開四入）

3・**錫微合韻**：（漢書－87－3536－6）踢（錫錫開四入）衰（微脂合三平）

4・**錫至合韻**：（史記－6－257－2）闢（錫昔開三入）至（質至開三去）

5・**錫祭合韻**：（漢書－49－2296－8）解（錫蟹開二上）制（月祭開三去）

6・**錫之合韻**：見之部

7・**錫支合韻**：見支部

8・**錫幽合韻**：見幽部

（十七）耕獨用

（史記25－1244－9）星、生（史記－1－13－4）靈、名（史記－1－24－1）政、命、政（史記－2－84－4）政、命（史記－29－1413－4）寧、平（史記－4－136－2）名、刑（史記－10－434－3）靈、寧（史記－12－479－2）生、莖（史記－24－1186－1）靜、性（史記－24－1196－1）生、情（史記－24－1202－2）情、經（史記－24－1211－5）成、生、經（史記－24－1211－5）清、

平、寧（史記－27－1320－4）嬴、寧（史記－27－1329－5）城、爭、聲（史記－27－1322－1）城、爭、聲（史記－68－2234－13）命、令（史記－1－35－3）平、成（史記－112－2958－5）政、城（史記－117－3026－2）成、清、榮、庭、傾、嶸、生（史記－117－3028－3）莖、榮（史記－117－3031－1）鳴、經（史記－117－3043－1）騁、形、精（史記－117－3064－5）成、聲（史記－128－3239－4）誠、情、誠、靈（史記－128－3240－6）靈、生（史記－128－3235－8）成、冥（史記－127－3221－11）生、成（史記－127－3219－2）生、成、生（史記－127－3217－6）正、敬（史記－128－3233－6）生、成（史記－128－3232－12）盈、嬴、精、成、令、名（史記－118－3085－7）聲、形（史記－120－3114－1）生、情（史記－84－2500－2）名、生（史記－84－2487－4）盛、正（史記－117－3067－3）榮、成（史記－84－2498－3）成、刑、丁（漢書－1－34－4）名、成（漢書－4－132－4）靈、寧（漢書－29－1682－5）寧、平（漢書－34－1908－1）成、爭、生（漢書－48－2227－3）成、刑、丁（漢書－57－2562－1）鳴、經（漢書－57－2557－2）成、清、榮、庭、傾、嶸、生（漢書－57－2559－3）莖、榮（漢書－48－2228－3）名、生（漢書－50－2325－5）生、情（漢書－52－2384－2）清、寧（漢書－16－529－2）聖、平（漢書－18－721－3）刑、命（漢書－22－1046－2）清、庭、冥、旌（漢書－22－1046－4）聲、聽、情、成、冥（漢書－9－281－5）靜、寧、命（漢書－62－2713－9）聽、生、形、成、冥、名、形（漢書－57－2601－3）成、聲（漢書－57－2575－1）騁、形、精（漢書－22－1058－3）鳴、清（漢書－22－1054－4）聽、命（漢書－22－1063－2）成、生、鳴、牲、生、醒、名、并、寧、平、成、榮（漢書－23－1102－7）聽、平、正、令（漢書－27－1371－3）政、靜、鳴、榮（漢書－48－2252－6）政、令（漢書－49－2296－1）平、寧（漢書－49－2297－1）正、刑、姓（漢書－51－2361－1）生、形（漢書－56－2515－12）命、性（漢書－56－2515－10）命、性、情（漢書－63－2757－8）城、鳴（漢書－64－2778－4）靈、寧（漢書－64－2780－1）精、生（漢書－64－2811－6）政、城（漢書－65－2844－8）令、命（漢書－65－2844－8）盛、正、敬、廷、徑、定、爭（漢書－67－2908－8）冥、聲、情（漢書－60－2670－2）政、定（漢書－56－2502－2）刑、生（漢書－72－3060－3）形、生（漢書－72－3063－9）政、生（漢書－73－3015－2）清、庭、徵（漢書－73－3102

－1）徵、平（漢書－73－3107－9）纂、經（漢書－72－3074－1）生、政（漢書－73－3114－5）整、幸（漢書－75－3170－6）性、情（漢書－75－3184－7）政、營（漢書－87－3516－4）正、貞（漢書－87－3538－3）營、耕、寧、城、平、崝（漢書－87－3528－2）清、玲、傾、嶸、嬰、成（漢書－87－3518－3）苓、榮（漢書－87－3560－5）聲、平（漢書－87－3561－3）星、霆（漢書－87－3571－3）靜、廷（漢書－87－3577－1）形、聲（漢書－87－3578－3）莖、成（漢書－94－3816－4）形、聲（漢書－87－3584－5）靜、命（漢書－97－3955－3）冥、庭、靈（漢書－98－4035－4）精、靈、成（漢書－97－3987－1）清、扃、生、泠、聲、榮（漢書－62－2713－6）形、情（漢書－57－2604－3）榮、成（漢書－99－4073－8）正、定（漢書－99－4080－4）令、命（漢書－99－4137－1）城、寧（漢書－99－4153－7）星、命、敬（漢書－99－4166－9）令、井（史記－24－1235－1）形、聲

【合韻】

1 · 耕侵合韻：（史記－1－24－8）欽（侵侵開三平）欽（侵侵開三平）靜（耕靜開三上）（史記－50－1990－9）令（耕勁開三去）任（侵沁開三去）（史記－127－3216－10）情（耕清開三平）心（侵侵開三平）（漢書－56－2515－6）情（耕清開三平）今（侵侵開三平）（史記－24－1186－6）心（侵侵開三平）聲（耕清開三平）（漢書－72－3060－1）盛（耕清開三平）風（侵東合三平）

2 · 耕眞合韻：（史記－24－1178－2）昚（眞眞開三去）冥（耕青開四平）（史記－84－2493－1）生（耕庚開二平）身（眞眞開三平）（漢書－97－3951－2）人（眞眞開三平）城（耕清開三平）（漢書－16－529－8）盡（眞軫開三上）姓（耕勁開三去）（漢書－87－3536－5）涇（耕青開四平）沴（眞先開四上）（漢書－60－2674－1）信（眞震開三去）貞（耕清開三平）貞（耕清開三平）生（耕庚開二平）（漢書－48－2223－1）生（耕庚開二平）身（眞眞開三平）

3 · 耕文合韻：（史記－4－129－1）殷（文欣開三平）成（耕清開三平）（史記－128－3230－6）門（文魂合一平）冥（耕青開四平）

4 · 耕質合韻：（史記－84－2490－1）質（質質開三入）匹（質質開三入）程（耕清開三平）

5 · 耕蒸合韻：見蒸部

6・耕東合韻：見東部

7・耕冬合韻：見冬部

8・耕陽合韻：見陽部

（十八）脂獨用

（史記2－89－3）稽、計（史記25－1244－7）癸、揆（史記－27－1339－8）第、次（史記－117－3025－2）麋、犀（史記－84－2488－1）濟、示（史記－128－3232－11）嗜、美（漢書－72－3067－9）美、次（漢書－73－3112－3）視、履（漢書－86－3498－7）指、死（漢書－87－3533－1）梨、諧（漢書－57－2596－4）夷、師（漢書－87－3567－4）資、師（漢書－87－3570－3）師、眉（漢書－99－4175－7）眉、師（漢書－97－3999－5）死、矢（史記－117－3060－4）夷、師（史記－1－43－1）禮、師

【合韻】

1・脂文合韻：（漢書－57－2556－2）麋（文諄合三平）犀（脂齊開四平）

2・脂微合韻：（漢書－87－3547－3）梨（脂脂開三平）飛（微微合三平）犀（脂齊開四平）（史記－60－2112－3）罪（微賄合一上）師（脂脂開三平）綏（微脂合三平）（史記－112－2960－1）資（脂脂開三平）諱（微未合三去）（史記－117－3034－2）坻（脂薺開四上）水（微旨合三上）（漢書－57－2563－6）坻（脂薺開四上）水（微旨合三上）（漢書－63－2750－2）罪（微賄合一上）師（脂脂開三平）（漢書－49－2296－8）威（微微合三平）恣（脂至開三去）（漢書－54－2466－8）死（脂旨開三上）歸（微微合三平）（漢書－45－2187－7）機（微微開三平）棲（脂齊開四平）（漢書－73－3114－1）階（脂皆開二平）懷（微皆合二平）（漢書－73－3111－3）師（脂脂開三平）爾（脂紙開三上）輝（微微合三平）（漢書－87－3531－3）妃（微微合三平）眉（脂脂開三平）資（脂脂開三平）（漢書－87－3577－9）屍（脂脂開三平）希（微微開三平）回（微灰合一平）

3・脂質合韻：（漢書－57－2604－1）謐（質霽合四去）二（脂至開三去）（漢書－87－3567－1）結（質屑開四入）逸（質質開三入）二（脂至開三去）七（質質開三入）（史記－4－129－5）伊（脂脂開三平）室（質質開三入）（史記－24－1199－1）疾（質質開三入）饑（脂脂開三平）（史記－24－1202－2）

體（脂薺開四上）節（質屑開四入）（史記－117－3067－1）謑（質霽合四去）二（脂至開三去）

　　4·脂絹合韻：（史記－124－3184－2）急（絹緝開三入）私（脂脂開三平）

　　5·脂物合韻：（漢書－16－529－9）隸（物代開一去）屍（脂脂開三平）

　　6·脂至合韻：（漢書－87－3546－3）駟（質至開三去）師（脂脂開三平）（漢書－99－4062－3）器（質至開三去）禮（脂薺開四上）

　　7·脂祭合韻：（史記－2－65－1）西（脂齊開四平）汭（月祭合三去）

　　8·脂歌合韻：（漢書－87－3519－4）馳（歌支開三平）師（脂脂開三平）（史記－1－39－6）諧（脂皆開二平）和（歌戈合一平）（漢書－49－2295－2）過（歌過合一去）美（脂旨開三上）（漢書－27－1411－2）離（歌支開三平）爲（歌支合三平）姊（脂旨開三上）（漢書－53－2423－5）羅（歌歌開一平）涕（脂霽開四去）（漢書－87－3577－4）地（歌至開三去）彌（脂支開三平）（漢書－92－3712－7）眉（脂脂開三平）危（歌支合三平）（史記－2－81－2）儀（歌支開三平）諧（脂皆開二平）（史記－23－1163－1）死（脂旨開三上）危（歌支合三平）（史記－127－3217－11）多（歌歌開一平）馳（歌支開三平）兒（脂至開三去）（史記－117－3057－1）倚（歌支開三上）趡（脂脂合三上）（漢書－57－2592－7）倚（歌支開三上）趡（脂脂合三上）

　　9·脂之合韻：見之部

　　10·脂宵合韻：見宵部

　　11·脂藥合韻：見藥部

　　12·脂鐸合韻：見鐸部

　　13·脂支合韻：見支部

（十九）質獨用

　　（司馬彪－14－3292－2）節、室（史記－27－1322－1）疾、吉（史記－68－2234－4）實、疾（史記－54－2031－10）一、失、一（史記－126－3203－3）漆、室（史記－117－3068－2）七、實（漢書－39－2021－1）一、失、一（漢書－57－2605－3）七、實（漢書－62－2713－4）實、失（漢書－49－2290－12）密、閉（漢書－49－2280－1）利、密（漢書－73－3114－2）畢、日（漢書－73－3114－5）栗、室（漢書－75－3184－5）一、節（漢書－73－

3101－5）逸、室

【合韻】

1·**質物合韻**：（史記－117－3064－7）繼（質霽開四去）卒（物沒合一入）（史記－84－2489－4）汩（質沒合一入）忽（物沒合一入）（漢書－57－2601－5）繼（質霽開四去）卒（物沒合一入）（漢書－64－2822－4）密（質質開三入）味（物未合三去）（漢書－73－3102－2）一（質質開三入）弼（物質開三入）（漢書－73－3013－4）逸（質質開三入）黜（物術合三入）（漢書－73－3016－3）室（質質開三入）弼（物質開三入）

2·**質緝合韻**：（漢書－99－4073－8）失（質質開三入）輯（緝緝開三入）

3·**質歌合韻**：（漢書－57－2541－2）靡（歌紙開三上）蕙（質霽合四去）

4·**質眞合韻**：（漢書－86－3507－1）密（質質開三入）身（眞眞開三平）

5·**質文合韻**：（漢書－87－3532－1）祈（文微開三平）壹（質質開三入）

6·**質至合韻**：（漢書－57－2539－4）洌（質先開四去）至（質至開三去）（史記－79－2420－11）至（至至開三去）節（質屑開四入）

7·**質隊合韻**：（史記－117－3051－11）閉（質霽開四去）昧（物隊合一去）（漢書－57－2586－8）閉（質霽開四去）昧（物隊合一去）

8·**質月合韻**：（漢書－57－2548－3）汩（質沒合一入）折（月薛開三入）冽（月薛開三入）戾（質霽開四去）（漢書－87－3561－2）發（月月合三入）軼（質質開三入）（漢書－87－3571－1）滅（月薛開三入）絕（月薛合三入）實（質質開三入）熱（月薛開三入）室（質質開三入）

9·**質祭合韻**：（漢書－99－4091－11）袿（質脂開三平）制（月祭開三去）（漢書－99－4085－2）室（質質開三入）制（月祭開三去）

10·**質之合韻**：見之部

11·**質職合韻**：見職部

12·**質宵合韻**：見宵部

13·**質屋合韻**：見屋部

14·**質支合韻**：見支部

15·**質錫合韻**：見錫部

16·**質耕合韻**：見耕部

（二十）眞獨用

（史記25－1245－4）寅、螾（史記－4－135－7）信、人（史記－6－279－4）信、人（史記－5－192－9）神、民（史記－2－77－5）人、民（史記－29－1413－6）仁、人（史記－10－430－1）民、年（史記－24－1181－3）臣、民（史記－64－2157－9）親、身（史記－64－2176－9）天、人（史記－47－1924－7）堅、磷（史記－43－1808－9）身、民（史記－112－2963－6）民、親（史記－114－3003－3）濱、麟（史記－117－3031－1）顚、榛（史記－117－3067－5）神、民（史記－117－3063－6）民、秦（史記－125－3191－1）田、年（史記－127－3217－12）親、民（史記－128－3231－5）天、淵、賢、人（史記－128－3240－2）天、淵、信（漢書－29－1682－7）仁、人（漢書－43－2119－8）人、民（漢書－57－2562－2）顚、榛（漢書－57－2600－6）民、秦（漢書－57－2604－5）神、民（漢書－36－1948－5）天、人（漢書－11－343－1）人、民（漢書－13－363－1）天、年（漢書－22－1047－1）申、親、轊（漢書－22－1048－2）天、人（漢書－27－1420－7）年、人（漢書－37－1981－1）身、人、賢（漢書－23－1106－1）臣、民（漢書－51－2334－5）臣、親（漢書－49－2294－3）人、民（漢書－56－2516－1）天、親（漢書－64－2835－5）田、民（漢書－70－3017－4）賓、臣（漢書－73－3015－4）仁、臣（漢書－74－3139－8）天、人（漢書－77－3252－4）天、人（漢書－81－3343－5）親、臣（漢書－83－3386－7）親、恩（漢書－87－3552－1）神、鄰（漢書－87－3558－1）民、身（漢書－87－3577－3）天、人（漢書－87－3577－5）天、淵（漢書－87－3581－2）眞、身（漢書－89－3635－10）進、信（漢書－97－3955－2）親、信（漢書－99－4166－8）人、信（漢書－99－4129－4）賢、親（漢書－99－4190－5）人、信（漢書－99－4142－7）賓、臣（漢書－99－4056－1）賢、親

【合韻】

1・眞文元合韻：（漢書－87－3566－5）文（文文合三平）言（元元開三平）泉（元仙合三平）天（眞先開四平）倫（文諄合三平）門（文魂合一平）（漢書－87－3532－3）麟（眞眞開三平）閽（文魂合一平）神（眞眞開三平）壇（元寒開一平）山（元山開二平）（漢書－87－3526－2）垠（文眞開三平）瑉（眞仙開三平）鱗（眞眞開三平）炘（文欣開三平）神（眞眞開三平）嶟（文魂合

一平）柣（文眞開三平）藩（元元合三平）顚（眞先開四平）天（眞先開四平）
（漢書－29－1692－6）川（文仙合三平）民（眞眞開三平）言（元元開三平）
（史記－39－1680－13）君（文文合三平）民（眞眞開三平）亂（元換合一去）
　　2‧眞文合韻：（漢書－87－3567－2）君（文文合三平）臣（眞眞開三平）
貧（文眞開三平）存（文魂合一平）遁（文慁合一平）（史記－1－15－1）天（眞
先開四平）神（眞眞開三平）雲（文文合三平）（史記－2－51－2）勤（文欣開
三平）親（眞眞開三平）信（眞震開三去）（史記－24－1220－5）順（文稕合
三去）親（眞眞開三平）（史記－46－1879－2）身（眞眞開三平）孫（文魂合
一平）（史記－60－2113－4）順（文稕合三去）人（眞眞開三平）（史記－114
－3004－3）銀（文眞開三平）鱗（眞眞開三平）（史記－84－2494－2）珍（文
眞開三平）蜳（眞眞開三平）（史記－126－3205－9）門（文魂合一平）身（眞
眞開三平）（史記－128－3237－1）聞（文文合三平）賢（眞先合四平）（史記
－128－3237－2）雲（文文合三平）門（文魂合一平）神（眞眞開三平）（史記
－129－3255－5）臣（眞眞開三平）君（文文合三平）（漢書－48－2224－2）
珍（文眞開三平）蜳（眞眞開三平）（漢書－57－2535－4）銀（文眞開三平）
鱗（眞眞開三平）（漢書－57－2534－5）濱（眞眞開三平）麟（眞眞開三平）
輪（文諄合三平）（漢書－57－2598－3）垠（文眞開三平）門（文魂合一平）
天（眞先開四平）聞（文文合三平）存（文魂合一平）（漢書－58－2615－1）
信（眞震開三去）勤（文欣開三平）信（眞震開三去）（漢書－62－2716－1）
親（眞眞開三平）君（文文合三平）身（眞眞開三平）（漢書－22－1057－2）
勤（文欣開三平）鱗（眞眞開三平）（漢書－22－1060－4）門（文魂合一平）
身（眞眞開三平）侖（文諄合三平）（漢書－22－1067－1）鄰（眞眞開三平）
雲（文文合三平）（漢書－22－1068－1）垠（文眞開三平）麟（眞眞開三平）
（漢書－24－1217－1）人（眞眞開三平）隱（文隱開三上）（漢書－64－2826
－4）君（文文合三平）臣（眞眞開三平）（漢書－69－2995－1）臣（眞眞開三
平）軍（文文合三平）震（文震開三去）（漢書－73－3013－3）悛（文仙合三
平）信（眞震開三去）（漢書－73－3014－1）親（眞眞開三平）聞（文文合三
平）（漢書－76－3219－1）親（眞眞開三平）君（文文合三平）（漢書－79－3305
－8）君（文文合三平）循（文諄合三平）民（眞眞開三平）鈞（眞諄合三平）
君（文文合三平）（漢書－81－3334－5）臣（眞眞開三平）民（眞眞開三平）

本（文混合一上）（漢書－87－3523－1）撙（文魂合一平）訊（眞震開三去）
雲（文文合三平）（漢書－87－3538－2）門（文魂合一平）瀕（眞眞開三入）
（漢書－87－3547－2）門（文魂合一平）紛（文文合三平）塵（眞眞開三平）
（漢書－57－2585－2）勤（文欣開三平）民（眞眞開三平）（漢書－27－1507
－2）人（眞眞開三平）溫（文魂合一平）（漢書－63－2744－4）君（文文合三
平）臣（眞眞開三平）（漢書－23－1105－8）親（眞眞開三平）賢（眞先合四
平）勤（文欣開三平）賓（眞眞開三平）（漢書－75－3189－6）震（眞眞開三
去）順（文稕合三去）

　　3．眞談合韻：（漢書－99－4088－3）占（談鹽開三平）天（眞先開四平）

　　4．眞侵合韻：（漢書－99－4132－1）新（眞眞開三平）心（侵侵開三平）
（漢書－99－4132－1）心（侵侵開三平）信（眞震開三去）（史記－111－2927
－7）堅（眞仙開四平）禽（侵侵開三平）（漢書－27－1420－7）親（眞眞開三
平）心（侵侵開三平）（漢書－56－2513－9）人（眞眞開三平）今（侵侵開三
平）（漢書－56－2515－1）人（眞眞開三平）今（侵侵開三平）（漢書－73－3114
－2）心（侵侵開三平）矜（眞蒸開三平）（漢書－80－3323－11）親（眞眞開
三平）心（侵侵開三平）（漢書－81－3334－5）人（眞眞開三平）心（侵侵開
三平）（漢書－85－3470－2）人（眞眞開三平）心（侵侵開三平）（漢書－6－
185－5）任（侵侵開三平）新（眞眞開三平）（漢書－87－3563－1）仁（眞眞
開三平）林（侵侵開三平）

　　5．眞元合韻：（史記－117－3026－2）見（元霰開四去）天（眞先開四平）
軒（元元開三平）（史記－117－3055－2）衍（元獮開三上）榛（眞臻開三平）
（史記－119－3099－1）民（眞眞開三平）奸（元刪開二平）（漢書－57－2557
－2）見（元霰開四去）天（眞先開四平）軒（元元開三平）（漢書－57－2557
－6）鱗（眞眞開三平）間（元山開二平）焉（元仙開三平）（漢書－10－317
－1）賢（眞先合四平）言（元元開三平）民（眞眞開三平）（漢書－87－3533
－3）天（眞先開四平）坦（元旱開一上）（漢書－87－3543－5）淵（眞先合四
平）山（元山開二平）（漢書－87－3519－4）年（眞先開四平）山（元山開二
平）（漢書－87－3528－4）延（元仙開三平）遠（元阮合三上）淵（眞先合四
平）（漢書－57－2591－4）衍（元獮開三上）榛（眞臻開三平）（漢書－8－263

－4）天（眞先開四平）壇（元寒開一平）

    6·**眞陽合韻**：見陽部

    7·**眞耕合韻**：見耕部

    8·**眞質合韻**：見質部

（二十一）微獨用

　　（漢書－92－3712－7）懷、徽（史記－29－1413－7）罪、水（史記－117－3017－8）懷、歸、徊（史記－127－3217－7）罪、愧（史記－126－3199－8）悲、哀（漢書－62－2710－2）諱、畏（漢書－8－256－1）非、罪（漢書－29－1683－2）罪、水（漢書－38－1989－4）微、妃（漢書－57－2541－3）薇、綏（漢書－57－2548－6）懷、歸、徊（漢書－22－1067－2）遺、歸（漢書－22－1069－6）歸、哀（漢書－27－1401－8）飛、非（漢書－45－2187－6）歸、徊（漢書－45－2188－1）微、開（漢書－53－2423－3）雷、椎（漢書－29－1683－2）罪、水（漢書－38－1989－4）微、妃（漢書－57－2541－3）薇、綏（漢書－57－2548－6）懷、歸、徊（漢書－22－1067－2）遺、歸（漢書－22－1069－6）歸、哀（漢書－27－1401－8）飛、非（漢書－45－2187－6）歸、徊（漢書－45－2188－1）微、開（漢書－53－2423－3）雷、椎（漢書－8－256－1）非、罪（漢書－22－1060－3）水、鬼（漢書－67－2908－10）鬼、歸（漢書－67－2922－10）微、飛（漢書－73－3110－4）韋、綏（漢書－84－3440－4）誰、威、魁（漢書－87－3521－5）衣、遺（漢書－87－3531－1）威、回、薇（漢書－87－3533－1）歸、開（漢書－87－3563－7）機、違（史記－127－3217－8）威、機

　　【合韻】

　　1·**微文合韻**：（漢書－65－2858－3）刃（文震開三去）文（文文合三平）帷（微脂合三平）準（文準合三上）

　　2·**微物合韻**：（史記－117－3054－4）微（微微合三平）忽（物沒合一入）（漢書－22－1048－1）歸（微微合三平）懷（微皆合二平）崔（微灰合一平）貴（物未合三去）（漢書－54－2466－8）摧（微灰合一平）聵（物怪合二去）（史記－117－3011－3）薇（微脂合三平）佛（物物合三入）

3・微緝合韻：（漢書－97－3954－1）歙（微微合三平）邑（緝緝開三入）

4・微至合韻：（史記－3－107－4）威（微微合三平）至（質至開三去）（漢書－57－2586－2）至（質至開三去）微（微微合三平）位（物至合三去）（漢書－48－2244－5）衰（微脂合三平）至（質至開三去）（漢書－85－3468－1）季（質至合三去）衰（微脂合三平）

5・微隊合韻：（史記－117－3034－4）徊（微灰合一平）退（物隊合一去）（漢書－57－2566－1）徊（微灰合一平）退（物隊合一去）（漢書－71－3045－3）對（物隊合一去）諱（微未合三去）（漢書－87－3548－2）碎（物隊合一去）飛（微微合三平）（漢書－27－1376－3）誖（物隊合一去）壞（微怪合二去）

6・微歌合韻：（漢書－57－2580－1）罪（微賄合一上）過（歌過合一去）（漢書－87－3542－2）儀（歌支開三平）非（微微合三平）（漢書－57－2596－4）危（歌支合三平）歸（微微合三平）（漢書－87－3516－1）波（歌戈合一平）累（微寘合三去）（史記－117－3072－2）衰（微脂合三平）危（歌支合三平）（史記－117－3060－4）危（歌支合三平）歸（微微合三平）（史記－104－2783－2）虧（歌支合三平）衰（微脂合三平）（漢書－22－1048－3）施（歌支開三平）回（微灰合一平）（漢書－57－2609－1）衰（微脂合三平）危（歌支合三平）

7・微之合韻：見之部

8・微職合韻：見職部

9・微幽合韻：見幽部

10・微支合韻：見支部

11・微錫合韻：見錫部

12・微脂合韻：見脂部

（二十二）物獨用

（史記－25－1247－6）未、味（史記－2－51－2）律、出（史記－26－1257－1）物、氣（史記－117－3025－1）沕、忽（史記－84－2489－4）慨、謂（史記－84－2490－2）喟、謂（史記－84－2490－3）愛、類（史記－117－3060

－3）律、礫（漢書－57－2541－3）忽、佛（漢書－57－2556－1）汋、忽（漢書－57－2596－3）律、礫（漢書－22－1055－3）物、詘（漢書－6－196－6）物、氣（漢書－56－2516－2）愛、貴（漢書－56－2498－2）術、出（漢書－60－2710－7）物、術（漢書－99－4088－4）氣、物（漢書－87－3570－3）筆、詘

【合韻】

1・**物至合韻**：（漢書－57－2545－8）類（至）崒（物）（漢書－57－2572－3）隸（物）至（至）（漢書－22－1054－4）遂（至）愛（物）逮（物）（漢書－97－3977－6）貴（物）位（至）

2・**物至隊合韻**：（史記－104－2783－2）退（隊）貴（物）崒（至）（漢書－57－2542－1）窣（物）翠（至）出（隊）

3・**物隊合韻**：（史記－117－3017－1）渭（物）內（隊）（史記－117－3017－7）隊（隊）屈（物）沸（物）（漢書－57－2547－7）渭（物）內（隊）（漢書－57－2548－5）隊（隊）屈（物）沸（物）（漢書－72－3078－5）物（物）隊（隊）（漢書－73－3113－6）逮（物）隊（隊）（漢書－87－3534－1）卉（物）對（隊）（史記－117－3065－3）沒（物）內（隊）

4・**物月合韻**：（漢書－53－2429－5）忽（物沒合一入）絕（月薛合三入）（漢書－57－2553－6）烈（月薛開三入）越（月月合三入）茀（物物合三入）（漢書－57－2601－9）末（月沒合一入）沒（物沒合一入）內（物隊合一去）

5・**物祭合韻**：（史記－127－3219－7）物（物物合三入）世（月祭開三去）（漢書－87－3561－2）衛（月祭合三去）渭（物未合三去）（史記－86－2557－1）詘（物物合三入）廢（月廢合三去）（漢書－57－2542－3）貝（月泰開一去）沸（物未合三去）會（月泰合一去）

6・**物微合韻**：見微部

7・**物之合韻**：見之部

8・**物職合韻**：見職部

9・**物覺合韻**：見覺部

10・**物屋合韻**：見屋部

11・**物魚合韻**：見魚部

12・**物鐸合韻**：見鐸部

13・**物脂合韻**：見脂部

14・**物質合韻**：見質部

（二十三）文獨用

（漢書－91－3687－1）文、門（史記 25－1246－3）辰、蜄（史記－4－135－7）典、勤（史記－27－1339－3）雲、紛、困、雲（史記－46－1889－3）溫、君（史記－129－3274－5）文、門（史記－114－3004－2）紛、雲（史記－117－3062－3）垠、門、聞、存（史記－117－3064－3）君、存（史記－117－3067－5）君、尊（史記－84－2498－5）紛、垠（史記－122－3131－4）遁、振（史記－124－3182－5）門、存（漢書－48－2227－5）紛、垠（漢書－57－2535－3）紛、雲（漢書－57－2600－6）君、存（漢書－57－2604－5）君、尊（漢書－22－1057－5）紛、尊（漢書－22－1066－1）根、門、侖（漢書－60－2710－4）遵、循（漢書－87－3528－1）門、川、侖（漢書－97－3978－4）群、倫（漢書－99－4166－8）軍、軍（漢書－97－3999－5）根、孫（漢書－58－2615－5）尊、逡（漢書－16－529－9）閔、忻（漢書－22－1052－3）雲、紛（漢書－87－3516－3）紛、紛（漢書－73－3111－1）聞、訓（漢書－22－1069－1）員、文（漢書－81－3343－5）文、倫（漢書－81－3352－5）論、文

【合韻】

1・**文侵合韻**：（漢書－51－2348－2）勤（文欣開三平）心（侵侵開三平）（漢書－57－2572－4）禁（侵沁開三去）仍（文震開三去）（漢書－27－1507－3）任（侵侵開三平）溫（文魂合一平）（漢書－53－2423－4）先（文先開四平）金（侵侵開三平）

2・**文元合韻**：（漢書－99－4166－9）怨（元願合三去）先（文先開四平）（史記－117－3072－1）諄（文諄合三平）巒（元桓合一平）（史記－4－136－2）言（元元開三平）文（文文合三平）（漢書－87－3552－1）冕（元開三上）典（文銑開四上）前（元先開四平）（漢書－87－3571－2）存（文魂合一平）全（元仙合三平）（漢書－56－2517－5）顯（元銑開四上）尊（文魂合一平）（漢書－51－2360－2）聞（文文合三平）言（元元開三平）（漢書－5－151－3）本（文混合一上）原（元元合三平）（漢書－57－2553－5）蘭（元）幹（元）

煩（元）原（元）衍（元）蓀（文）（漢書－57－2608－5）諄（文諄合三平）
彎（元桓合一平）（漢書－87－3542－1）文（文文合三平）貫（元換合一去）

3．文談合韻：（漢書－73－3014－5）近（文隱開三上）監（談銜開二平）
（漢書－87－3532－2）淡（談闞開一去）芬（文文合三平）（漢書－99－4062
－1）限（文產開二上）檢（談琰開三上）

4．文東合韻：見東部

5．文耕合韻：見耕部

6．文脂合韻：見脂部

7．文質合韻：見質部

8．文眞合韻：見眞部

9．文微合韻：見微部

（二十四）歌獨用

（史記25－1243－6）危、堁（漢書－87－3561－6）加、馳（史記－55－
2047－6）何、施（史記－29－1413－3）何、河（史記－1－11－1）地、義、
化（史記－4－123－1）罷、離（史記－7－336－2）我、爲（史記－24－1193
－5）和、宜、地（史記－40－1724－11）儀、地（史記－24－1233－1）宜、
歌（史記－94－2644－7）我、義（史記－114－3004－2）差、虧（史記－114
－3004－2）陁、河（史記－114－3004－8）池、移、沙（史記－117－3015－2）
義、可（史記－117－3012－1）義、施、鵝、加、池（史記－117－3017－9）
池、螭、離（史記－117－3017－10）夥、靡、珂（史記－117－3022－4）離、
莎、歌（史記－117－3025－1）陂、波（史記－117－3025－3）河、駝、騾（史
記－117－3022－1）差、峨、錡、崎（史記－117－3033－4）地、離、施（史
記－117－3038－2）歌、和、波、歌（史記－117－3051－11）施、駕（史記－
117－3055－1）峨、差（史記－117－3042－1）化、義（史記－117－3049－2）
被、靡（史記－117－3060－3）河、沙（史記－117－3060－1）馳、離、離（史
記－84－2500－2）我、可（史記－84－2493－1）沙、羅（史記－127－3218
－5）義、地、義（史記－126－3197－1）和、化、義（史記－127－3219－8）
移、池、移、虧（史記－128－3229－3）河、我、歌（漢書－29－1682－5）何、
河（漢書－29－1692－4）多、波（漢書－40－2029－6）何、施（漢書－48－

2228－2）我、可（漢書－48－2223－1）沙、羅（漢書－57－2542－1）犧、施、鵝、加（漢書－57－2548－7）池、螭、離（漢書－57－2548－9）夥、麾、珂（漢書－57－2553－1）差、峨、錡、崎（漢書－57－2553－4）離、莎、何（漢書－57－2556－1）陂、波（漢書－57－2556－3）河、駝、騾（漢書－57－2535－3）陁、河（漢書－57－2535－3）差、虧（漢書－57－2535－8）池、移（漢書－57－2563－4）地、離、施（漢書－57－2574－1）化、義（漢書－57－2569－2）歌、和、波、歌（漢書－57－2583－1）被、麾（漢書－57－2586－7）施、駕（漢書－57－2596－1）馳、離、離（漢書－57－2591－3）峨、差（漢書－22－1059－2）池、何（漢書－22－1060－1）奇、馳（漢書－22－1066－4）阿、河、波、歌（漢書－22－1068－2）馳、陂（漢書－22－1069－6）轙、蛇（漢書－51－2360－7）差、過（漢書－60－2710－8）化、宜、多（漢書－60－2710－9）和、隨（漢書－65－2872－8）為、過（漢書－66－2884－2）我、佐（漢書－65－2867－1）宜、我（漢書－65－2872－7）義、賀（漢書－85－3463－6）過、禍（漢書－87－3521－3）蛇、歌（漢書－87－3531－1）危、馳、蛇（漢書－85－3475－8）禍、危（漢書－87－3543－8）羅、波（漢書－87－3548－3）過、地（漢書－87－3563－1）義、麾（漢書－87－3563－2）虧、危（漢書－58－2615－7）義、離（漢書－58－2614－4）宜、施、化（漢書－57－2596－3）河、沙（漢書－56－2515－7）加、施（漢書－99－4156－6）移、議（漢書－99－4175－7）可、我（漢書－62－2717－9）和、化、義（漢書－99－4058－6）和、化（漢書－87－3547－3）蛇、陂

【合韻】

1・**歌至合韻**：（史記－1－43－1）和（歌過合一去）至（質至開三去）（漢書－6－166－4）類（物至合三去）化（歌禡合二去）

2・**歌祭合韻**：（漢書－16－529－6）墮（歌果合一上）賴（月泰開一去）（漢書－74－3136－2）敗（月夬開二去）破（歌過合一去）（漢書－85－3468－1）敗（月夬開二去）禍（歌果合一上）（漢書－99－4088－5）破（歌過合一去）敗（月夬開二去）

3・**歌元合韻**：（漢書－87－3581－6）地（歌至開三去）言（元元開三平）（漢書－48－2228－2）揣（歌紙合三上）患（元諫合二去）（漢書－57－2535

－9）鼉（歌歌開一平）黿（元桓合一平）

    4‧**歌侵合韻**：（漢書－27－1376－11）僭（侵㤁開四去）差（歌馬開二平）

    5‧**歌葉合韻**：（漢書－49－2298－5）地（歌至開三去）業（葉業開三入）

    6‧**歌之合韻**：見之部

    7‧**歌職合韻**：見職部

    8‧**歌幽合韻**：見幽部

    9‧**歌覺合韻**：見覺部

    10‧**歌宵合韻**：見宵部

    11‧**歌藥合韻**：見藥部

    12‧**歌魚合韻**：見魚部

    13‧**歌鐸合韻**：見鐸部

    14‧**歌支合韻**：見支部

    15‧**歌錫合韻**：見錫部

    16‧**歌脂合韻**：見脂部

    17‧**歌質合韻**：見質部

    18‧**歌微合韻**：見微部

（二十五）月獨用

    （史記－117－3022－6）烈、越（漢書－22－1063－1）列、察（漢書－45－2188－2）列、察（漢書－51－2360－8）藀、絕、拔（漢書－56－2515－5）殺、罰（漢書－64－2831－7）越、末、絕（漢書－72－3058－6）發、揭（漢書－73－3013－4）發、察（漢書－73－3016－4）絕、烈（漢書－73－3113－8）烈、列（漢書－77－3248－3）闊、葛（漢書－87－3543－1）月、烈（漢書－87－3544－3）絕、滅（漢書－99－4056－2）發、折（漢書－99－4156－6）絕、滅（漢書－99－4088－5）發、決（史記25－1247－6）罰、伐

    【合韻】

    1‧月至合韻：（史記－43－1806－5）烈（月薛開三入）利（質至開三去）（史記－127－3219－13）馴（質至開三去）列（月薛開三入）

    2‧月祭合韻：（史記－126－3206－9）大（月泰開一去）說（月薛合三入）（漢書－57－2548－5）蓋（月泰開一去）沫（月末合一入）（漢書－22－1056

－1）殺（月黠開二入）廢（月廢合三去）（史記－23－1163－1）害（月泰開一去）滅（月薛開三入）（史記－105－2788－2）泄（月薛開三入）外（月泰合一去）害（月泰開一去）（史記－117－3017－7）蓋（月泰開一去）沫（月末合一入）（史記－117－3017－4）折（月薛開三入）冽（月薛開三入）瀨（月泰開一去）沛（月泰開一去）（漢書－96－3913－14）大（月泰開一去）渴（月曷開一入）（漢書－99－4121－1）害（月泰開一去）滅（月薛開三入）（史記－23－1170－1）脫（月末合一入）稅（月祭合三去）（史記－24－1179－3）殺（月黠開二入）厲（月祭開三去）（史記－69－2267－2）竭（月月開三入）敝（月祭開三去）（史記－117－3055－3）瀨（月泰開一去）世（月祭開三去）埶（月祭開三去）絕（月薛合三入）（漢書－57－2591－5）瀨（月泰開一去）世（月祭開三去）埶（月祭開四去）絕（月薛合三入）（漢書－13－363－2）世（月祭開三去）殺（月黠開二入）（漢書－13－364－2）烈（月薛開三入）弊（月祭開三去）（漢書－63－2762－7）閱（月薛合三入）逝（月祭開三去）（漢書－87－3533－2）磕（月曷開一入）厲（月祭開三去）沛（月泰開一去）世（月祭開三去）

　　3・月葉合韻：（漢書－49－2296－12）法（葉乏合三入）末（月沒合一入）（漢書－59－2639－7）法（葉乏合三入）察（月黠開二入）

　　4・月職合韻：見職部

　　5・月鐸合韻：見鐸部

　　6・月支合韻：見支部

　　7・月質合韻：見質部

　　8・月物合韻：見物部

（二十六）元獨用

　　（史記－29－1413－6）滿、緩（史記－29－1413－7）湲、難（史記－24－1197－2）遠、短（史記－24－1179－3）緩、散（史記－27－1339－10）言、然（史記－52－2001－13）斷、亂（史記－86－2558－7）諫、賤（史記－90－2589－3）亂、見（史記－90－2618－5）言、焉（史記－107－2856－3）延、言（史記－114－3004－4）蘭、幹（史記－114－3004－5）曼、山、煩（史記－114－3004－10）鸞、幹、豻、狿（史記－117－3009－1）旃、箭（史記－117－3017－11）爛、旰（史記－117－3022－5）蘭、幹、煩、原、衍（史記－128

－3236－9）患、見、言、全、攣、然（史記－128－3237－3）橡、全（史記－128－3235－1）然、山（史記－128－3233－1）山、患、言（史記－117－3026－6）間、焉（史記－117－3031－1）閒、遷（史記－117－3037－1）殫、還（史記－117－3037－1）關、攣、寒（史記－117－3064－3）傳、觀（史記－117－3064－6）端、前（史記－117－3065－6）館、變、禪（史記－117－3065－2）泉、衍、散、埏、原（史記－117－3067－2）變、見（史記－117－3051－10）山、原（史記－117－3057－2）蜒、卷、顏（史記－128－3232－2）然、患、閒、山、安、安、遷、謾、官、患、言、寒、奸、然（史記－128－3232－14）然、山（史記－84－2498－1）遷、還、嬗、言（史記－84－2498－4）旱、遠、轉（史記－126－3200－8）棺、蘭（史記－120－3114－1）賤、見（史記－127－3217－8）前、言（漢書－29－1682－8）滿、緩（漢書－29－1683－1）湲、難（漢書－38－1993－4）斷、亂（漢書－48－2227－1）遷、還、嬗、閒、言（漢書－48－2227－5）旱、遠、轉（漢書－50－2325－5）賤、見（漢書－57－2535－10）鸞、幹、豻（漢書－57－2539－2）旃、箭（漢書－57－2548－10）爛、旰（漢書－53－2429－5）患、怨（漢書－57－2535－6）曼、山、蘱（漢書－57－2562－2）閒、遷（漢書－57－2563－7）腦、倒（漢書－57－2567－4）關、攣、寒（漢書－57－2567－3）殫、還（漢書－65－2872－7）端、見（漢書－73－3111－1）奐、館（漢書－73－3112－1）顏、蠻（漢書－68－2946－9）斷、亂（漢書－64－2831－7）原、畔（漢書－64－2835－5）難、變（漢書－65－2851－1）畔、散、亂（漢書－45－2188－1）蘭、肝（漢書－75－3189－6）亂、畔（漢書－72－3066－2）完、還（漢書－73－3014－3）嫚、練（漢書－73－3016－4）然、漣（漢書－6－196－6）山、禪（漢書－6－182－6）遠、難（漢書－10－326－3）然、言（漢書－13－364－2）權、安（漢書－18－722－7）官、安（漢書－81－3334－5）言、患（漢書－85－3467－5）怨、亂（漢書－85－3451－5）患、難（漢書－87－3526－1）觀、見、漫、亂（漢書－87－3544－2）阪、遠（漢書－87－3546－1）旃、鞭（漢書－87－3546－1）關、翰（漢書－87－3547－2）蝝、卷（漢書－87－3561－1）畔、亂、安、難（漢書－87－3568－8）安、患（漢書－87－3563－5）旃、還（漢書－57－2602－2）館、變、禪（漢書－57－2593－1）蜒、卷、顏（漢書－57－2601－4）端、前

（漢書－57－2604－2）變、見（漢書－57－2586－7）山、原（漢書－62－2713－8）端、款（漢書－57－2601－1）傳、觀（漢書－94－3812－4）亂、戰（漢書－97－3999－5）燕、涎、見（漢書－99　4055－1）援、山、冤、見、難（漢書－57－2601－7）泉、衍、散、埏、原

【合韻】

1・元談合韻：（史記－1－6－4）占（談鹽開三平）難（元寒開一平）（史記－39－1645－11）安（元寒開一平）甘（談談開一平）

2・元侵合韻：（史記－112－2955－4）萬（元願合三去）金（侵侵開三平）

3・元鐸合韻：見鐸部

4・元支合韻：見支部

5・元眞合韻：見眞部

6・元文合韻：見文部

7・元歌合韻：見歌部

（二十七）緝獨用

（漢書－49－2279－10）習、集、及、十（漢書－53－2422－8）邑、集（漢書－87－3523－1）沓、合

【合韻】

1・緝葉合韻：（史記－117－3013－1）喝（緝合開一入）磕（葉曷開一入）（漢書－87－3546－4）輵（葉曷開一入）磕（葉曷開一入）岋（緝合開一入）

2・緝侵合韻：（漢書－56－2520－2）集（緝緝開三入）今（侵侵開三平）（史記－128－3227－7）及（緝緝開三入）林（侵侵開三平）

3・緝至合韻：（史記－65－2229－8）十（緝緝開三入）器（質至開三去）

4・緝之合韻：見之部

5・緝職合韻：見職部

6・緝冬合韻：見冬部

7・緝脂合韻：見脂部

8・緝質合韻：見質部

9・緝微合韻：見微部

（二十八）侵獨用

（史記25－1244－7）壬、任（史記－46－1890－6）任、音（史記－60－2113－3）南、心（史記－126－3199－5）禁、簪、參（漢書－16－529－9）今、心（漢書－22－1052－4）陰、心（漢書－45－2188－3）唫、陰（漢書－63－2759－8）南、心（漢書－63－2762－6）深、心（漢書－64－2809－8）淫、心（漢書－87－3529－2）深、琴（漢書－87－3577－4）深、金（漢書－97－3953－7）音、心（史記－117－3029－1）蔘、風〔註3〕、音（漢書－57－2569－4）音、風（漢書－57－2559－6）蔘、風、音（漢書－22－1068－2）風、心（史記－117－3038－4）音、風（漢書－64－2826－4）風、唫、陰

【合韻】

1・侵談合韻：（史記－117－3041－3）慚（談談開一平）禁（侵沁開三去）（史記－84－2493－3）貪（侵覃開一平）廉（談鹽開三平）銛（談鹽開三平）

2・侵葉合韻：（史記－127－3218－1）禁（侵沁開三去）攝（葉葉開三入）（漢書－52－2397－2）禁（侵沁開三去）法（葉乏合三入）

3・侵職合韻：見職部

4・侵蒸合韻：見蒸部

5・侵冬合韻：見冬部

6・侵東合韻：見東部

7・侵陽合韻：見陽部

8・侵耕合韻：見耕部

9・侵眞合韻：見眞部

10・侵物合韻：見物部

11・侵文合韻：見文部

12・侵歌合韻：見歌部

13・侵元合韻：見元部

14・侵緝合韻：見緝部

〔註3〕 「風」字西漢時轉入侵部。

（二十九）葉獨用

（漢書－62－2713－6）法、業（漢書－22－1065－1）葉、諜（漢書－97－3981－6）妾、法

【合韻】

1．葉鐸合韻：見鐸部

2．葉歌合韻：見歌部

3．葉月合韻：見月部

4．葉緝合韻：見緝部

5．葉侵合韻：見侵部

（三十）談獨用

（史記－117－3017－11）濫、淡（漢書－48－2223－3）廉、銛（漢書－57－2548－11）濫、淡（漢書－72－3074－1）廉、占

【合韻】

1．談眞合韻：見眞部

2．談文合韻：見文部

3．談元合韻：見元部

4．談侵合韻：見侵部

（三十一）祭獨用

（漢書－73－3110－5）裔、世（史記－7－3－5）世、逝（漢書－31－1817－10）世、逝（漢書－56　2502－6）世、歲（漢書－29－1682－7）沛、外（史記－29－1413－5）沛、外（史記－117－3015－5）界、外、芥、大（史記－127－3218－6）害、敗（漢書－57－2541－2）蔡、蓋（漢書－57－2542－4）蓋、外（漢書－57－2545－7）外、芥（漢書－22－1069－4）蓋、濊（漢書－87－3521－5）邁、瀨（漢書－87－3547－4）藹、外（漢書－99－4073－8）廢、會（史記－18－877－2）帶、厲、裔（史記－117－3013－1）柹、蓋、貝、籟、外（史記－117－3049－1）世、穢、外（史記－117－3062－2）厲、沛、逝（史記－127－3219－1）筮、帶（漢書－48－2227－3）大、敗、世（漢書－57－2542－2）柹、蓋（漢書－57－2582－4）世、穢、外（漢書－16－527－4）帶、厲、

裔（漢書－22－1052－3）沛、裔（漢書－57－2598－2）屬、沛、逝（漢書－
62－2713－10）竭、敝（漢書－62－2716－1）世、大（漢書－62－2717－7）
世、廢、大（史記－117－3055－5）烋、逝（漢書－87－3546－4）屬、外（漢
書－87－3547－4）會、綴（史記－84－2498－3）敗、大、世（漢書－57－2548
－3）瀨、沛

【合韻】

1・祭至合韻：（漢書－10－324－7）制（月祭開三去）利（質至開三去）
（漢書－99－4073－11）至（質至開三去）祭（月祭開三去）（史記－127－3217
－8）勢（月祭開三去）利（質至開三去）利（質至開三去）

2・祭隊合韻：（漢書－73－3101－5）衛（月祭合三去）隊（物隊合一去）

3・祭隊物合韻：（漢書－57－2544－1）燧（物至合三去）隊（物隊合一去）
裔（月祭開三去）

4・祭之合韻：見之部

5・祭錫合韻：見錫部

6・祭脂合韻：見脂部

7・祭質合韻：見質部

8・祭物合韻：見物部

9・祭月合韻：見月部

10・祭魚合韻：見魚部

11・祭歌合韻：見歌部

12・祭藥合韻：見藥部

13・祭職合韻：見職部

（三十二）至獨用

（史記－117－3015－5）類萃位（漢書－22－1069－4）位醉（漢書－63
－2750－2）率帥（史記－128－3232－11）利至

【合韻】

1・至隊合韻：（史記－117－3014－1）燧（至）隊（隊）（漢書－65－2865
－1）位（至）內（隊）（漢書－99－4055－3）退（隊）位（至）

　　2・至支合韻：見支部

　　3・至錫合韻：見錫部

　　4・至脂合韻：見脂部

　　5・至質合韻：見質部

　　6・至微合韻：見微部

　　7・至物合韻：見物部

　　8・至歌合韻：見歌部

　　9・至月合韻：見月部

　　10・至緝合韻：見緝部

　　11・至祭合韻：見祭部

　　12・至隊合韻：見隊部

（三十三）隊獨用

無

【合韻】

　　1・隊職合韻：見職部

　　2・隊質合韻：見質部

　　3・隊微合韻：見微部

　　4・隊物合韻：見物部

　　5・隊祭合韻：見祭部

　　6・隊至合韻：見至部

第四節　前四史的東漢語料韻譜

（一）之獨用

　　來、時（後漢書－2－116－4）來、已（後漢書－2－123－3）海、載（後漢書－3－131－3）宰、才（後漢書－3－133－7）異、之（後漢書－3－139－2）來、在、裁、之（後漢書－3－142－6）事、子（後漢書－3－147－1）

司、吏〔註4〕（後漢書－4－186－9）理、之（後漢書－7－293－6）子、耳（後漢書－10－409－2）之、異（後漢書－14－565－8）子、思（後漢書－17－652－6）之、之、災、時、茲（後漢書－17－663－5）龜、事（後漢書－26－894－6）理、子（後漢書－28－966－9）才、能（後漢書－28－968－5）之、子（後漢書－28－974－6）異、憙（後漢書－28－988－3）悔、再（後漢書－28－989－3）疑、茲（後漢書－28－992－4）絲、思（後漢書－28－994－1）時、財（後漢書－29－1013－3）理、之（後漢書－29－1033－11）來、災（後漢書－30－1054－8）已、賄（後漢書－30－1058－8）嗣、思（後漢書－30－1062－3）司、事（後漢書－30－1064－2）來、已（後漢書－30－1067－4）期、之（後漢書－30－1073－3）止、待（後漢書－30－1074－4）淇、里（後漢書－34－1182－6）之、已（後漢書－35－1202－9）疑、已（後漢書－36－1228－15）之、異（後漢書－39－1315－11）理、才（後漢書－40－1325－11）基、里（後漢書－40－1332－4）載、起（後漢書－40－1336－4）寺、司（後漢書－40－1341－13）海、來（後漢書－40－1348－7）熙、臺（後漢書－40－1364－2）理、矣（後漢書－40－1380－4）海、才（後漢書－42－1435－1）之、喜（後漢書－43－1485－3）疑、士（後漢書－44－1506－2）司、士（後漢書－44－1506－9）理、始（後漢書－44－1510－3）志、里（後漢書－45－1537－7）辭、采（後漢書－45－1537－8）意、疑（後漢書－46－1551－11）異、疑（後漢書－49－1629－6）詩、之、始（後漢書－49－1634－1）倍、之（後漢書－51－1693－2）子、起（後漢書－54－1759－4）事、餌（後漢書－57－1856－4）之、志（後漢書－59－1901－4）子、理、史、止（後漢書－59－1908－3）事、時（後漢書－59－1912－1）已、理、改、止、已（後漢書－59－1916－2）嬉、旗（後漢書－59－1922－1）來、哉（後漢書－59－1933－9）諆、思（後漢書－59－1938－6）才、之（後漢書－60－1953－2）基、時、熙、之（後漢書－60－1982－3）災、基（後漢書－60－1984－2）吏、哉（後漢書－60－2001－11）才、事、史（後漢書－60－2006－8）事、之（後漢書－60－2006－13）能、才（後漢書－61－2040－8）史、試（後漢書－63－2084－5）時、已（後漢書－64－2104－7）記、里、士、意（後漢

〔註4〕職部的志韻字，在東漢時期轉入之部。

書－64－2116－5）志、已（後漢書－68－2233－6）意、之（後漢書－70－2276－1）蚩、姬（後漢書－74－2399－5）思、祠（後漢書－76－2470－1）寺、置、值（後漢書－77－2491－8）耳、市（後漢書－80－2599－3）士、紀（後漢書－80－2611－1）事、志（後漢書－80－2614－12）熙、期、基（後漢書－80－2644－4）宰、載（後漢書－80－2648－2）時、已（後漢書－82－2714－4）期、思、茲（後漢書－83－2768－6）己、辭（後漢書－84－2787－3）之、止、之（後漢書－84－2789－5）異、理、起、耳、母、來、已、喜、里、己、子、期、辭、之、時、慈、思、癡、疑（後漢書－84－2801－12）治、意、來、異、嗣、熾（後漢書－86－2856－1）思、之（後漢書－90－2993－1）意、異（後漢書－61－2021－6）（漢書－99－4171－3）吏、理（漢書－21－958－2）徵、祉（漢書－100－4231－6）志、己、之（漢書－100－4240－1）宰、海（漢書－100－4240－4）祉、子、滋（漢書－100－4242－7）祀、史、時、起、始（漢書－100－4245－3）子、起（漢書－100－4248－1）海、子、祀（漢書－100－4257－3）子、嗣（漢書－100－4258－3）子、仕、已、事、己、子（漢書－100－4260－1）敏、理、仕、恥（漢書－100－4260－3）緇、仕（漢書－100－4265－8）理、紀、始（漢書－100－4270－1）母、宰（漢書－6－199－5）海、萊（漢書－21－958－3）祉、徵（漢書－21－958－2）徵、祉（漢書－21－964－7）孳、子（漢書－21－964－8）已、巳（漢書－21－964－8）該、亥（漢書－21－964－9）紀、己（漢書－27－1368－4）事、字（漢書－27－1420－5）事、子、嗣（漢書－30－1778－3）治、醫（漢書－100－4216－1）俟、在、己、始、已（漢書－100－4269－1）代、嗣（漢書－100－4255－5）志、試、治（漢書－100－4266－1）試、吏、子、異、思（漢書－22－1028－9）意、賄

【合韻】

1 · 之和職：職（職）試（之）（後漢書－54－1772－4）理（之）力（職）（後漢書－2－111－9）戒（職）德（職）怠（之）（後漢書－2－111－10）起（之）息（職）（後漢書－5－217－3）飾（職）采（之）（後漢書－5－228－7）母（之）德（職）闖（職）（後漢書－10－426－12）勑（職）始（之）（後漢書－17－649－2）辭（之）力（職）（後漢書－23－800－3）里（之）息（職）

（後漢書－28－965－5）誨（之）戒（職）（後漢書－28－971－8）士（之）
直（職）（後漢書－29－1012－10）吏（之）職（職）（後漢書－33－1142－2）
戒（職）災（之）（後漢書－54－1776－10）賄（之）誡（職）（後漢書－65－
2131－1）得（職）異（之）（後漢書－29－1022－9）〔註5〕意（之）備（職）
（後漢書－51－1687－5）異（之）戒（職）（後漢書－57－1852－1）得（職）
意（之）（後漢書－63－2077－4）福（職）異（之）（後漢書－74－2384－8）
服（職）勑（之）惡（職）（後漢書－59－1938－1）意（之）德（職）色（職）
（漢書－93－3741－5）載（之）代（職）（漢書－100－4223－1）戒（職）再
（之）（漢書－100－4215－2）載（之）代（職）（漢書－100－4244－2）之（之）
祀（之）億（職）（漢書－25－1263－1）德（職）式（職）子（之）（漢書－21
－970－7）

　　2．之和蒸：乘（蒸）己（之）（後漢書－2－102－6）肱（蒸）事（之）（後
漢書－6－261－8）興（蒸）起（之）（後漢書－28－966－3）繒（蒸）辭（之）
（後漢書－49－1635－1）蒸（蒸）嶷（之）（後漢書－74－2414－12）肱（蒸）
紀（之）（後漢書－80－2611－1）

　　3．之和幽：吏（之）牛（幽）（後漢書－1－85－7）司（之）求（幽）（後
漢書－2－107－4）右（幽）事（之）（後漢書－4－166－5）來（之）有（幽）
（後漢書－6－261－8）賄（之）考（幽）（後漢書－13－517－4）始（之）道
（幽）（後漢書－28－987－4）期（之）由（幽）（後漢書－28－988－7）士（之）
謀（幽）（後漢書－28－963－5）丘（幽）裏（之）（後漢書－28－986－3）有
（幽）改（之）（後漢書－28－988－5）事（之）否（幽）（後漢書－29－1034
－1）辭（之）尤（幽）（後漢書－36－1231－1）軌（幽）齒（之）子（之）（後
漢書－52－1706－8）己（之）時（之）友（幽）（後漢書－52－1715－2）剖（之）
後（幽）（後漢書－59－1923－3）之（之）思（之）尤（幽）（後漢書－60－1986
－4）止（之）紀（之）否（幽）己（之）（後漢書－60－1987－4）厚（幽）有
（幽）里（之）母（之）（後漢書－86－2856－7）道（幽）子（之）（後漢書－
7－3158－1）否（幽）〔註6〕之（之）（後漢書－30－1069－1）汜（之）止（之）
軌（幽）姬（之）災（之）（漢書－100－4218－1）朽（幽）舊（之）首（幽）

〔註5〕東漢時期，職部志韻字轉入之部。

〔註6〕東漢時期，之部尤韻字轉入幽部。

鳥（幽）（漢書－100－4246－1）有（之）始（之）探（之）首（幽）（漢書－100－4255－3）憂（幽）郵（之）浮（幽）（漢書－100－4258－1）子（之）敏（之）理（之）軌（幽）裏（之）（漢書－100－4263－2）司（之）娸（之）疢（之）（漢書－100－4263－4）祐（之）來（之）（漢書－25－1262－2）

　　4．之和魚：起（之）輔（魚）（後漢書－1－2－2）假（魚）祀（之）（後漢書－3－142－4）序（魚）思（之）（後漢書－3－142－5）海（之）下（魚）（後漢書－28－966－6）父（魚）母（之）（後漢書－31－1094－8）婦（之）夫（魚）（後漢書－84－2788－2）

　　5．之和歌：議（歌）志（之）事（之）（後漢書－39－1315－11）絲（之）掎（歌）（後漢書－40－1347－6）士（之）施（歌）（後漢書－41－1398－9）宜（歌）祉（之）（後漢書－54－1776－11）祀（之）議（歌）（後漢書－60－1993－9）宜（歌）矣（之）（後漢書－62－2062－8）

　　6．之和緝：急（緝）耳（之）（後漢書－18－695－2）始（之）邑（緝）（後漢書－27－939－3）辭（之）邑（緝）（後漢書－28－971－1）吏（之）立（緝）（後漢書－43－1483－3）期（之）及（緝）（後漢書－54－1780－3）急（緝）記（之）（後漢書－58－1889－6）

　　7．之和覺：探（之）戚（覺）時（之）（後漢書－16－613－3）覆（覺）母（之）（後漢書－16－628－1）宥（之）目（覺）（後漢書－26－907－10）奧（覺）囿（之）（漢書－100－4231－3）

　　8．之和侵：子（之）志（之）心（侵）（後漢書－13－541－3）美（之）心（侵）（後漢書－16－613－3）闇（侵）敏（之）（後漢書－39－1315－10）

　　9．之和物：氣（物）事（之）（後漢書－24－848－2）時（之）氣（物）（後漢書－25－879－3）事（之）物（物）（漢書－21－958－5）

　　10．之和文：祈（文）市（之）（後漢書－30－1074－2）本（文）已（之）（後漢書－36－1228－13）門（文）能（之）（後漢書－61－2020－3）負（之）魂（文）（後漢書－65－2149－7）

　　11．之和月：幣（月）辭（之）（後漢書－36－1220－6）

　　12．之和脂：止（之）師（脂）（後漢書－29－1013－4）資（脂）志（之）（後漢書－49－1631－8）私（脂）茲（之）（後漢書－57－1860－1）里（之）死（脂）（後漢書－65－2149－3）死（脂）子（之）（後漢書－71－2299－7）

師（脂）事（之）（後漢書－90－2990－9）

13．之和支：祇（支）基（之）（後漢書－35－1197－4）氏（支）辭（之）（後漢書－40－1323－7）麗（支）來（之）（後漢書－80－2600－13）祇（支）之（之）（後漢書－84－2790－2）

14．之和質：事（之）室（質）（後漢書－58－1888－3）士（之）失（質）（後漢書－61－2034－3）戾（質）駭（之）（後漢書－65－2134－1）質（質）矣（之）（後漢書－80－2633－2）治（之）實（質）（漢書－8－275－1）

15．之和錫：刺（錫）茲（之）（後漢書－78－2528－8）

16．之和微：驥（微）裏（之）之（之）（後漢書－24－840－4）志（之）衰（微）（後漢書－26－896－7）威（微）理（之）（後漢書－42－1440－1）之（之）微（微）稀（微）（後漢書－43－1466－6）事（之）非（微）（後漢書－46－1565－2）水（微）鯉（之）（後漢書－49－1644－9）起（之）衣（微）（後漢書－57－1843－4）時（之）機（微）（後漢書－57－1845－8）機（微）熙（之）（後漢書－59－1910－3）巳（之）威（微）（後漢書－59－1910－12）士（之）衣（微）（後漢書－63－2081－3）衰（微）起（之）（後漢書－67－2184－1）違（微）時（之）（後漢書－2－3026－3）

17．之和祭：制（祭）時（之）（後漢書－29－1025－2）制（祭）時（之）（後漢書－34－1177－2）滯（祭）志（之）（後漢書－45－1519－3）世（祭）事（之）（後漢書－78－2531－5）宰（之）會（泰）（後漢書－80－2639－3）

18．之和侯：後（侯）剖（之）（後漢書－59－1923－3）藪（侯）友（之）（後漢書－60－1987－1）漏（侯）有（之）（後漢書－90－2991－6）

19．之和至：司（之）器（至）（後漢書－74－2393－6）怪（之）類（至）（漢書－25－1260－2）類（至）裏（之）（後漢書－40－1338－10）思（之）寐（至）（後漢書－58－1887－7）司（之）位（至）（後漢書－74－2396－2）類（至）矣（之）（後漢書－90－2990－9）

20．之和隊：恢（之）退（隊）（後漢書－30－1072－6）

（二）職獨用

德、極、則、福、極（後漢書－7－3166－11）得、北（後漢書－13－3280－8）福、德（後漢書－2－100－3）域、服（後漢書－3－131－1）責、德（後

漢書－5－212－6）備、飾（後漢書－14－553－9）棘、賊（後漢書－17－663－5）食、北（後漢書－24－849－3）德、得（後漢書－27－938－2）識、德、殖、國、惑、惑、北（後漢書－28－990－5）戒‧福（後漢書－29－1025－3）翼、則（後漢書－32－1127－6）德、福（後漢書－34－1177－1）黑、惑（後漢書－36－1231－10）極、直（後漢書－40－1327－6）職、福（後漢書－40－1371－9）服、牧（後漢書－40－1379－5）翼、極（後漢書－49－1633－6）得、墨（後漢書－50－1676－9）域、服（後漢書－51－1690－2）極、得（後漢書－52－1714－5）食、德（後漢書－57－1846－2）食、國（後漢書－59－1910－12）服、飾（後漢書－60－1972－4）副、踣（後漢書－60－1986－3）直、食、匿（後漢書－60－1987－3）塞、息（後漢書－61－2018－5）福、食（後漢書－62－2056－4）職、國（後漢書－63－2081－4）北、服（後漢書－74－2379－2）殖、塞（後漢書－76－2464－10）國、北、域、國、伏（後漢書－80－2600－5）國、則（後漢書－80－2611－4）則、忒（後漢書－80－2612－2）式、測、稷、息、力、極（後漢書－80－2612－4）惑、責（後漢書－80－2633－4）德、稷（後漢書－80－2636－5）稷、墨（後漢書－80－2639－3）福、極（後漢書－7－3166－11）得、北（後漢書－13－3280－8）（漢書－100－4239－1）翼、克、直、服、德（漢書－21－971－3）北、伏（漢書－100－4212－4）戒、識（漢書－100－4216－5）逼、得（漢書－100－4225－1）色、域（漢書－100－4241－1）代、戒（漢書－100－4237－2）默、德（漢書－100－4243－7）則、國、北（漢書－100－4248－2）國、稷（漢書－100－4248－4）默、革、德、國（漢書－100－4249－3）直、色、德（漢書－100－4252－5）直、色、服、德（漢書－100－4256－2）職、愿、德、國（漢書－100－4257－5）克、德、國（漢書－100－4262－4）色、直、直、式（漢書－100－4269－1）福、德（漢書－8－254－1）福、色、極（漢書－3－104－4）穡、殖（漢書－21－959－5）色、服（漢書－8－275－1）械、職（漢書－26－1298－11）服、食（漢書－89－3623－2）穡、殖（漢書－21－971－3）北、伏（漢書－21－975－4）德、極、則、福、極

【合韻】

1‧**職和之**：例證見之部。

2‧**職和蒸**：塞（職）應（蒸）（後漢書－10－411－2）興（蒸）勑（職）

（後漢書－28－984－2）德（職）棱（蒸）（後漢書－40－1364－2）承（蒸）刻（職）（後漢書－46－1549－6）

3・職和鐸：度（鐸）國（職）（後漢書－11－472－3）國（職）絡（鐸）得（職）澤（鐸）作（鐸）（後漢書－13－516－4）澤（鐸）德（職）（後漢書－30－1071－1）薄（鐸）刻（職）（後漢書－32－1126－5）意（職）逆（鐸）（後漢書－36－1224－4）庶（鐸）異（職）籍（鐸）（後漢書－62－2062－1）伯（鐸）國（職）（後漢書－74－2411－4）德（職）澤（鐸）（漢書－100－4208－3）

4・職和微：異（職）罪（微）（後漢書－4－182－4）得（職）非（微）（後漢書－24－848－1）非（微）黑（職）（後漢書－28－968－9）賊（職）輩（微）（後漢書－28－973－6）

5・職和物：福（職）術（物）（後漢書－30－1062－3）

6・職和質：戒（職）切（質）（後漢書－60－1999－2）

7・職和覺：戮（覺）伏（職）（漢書－100－4216－2）息（職）縮（覺）忒（職）惑（職）福（職）服（職）（漢書－100－4220－3）德（職）服（職）覆（覺）式（職）（漢書－100－4267－6）六（覺）職（職）（漢書－100－4268－5）

8・職和脂：師（脂）試（職）（後漢書－43－1462－8）

9・職和歌：意（職）議（歌）（後漢書－66－2164－8）禍（歌）惑（職）（後漢書－77－2495－11）色（職）戲（歌）（漢書－11－345－2）

10・職和緝：力（職）立（緝）（後漢書－18－682－5）

11・職和屋：俗（屋）服（職）（後漢書－4－167－1）國（職）蜀（屋）（後漢書－20－742－3）曲（屋）副（職）（後漢書－61－2032－8）服（職）俗（屋）（漢書－94－3834－2）牧（職）僕（屋）（史記－112－2964－9）

12・職和葉：則（職）法（葉）（漢書－21－959－14）

13・職和至：息（職）利（至）（後漢書－28－985－8）位（至）福（職）（漢書－25－1259－4）位（至）意（職）（後漢書－7－295－7）背（職）位（至）（後漢書－16－628－3）

（三）蒸獨用

興、陵（後漢書－25－883－9）陵、承、興（後漢書－40－1338－1）興、弘（後漢書－40－1380－1）興、承（後漢書－60－1984－2）登、弘、騰（漢書－100－4244－6）陵、勝、興（漢書－100－4266－3）

【合韻】

1・蒸和之：例證見之部

2・蒸和職：例證見職部

3・蒸和陽：行（陽）應（蒸）（後漢書－42－1437－5）興（蒸）行（陽）（後漢書－45－1537－7）興（蒸）行（陽）（後漢書－46－1561－3）應（蒸）冰（蒸）萌（陽）凝（蒸）（後漢書－60－1984－1）明（陽）興（蒸）方（陽）（漢書－8－250－1）

4・蒸和耕：成（耕）勝（蒸）（後漢書－26－894－6）令（耕）[註7]勝（蒸）（後漢書－27－937－9）乘（蒸）盛（耕）（後漢書－30－1083－4）盛（耕）興（蒸）姓（耕）（後漢書－33－1142－3）登（蒸）徵（耕）（後漢書－40－1372－2）敬（耕）陵（蒸）（後漢書－80－2596－4）聽（耕）興（蒸）（漢書－100－4231－3）生（耕）應（蒸）（漢書－21－958－7）誠（耕）繩（蒸）（漢書－21－971－9）精（耕）成（耕）形（耕）應（蒸）（漢書－100－4243－3）

5・蒸和侵：興（蒸）心（侵）（後漢書－3－148－9）乘（蒸）甚（侵）（後漢書－27－950－4）心（侵）應（蒸）（後漢書－29－1033－10）烝（蒸）深（侵）（後漢書－41－1414－9）淫（侵）應（蒸）（後漢書－59－1910－4）今（侵）應（蒸）（後漢書－79－2585－1）興（蒸）林（侵）（漢書－100－4231－1）

6・蒸和冬：風（冬）崩（蒸）（後漢書－28－987－3）終（冬）徵（蒸）風（冬）（後漢書－80－2642－9）雄（蒸）終（冬）（漢書－100－4266－3）興（蒸）宗（冬）（漢書－30－1773－8）宗（冬）登（蒸）（漢書－100－4263－3）紘（蒸）農（冬）（漢書－100－4228－1）

7・蒸和文：分（文）乘（蒸）（後漢書－23－815－3）

〔註7〕據鄭張先生校，「令」隸屬眞耕二部。

（四）幽獨用

首、謀〔註8〕（後漢書－2－96－7）憂、咎（後漢書－5－227－2）休、憂（後漢書－28－968－1）洲、流（後漢書－28－993－1）茂、友（後漢書－28－1001－2）流、丘（後漢書－28－994－10）矛、休（後漢書－36－1242－3）周、首、劉（後漢書－40－1376－2）仇、謀（後漢書－41－1405－2）周、丘（後漢書－47－1583－1）授、受（後漢書－49－1631－2）流、憂、求（後漢書－52－1711－4）流、浮（後漢書－52－1714－3）囿、獸（後漢書－54－1782－1）疇、游、流、騷、糾、條、愁、幽、瘳、周（後漢書－59－1929－1）浮、由、休、劉（後漢書－59－1930－1）留、憂（後漢書－59－1938－4）愀、獸、囿（後漢書－60－1963－5）牛、輈、騮、囚、流、憂、籌（後漢書－60－1987－12）愀、獸、囿（後漢書－60－1964－4）牛、輈、騮、囚、流、憂、籌（後漢書－60－1987－2）就、流（後漢書－61－2017－7）壽、憂（後漢書－63－2079－1）秋、州（後漢書－65－2134－1）咎、尤（後漢書－78－2532－11）仇、丘、流（後漢書－80－2642－1）游、流（後漢書－80－2597－1）流、艘（後漢書－80－2603－7）周、丘（後漢書－80－2621－2）舟、憂（後漢書－80－2642－1）由、禱（後漢書－82－2731－2）流、浮、休、阜、秀、臭、究、留（後漢書－83－2767－5）糟、留（後漢書－86－2856－2）（漢書－1－81－7）周、劉（漢書－21－964－9）茂、戊（漢書－21－964－8）留、酉（漢書－26－1298－12）獸、就（漢書－26－1273－3）守、流（漢書－34－1918－5）首、咎（漢書－100－4227－11）愓、囚（漢書－100－4253－3）首、咎（漢書－100－4220－1）周、幽、流

【合韻】

1．幽和之：例證見之部

2．幽和宵：老（宵）授（幽）（後漢書－2－102－4）報（宵）酬（幽）（後漢書－2－102－7）道（宵）疇（幽）（後漢書－6－280－1）造（宵）憂（幽）（後漢書－16－613－5）憂（幽）報（宵）（後漢書－51－1692－7）孝（宵）道（宵）休（幽）咎（幽）（後漢書－59－1910－1）埽（幽）報（宵）（後漢書－71－2303－1）道（宵）肘（幽）草（宵）老（宵）（後漢書－80

〔註8〕東漢時期，之部尤韻字轉入幽部。

－2643－3）謠（宵）條（幽）（漢書－100－4220－2）紐（幽）卯（宵）（漢書－21－964－7）

3・**幽和侯**：例證見侯部。

4・**幽和侵**：耽（侵）湛（幽）（漢書－100－4257－5）

5・**幽和覺**：襃（幽）學（覺）（漢書－100－4263－4）茂（幽）毒（覺）（後漢書－7－305－3）修（幽）學（覺）道（幽）（後漢書－26－896－4）軌（幽）睦（覺）（後漢書－30－1071－3）學（覺）老（幽）（後漢書－36－1227－8）肉（覺）酎（幽）（後漢書－49－1648－6）休（幽）復（覺）（後漢書－51－1687－1）蹙（覺）道（幽）（後漢書－57－1859－6）篤（覺）休（幽）（後漢書－59－1906－5）首（幽）腹（覺）（後漢書－62－2053－9）奧（覺）憂（幽）（後漢書－83－2774－6）報（幽）戮（覺）（後漢書－84－2797－1）

6・**幽和眞**：賓（眞）導（幽）（漢書－21－959－12）

7・**幽和祭**：冑（幽）蛻（祭）（漢書－100－4213－5）

8・**幽和微**：開（微）龜（幽）（後漢書－80－2646－1）〔註9〕

（五）覺獨用

腹、復（後漢書－13－537－10）鵠、目（後漢書－40－1348－10）目、覆（後漢書－45－1524－9）六、毓、復、蓄（後漢書－59－1924－8）謬、學（後漢書－60－1990－2）毒、戮（後漢書－74－2385－6）戮、目（後漢書－74－2396－1）誥、學（後漢書－80－2612－2）覆、復（後漢書－82－2710－6）戚、覆（漢書－100－4269－1）

【合韻】

1・**覺和東**：覆（覺）凶（東）重（東）（後漢書－26－896－5）

2・**覺和屋**：酷（覺）屬（屋）（後漢書－3－146－4）酷（覺）訴（屋）（後漢書－17－645－8）毒（覺）酷（覺）足（屋）（後漢書－80－2630－3）獄（屋）戮（覺）育（覺）（漢書－23－1079－8）畜（覺）穀（屋）（漢書－94－3834－3）

3・**覺和宵**：奧（覺）要（宵）（後漢書－60－1998－12）

〔註9〕東漢時期，「龜」字轉入了幽部。

4·**覺和幽**：例證見幽部。

5·**覺和職**：例證見職部。

（六）冬獨用

降、中（後漢書－2－123－3）統、宗（後漢書－16－613－5）沖、眾（後漢書－19－723－1）風、窮（後漢書－28－968－10）宗、統（後漢書－35－1197－6）終、宗（後漢書－35－1202－7）宮、彤、終（後漢書－59－1933－9）統、中（後漢書－61－2025－4）中、眾（後漢書－66－2160－3）窮、中（後漢書－79－2554－2）宮、中（漢書－21－958－2）冬、終（漢書－21－971－3）沖、忠（漢書－100－4238－2）中、宮（漢書－100－4248－4）鳳、衷（漢書－100－4258－5）宮、中（漢書－21－958－2）中、宮（漢書－21－958－3）冬、終（漢書－21－971－3）終、忠（漢書－49－2303－6）終、宗（漢書－100－4269－2）

【合韻】

1·**冬和東**：重（東）統（冬）（後漢書－5－204－1）動（東）降（冬）（後漢書－7－299－5）宗（冬）容（東）（後漢書－40－1377－3）風（冬）功（東）（後漢書－17－652－7）風（冬）鴻（東）（後漢書－49－1644－10）融（冬）龍（東）（後漢書－30－3673－3）容（東）中（冬）（漢書－40－2040－8）工（東）農（冬）逢（東）（漢書－65－2874－1）宮（冬）重（東）（後漢書－4－166－5）功（東）終（冬）（後漢書－18－696－1）慟（東）躬（冬）（後漢書－20－741－12）隴（東）眾（東）戎（冬）（後漢書－24－847－5）沖（冬）庸（東）（後漢書－26－894－7）東（東）中（冬）（後漢書－28－986－2）窮（冬）功（東）（後漢書－40－1325－10）宮（冬）痛（東）（後漢書－42－1446－10）忠（冬）寵（東）（後漢書－44－1508－1）功（東）忠（冬）（後漢書－49－1631－6）從（東）沖（冬）功（東）鍾（東）（後漢書－52－1711－1）充（冬）攻（東）功（東）重（東）空（東）（後漢書－60－1967－1）宮（冬）用（東）（後漢書－62－2059－11）窮（冬）隴（東）戎（冬）通（東）從（東）（後漢書－80－2603－5）同（東）忠（冬）（後漢書－80－2636－3）融（冬）同（東）（後漢書－67－2196－1）重（東）躬（冬）（後漢書－70－2269－3）攻（東）中（冬）（後漢書－73－2364－8）重（東）

隆（冬）（後漢書－73－2360－10）

2‧冬和蒸：例證見蒸部。

3‧冬和耕：躬（冬）榮（耕）（後漢書－2－102－7）政（耕）風（冬）（後漢書－29－1016－1）榮（耕）統（冬）（後漢書－34－1173－2）凭（耕）終（冬）（後漢書－42－1441－9）榮（耕）隆（冬）（後漢書－54－1761－8）風（冬）清（耕）（漢書－100－4237－3）

4‧冬和陽：豐（冬）行（陽）（漢書－23－1093－11）

（七）宵獨用

高、表（後漢書－4－166－5）道、表（後漢書－26－896－4）道、廟（後漢書－28－987－1）少、褓（後漢書－29－1012－2）號、小（後漢書－30－1065－7）好、道（後漢書－30－1082－1）擾、道（後漢書－32－1125－8）考、劭（後漢書－33－1142－3）巧、狡（後漢書－40－1347－8）藻、廟（後漢書－40－1363－1）郊、沼、草（後漢書－40－1382－3）老、照（後漢書－44－1508－5）巧、少（後漢書－49－1633－5）造、廟（後漢書－56－1832－12）敖、陶、濤、聊（後漢書－59－1921－2）搖、勞（後漢書－59－1938－1）郊、苗（後漢書－60－1956－2）照、條、鳥（後漢書－60－1964－4）寶、道（後漢書－63－2080－7）孝、嘯（後漢書－67－2186－3）豪、號（後漢書－74－2385－3）考、道（後漢書－80－2611－2）豪、高（後漢書－83－2773－1）操、笑（後漢書－84－2787－4）（漢書－100－4216－7）道、茂（漢書－100－4231－3）瓢、表（漢書－100－4247－1）夭、紹（漢書－66－2896－1）羔、勞（漢書－100－4252－1）嬌、朝（漢書－21－964－7）冒、卯（漢書－100－4260－4）道、好 [註10]（漢書－100－4260－1）老、考（漢書－100－4237－3）草、道

【合韻】

1‧宵和元：亂（元）郊（宵）難（元）（後漢書－17－643－2）教（宵）善（元）（後漢書－26－907－6）膳（元）勞（宵）（後漢書－49－1644－8）

2‧宵和覺：例證見覺部

[註10] 東漢時期，幽部的宵蕭肴豪轉入宵部。

3・宵和幽：例證見幽部

4・宵和藥：勞（宵）樂（藥）（後漢書－30－1058－11）繳（宵）樂（藥）（後漢書－40－1348－10）朝（宵）耀（藥）（後漢書－57－1844－4）嚼（藥）鐃（宵）（後漢書－13－3283－2）耀（藥）效（宵）教（宵）（漢書－100－4242－2）

5・宵和魚：謠（宵）廬（魚）（漢書－100－4213－6）禹（魚）敍（魚）武（魚）舉（魚）表（宵）（漢書－100－4243－5）女（魚）部（宵）（漢書－100－4267－4）

6・宵和東：霖（東）妖（宵）（漢書－100－4251－3）

（八）藥獨用

瘧、弱（後漢書－4－182－5）鑠、樂（後漢書－40－1363－1）樂、駁（後漢書－80－2630－1）

【合韻】

1 藥和宵：例證見宵部

2 藥和鐸：樂（藥）夜（鐸）（後漢書－3－131－2）約（藥）薄（鐸）（後漢書－30－1054－6）樂（藥）石（鐸）洛（鐸）帛（鐸）（後漢書－86－2856－3）澤（鐸）作（鐸）樂（藥）（漢書－100－4241－6）作（鐸）樂（藥）（漢書－100－4244－5）樂（藥）路（鐸）（漢書－27－1368－7）

（九）侯獨用

數、聚（後漢書－16－599－6）樹、數（後漢書－49－1636－1）儒、數（後漢書－60－1972－3）珠、芻、愚、驅（後漢書－80－2631－8）鉤、侯（後漢書－13－3281－6）頭、侯（後漢書－11－471－13）驟、陋（後漢書－35－1202－8）句、奏（後漢書－44－1506－4）口、後（後漢書－60－1962－1）奏、後（後漢書－61－2018－3）狗、厚（後漢書－66－2171－5）誅、口、府（後漢書－57－1843－11）主、誅（漢書－100－4212－3）符、腴、諸（漢書－100－4231－6）殊、禺、寓、符、隅（漢書－100－4268－1）

【合韻】

1・侯和魚：緒（魚）主（侯）（後漢書－6－250－3）逾（侯）序（魚）

（後漢書－6－278－9）主（侯）楚（魚）（後漢書－28－974－10）愚（侯）慮（魚）（後漢書－29－1012－7）書（魚）愚（侯）（後漢書－29－1034－7）符（侯）語（魚）（後漢書－35－1202－11）符（侯）圖（魚）（後漢書－40－1360－3）鼓（魚）驅（侯）御（魚）遇（侯）去（魚）（後漢書－40－1363－11）御（魚）務（侯）（後漢書－40－1368－2）舉（魚）誅（侯）（後漢書－40－1377－1）愚（侯）舉（魚）（後漢書－49－1657－7）主（侯）悟（魚）（後漢書－49－1658－2）許（魚）處（魚）府（侯）武（魚）宇（魚）舞（魚）舉（魚）（後漢書－52－1706－4）緒（魚）數（侯）（後漢書－52－1710－1）虞（魚）主（侯）（後漢書－54－1787－1）拒（魚）拘（侯）（後漢書－58－1888－4）麻（魚）緒（魚）武（魚）處（魚）所（魚）主（侯）（後漢書－59－1923－5）符（侯）敷（魚）居（魚）盧（魚）（後漢書－59－1932－3）娛（魚）區（侯）（後漢書－59－1938－4）驚（侯）懼（魚）（後漢書－60－1986－3）如（魚）渝（侯）居（魚）（後漢書－60－1987－9）符（侯）衢（魚）樞（侯）區（侯）（後漢書－60－1987－8）書（魚）儒（侯）（後漢書－63－2077－4）怒（魚）誅（侯）（後漢書－65－2151－3）都（魚）土（魚）宇（魚）附（侯）（後漢書－74－2410－10）符（侯）土（魚）（後漢書－74－2414－12）舉（魚）愚（侯）（後漢書－78－2526－9）聚（侯）乎（魚）（後漢書－78－2529－3）殊（侯）誅（侯）餘（魚）（後漢書－80－2603－1）去（魚）趣（侯）（後漢書－80－2634－3）拒（魚）女（魚）阻（魚）腐（侯）聚（侯）俱（侯）語（魚）虜（魚）汝（魚）罵（魚）下（魚）（後漢書－84－2801－8）主（侯）奴（魚）（後漢書－90－2991－6）主（侯）悟（魚）（後漢書－78－2526－10）豎（侯）虜（魚）（史記－112－2964－9）女（魚）處（魚）聚（侯）（漢書－100－4211－9）五（魚）虎（魚）耦（侯）（漢書－100－4218－2）無（魚）銖（侯）虛（魚）（漢書－100－4242－5）如（魚）樞（侯）隅（侯）諸（魚）（漢書－100－4253－1）舒（魚）侯（侯）車（魚）書（魚）儒（侯）（漢書－100－4255－1）

　　2‧侯和幽：軌（幽）數（侯）（後漢書－13－516－1）後（幽）主（侯）（後漢書－21－763－9）數（侯）候（幽）（後漢書－30－1085－3）口（厚）數（侯）（後漢書－42－1431－13）句（侯）奏（候）（後漢書－44－1506－2）口（厚）府（侯）（後漢書－57－1843－1）走（侯）受（幽）（後漢書－13－

527－3）綏（幽）侯（侯）（後漢書－16－602－2）休（幽）頭（侯）（後漢書－36－1235－2）休（幽）奏（侯）（後漢書－42－1441－2）後（侯）由（幽）（後漢書－51－1697－5）憂（幽）口（侯）求（幽）（後漢書－57－1844－7）厚（侯）州（幽）（後漢書－58－1888－1）藪（侯）友（幽）（後漢書－60－1987－6）後（侯）猷（幽）（後漢書－62－2062－11）後（侯）有（幽）（後漢書－64－2114－2）手（幽）口（侯）（後漢書－65－2136－13）守（幽）寇（侯）（後漢書－70－2287－11）漏（侯）有（幽）（後漢書－90－2991－6）

　　3・侯和之：例證見之部

　　4・侯和屋：主（侯）屬（屋）（後漢書－23－798－3）藪（侯）俗（屋）（後漢書－36－1243－4）數（侯）谷（屋）（後漢書－48－1604－8）漏（侯）僕（屋）（後漢書－86－2856－11）族（屋）奏（侯）（漢書－21－959－9）俗（屋）厚（侯）（漢書－5－153－6）族（屋）奏（侯）（漢書－21－959－9）轂（屋）驅（侯）（漢書－87－3545－1）

（十）屋獨用

　　足、欲（後漢書－1－26－2）俗、穀（後漢書－28－994－6）穀、玉、足、屬、木、蜀（後漢書－40－1338－4）剝、足（後漢書－43－1468－5）殼、角、俗、足、幄、燭、玉、欲、促（後漢書－49－1645－1）俗、欲（後漢書－59－1938－5）曲、屬、局（後漢書－60－1962－4）轂、屋（後漢書－60－1982－9）族、祿（後漢書－60－1985－1）促、局、足、濁、錄、卜、曲、祿、嶽（後漢書－80－2647－6）角、觸（漢書－21－958－1）角、觸（漢書－21－958－1）觸、角（漢書－21－958－3）木、屬（漢書－26－1298－11）穀、足（漢書－27－1353－8）

　　【合韻】

　　1・屋和職：例證見職部。

　　2・屋和覺：例證見覺部。

　　3・屋和鐸：辱（屋）度（鐸）（後漢書－27－948－2）玉（屋）石（鐸）（後漢書－28－985－3）足（屋）路（鐸）（後漢書－40－1363－13）略（鐸）薄（鐸）祿（屋）作（鐸）（漢書－100－4264－3）

　　4・屋和魚：贖（屋）除（魚）（後漢書－16－630－1）屬（屋）序（魚）

（後漢書－29－1013－7）屬（屋）錮（魚）所（魚）（後漢書－29－1022－11）獄（屋）僕（屋）餘（魚）（後漢書－29－1034－4）楚（魚）祿（屋）（後漢書－30－1046－5）僕（屋）土（魚）（後漢書－39－1314－8）谷（屋）杼（魚）御（魚）舉（魚）楚（魚）脯（魚）木（屋）女（魚）轂（屋）武（魚）（後漢書－52－1715－6）鼓（魚）木（屋）（後漢書－56－1816－2）故（魚）語（魚）獄（屋）（漢書－66－2895－3）寡（魚）俗（屋）（漢書－28－1663－2）

　　5・屋和緝：躅（屋）摯（緝）（漢書－100－4205－10）

　　6・屋和東：轂（屋）東（東）（後漢書－16－604－10）功（東）蠱（屋）（後漢書－22－775－10）屬（屋）功（東）（後漢書－26－894－9）欲（屋）動（東）（後漢書－31－1113－5）從（東）祿（屋）（後漢書－52－1725－9）沐（屋）腫（東）（後漢書－55－1807－6）鹿（屋）雍（東）（後漢書－82－2714－1）辱（屋）容（東）（後漢書－84－2789－11）

　　7・屋和侯：例證見侯部。

（十一）東獨用

　　同、從（後漢書－2－116－7）東、壟（後漢書－13－516－5）攻、鋒（後漢書－18－681－9）眾、從（後漢書－20－732－4）攻、重（後漢書－23－799－5）同、容（後漢書－28－1001－6）重、動（後漢書－30－1058－6）重、用（後漢書－30－1067－3）通、用（後漢書－30－1067－6）蹤、鋒、控、雙、峻、雍、供（後漢書－40－1347－6）用、頌（後漢書－40－1348－9）鍾、龍、瓏、從、容、雍（後漢書－40－1363－8）從、訟（後漢書－41－1400－9）庸、公（後漢書－44－1510－3）功、鋒（後漢書－51－1687－11）公、容（後漢書－51－1697－2）蹤、容、從（後漢書－52－1706－4）縱、容（後漢書－57－1857－1）勇、眾（後漢書－58－1877－8）龍、橦（後漢書－60－1960－1）同、通、鍾、縱、叢（後漢書－60－1960－4）貢、同（後漢書－60－1967－5）功、龍（後漢書－60－1969－4）容、功、蹤（後漢書－60－1981－4）用、功（後漢書－64－2104－9）功、重（後漢書－64－2114－1）用、供、用、功（後漢書－78－2532－6）雙、重（後漢書－79－2588－1）公、雙（後漢書－82－2708－2）東、公（後漢書－82－2760－9）容、功（後漢書－84－2789－8）種、勇（後漢書－87－2885－5）（漢書－21－959－6）鍾、種（漢書－21－971－7）

東、動（漢書－100－4224－3）用、痛（漢書－100－4210－1）用、重（漢書－100－4238－2）聰、同（漢書－100－4239－5）公、功、凶（漢書－28－1532－1）從、同（漢書－94－3834－2）同、通（漢書－21－971－7）東、動（漢書－21－959－6）鍾、種（漢書－1－81－8）東、公

【合韻】

1．東和冬：例證見冬部。

2．東和覺：例證見覺部。

3．東和陽：堂（陽）雍（東）（後漢書－2－100－6）功（東）亡（陽）（後漢書－18－677－9）功（東）章（陽）（漢書－100－4235－2）

4．東和耕：聲（耕）勇（東）盈（耕）成（耕）（漢書－100－4253－3）功（東）盛（耕）（漢書－12－360－5）容（東）誠（耕）（漢書－22－1028－1）

5．東和屋：例證見屋部。

6．東和宵：例證見宵部。

（十二）魚獨用

枯、姑、胡、馬、車、胡（後漢書－13－3281－11）烏、逋、徒、車（後漢書－13－3281－15）鼓、怒（後漢書－13－3282－1）儲、土（後漢書－2－115－2）助、土（後漢書－7－295－5）女、虜（後漢書－13－517－8）旅、鼓（後漢書－13－519－4）華、懼（後漢書－16－631－1）者、餘、孤（後漢書－23－801－10）鹵、鼓（後漢書－23－815－5）虎、鼠（後漢書－23－821－3）與、處（後漢書－28－990－2）都、墟（後漢書－28－992－2）慮、去、與、黍、滸、宇（後漢書－28－995－3）與、去（後漢書－29－1015－2）互、誤（後漢書－30－1044－6）處、居（後漢書－30－1058－6）怒、豫（後漢書－30－1062－3）處、塗、慮（後漢書－30－1067－11）華、乎（後漢書－31－1109－1）野、處（後漢書－32－1125－8）固、書（後漢書－36－1220－6）詁、書（後漢書－36－1237－1）祖、助、土（後漢書－37－1263－4）悟、懼（後漢書－37－1266－4）辜、除（後漢書－38－1287－2）緒、宇、五（後漢書－40－1360－6）序、武、序、雨（後漢書－40－1371－5）圖、烏（後漢書－40－1373－2）虞、武（後漢書－40－1376－1）孤、豫（後漢書－43－1482－2）父、怒（後漢書－43－1485－9）虜、賦（後漢書－51－1688－3）舉、

處（後漢書－52－1715－1）悟、覩（後漢書－52－1725－7）緒、舞（後漢書－52－1728－1）輔、舞（後漢書－52－1729－8）處、語（後漢書－53－1739－1）懼、去（後漢書－53－1740－3）與、素（後漢書－54－1767－7）素、魯（後漢書－54－1774－3）除、伍（後漢書－57－1855－2）土、楚、如（後漢書－57－1855－3）女、序（後漢書－57－1855－9）家、舍（後漢書－57－1856－7）躇、魚、餘（後漢書－59－1922－1）徂、徒、野、渚、予、佇、女、如、書（後漢書－59－1923－1）塗、五、旟、閭（後漢書－59－1937－2）紓、阻、御（後漢書－60－1962－1）蠱、狐（後漢書－60－1964－8）俎、衢（後漢書－60－1969－5）梧、羽（後漢書－60－1969－7）枯、辜、邪（後漢書－60－1982－7）蠱、斧、戶、旅（後漢書－60－1964－2）驅、譽、辜（後漢書－60－1986－3）塗、宇（後漢書－60－1987－6）懼、互、邪（後漢書－60－1991－1）書、故（後漢書－60－1994－2）所、署（後漢書－60－1992－2）怒、豫（後漢書－60－1999－11）舉、魚（後漢書－61－2030－5）女、華（後漢書－61－2025－10）枯、雨（後漢書－61－2026－3）錮、恕（後漢書－64－2117－8）錮、除（後漢書－65－2141－2）苦、書（後漢書－65－2142－1）女、乎（後漢書－66－2161－12）魯、書（後漢書－66－2164－4）墟、華、居（後漢書－71－2302－6）御、圖（後漢書－74－2384－8）慮、徒（後漢書－74－2393－10）悟、土、家（後漢書－78－2528－7）古、祖（後漢書－79－2551－7）胡、都（後漢書－80－2606－4）序、緒（後漢書－80－2611－2）徒、都、孤、辜、刳、圖（後漢書－80－2620－2）魚、蕪（後漢書－81－2689－9）枯、輔（後漢書－81－2694－7）處、父（後漢書－83－2760－3）鼠、虎（後漢書－84－2788－8）阻、處、固（後漢書－87－2893－7）枯、姑、胡、馬、車、胡（後漢書－13－3281－11）烏、逋、徒、車（後漢書－13－3281－15）鼓、怒（後漢書－13－3282－1）（漢書－21－958－3）羽、宇（漢書－21－959－9）呂、旅（漢書－100－4240－6）楚、旅、土（漢書－100－4236－1）祖、緒、武、楚、旅、舉（漢書－100－4244－3）渠、家（漢書－100－4245－3）虎、輔（漢書－100－4246－3）徒、湖（漢書－100－4249－1）華、衢（漢書－100－4250－1）華、都、奴（漢書－100－4251－3）楚、所（漢書－100－4252－1）疏、據、圉、慮（漢書－100－4257－3）詛、據、序（漢書－26－1298－12）鼠、處（漢書－28－1528－1）豬、居（漢書－28－1532－1）旅、鼠、野、敘

（漢書－34－1895－2）土、孤（漢書－26－1298－10）閭、枯（漢書－25－1269－3）祖、雨（漢書－21－958－3）羽、宇（漢書－21－958－3）宇、羽（漢書－21－959－8）居、廬（漢書－21－959－9）呂、旅（漢書－100－4262－6）懊、舉、輔、慮、許（漢書－100－4268－4）序、旅

【合韻】

1・魚和鐸：度（鐸）下（魚）蠱（鐸）（後漢書－10－400－6）書（魚）庶（鐸）（後漢書－13－515－3）語（魚）夜（鐸）辜（魚）庶（鐸）（後漢書－13－517－1）路（鐸）墟（魚）都（魚）（後漢書－28－986－1）暮（鐸）乎（魚）（後漢書－35－1210－7）墓（鐸）土（魚）（後漢書－39－1315－1）度（鐸）素（魚）（後漢書－40－1368－1）輿（魚）路（鐸）（後漢書－49－1633－5）土（魚）庶（鐸）（後漢書－49－1638－3）布（魚）厝（鐸）（後漢書－52－1714－1）土（魚）度（鐸）（後漢書－54－1785－4）迂（魚）夜（鐸）塗（魚）骼（鐸）布（魚）（後漢書－59－1933－1）步（鐸）籲（魚）虞（魚）罟（魚）（後漢書－60－1964－2）度（鐸）許（魚）（後漢書－70－2287－10）夫（魚）路（鐸）（後漢書－80－2666－8）華（魚）作（鐸）（漢書－100－4213－2）布（魚）籍（鐸）（漢書－100－4209－6）錯（鐸）故（魚）（漢書－100－4249－4）咢（鐸）午（魚）（漢書－21－964－8）渡（鐸）御（魚）（漢書－25－1262－6）庫（魚）路（鐸）（漢書－26－1298－11）孥（魚）墓（鐸）（漢書－100－4237－2）

2・魚和陽：明（陽）慮（魚）（後漢書－16－613－5）陽（陽）下（魚）（後漢書－30－1071－6）

3・魚和葉：業（葉）野（魚）（後漢書－6－281－1）

4・魚和之：例證見之部。

5・魚和屋：例證見屋部。

6・魚和歌：寡（魚）與（歌）（後漢書－3－133－6）華（魚）餘（歌）（後漢書－3－148－7）稼（魚）懼（歌）（後漢書－4－198－4）古（歌）下（魚）（後漢書－5－204－1）下（魚）序（歌）（後漢書－7－293－6）夏（魚）胡（歌）（後漢書－13－517－5）弩（歌）下（魚）（後漢書－16－625－10）下（魚）悟（歌）（後漢書－16－630－3）渠（歌）嘩（魚）（後漢書－22－775－10）

楚（歌）下（魚）（後漢書－24－846－10）奢（歌）華（魚）（後漢書－28－994－8）賦（歌）下（魚）書（歌）圖（歌）（後漢書－31－1113－4）徒（歌）嘩（魚）（後漢書－33－1141－7）雅（魚）序（歌）誤（歌）家（魚）（後漢書－35－1209－7）華（魚）野（歌）（後漢書－40－1325－11）武（歌）雅（魚）（後漢書－40－1363－6）下（魚）除（歌）（後漢書－58－1888－10）家（魚）舍（歌）（後漢書－78－2530－2）野（歌）下（魚）（後漢書－80－2629－3）雅（魚）邪（歌）（後漢書－80－2656－1）波（歌）華（魚）（漢書－100－4226－3）何（歌）宇（魚）（漢書－100－4237－6）吾（歌）〔註11〕都（魚）（後漢書－23－819－3）虛（歌）奢（魚）（後漢書－30－1082－5）者（歌）徒（魚）（後漢書－54－1778－2）者（歌）迂（魚）（後漢書－60－1987－10）（漢書－25－1269－1）社（魚馬開三上）土（魚姥合一上）（漢書－100－4208－1）武（魚虞合三上）下（魚馬開二上）（漢書－100－4216－2）寡（魚馬合二上）御（魚魚開三去）予（魚語開三上）（漢書－100－4241－3）舉（魚語開三上）下（魚馬開二上）敘（魚語合三上）（漢書－100－4247－4）魯（魚姥合一上）社（魚馬開三上）（漢書－100－4246－6）旅（魚語開三上）楚（魚語開三上）邪（魚麻開三平）呂（魚語開三上）吳（魚模合一平）矩（魚虞合三上）斧（魚虞合三上）（漢書－100－4249－3）古（魚姥合一上）下（魚馬開二上）緒（魚語開三上）（漢書－27－1368－6）固（魚暮合一去）家（魚麻開二平）（漢書－26－1287－3）家（魚麻開二平）去（魚魚合三去）（漢書－25－1269－1）社（魚馬開三上）土（魚姥合一上）（漢書－100－4267－5）武（魚虞合三上）怒（魚暮合一去）野（魚馬開三上）

7・魚和侯：例證見侯部。

8・魚和物：（漢書－21－958－8）律（物術合三入）呂（魚語開三上）（漢書－6－199－7）五（魚姥合一上）律（物術合三入）

9・魚和元：（漢書－40－2040－8）楚（魚語開三上）漢（元翰開一去）

10・魚和支：（漢書－26－1298－12）呼（魚模合一平）移（支齊開四平）

11・魚和錫：（漢書－27－1342－10）解（錫蟹開二上）舍（魚馬開三上）

12・魚和宵：例證見宵部。

〔註11〕東漢時期，魚部麻韻字轉入歌部。

（十三）鐸獨用

客、伯（後漢書－12－503－4）尺、額、帛（後漢書－24－853－6）慕、路（後漢書－28－990－5）作、虢（後漢書－28－988－6）度、墓（後漢書－31－1103－8）液、石（後漢書－40－1342－6）榭、獲、藉（後漢書－40－1348－2）暮、索（後漢書－47－1584－6）石、披（後漢書－49－1643－5）若、釋（後漢書－51－1684－7）庶、路（後漢書－52－1714－1）作、落（後漢書－60－1959－1）朔、路（後漢書－60－1960－1）模、作、落（後漢書－60－1962－5）詐、略（後漢書－60－1982－5）度、惡（後漢書－61－2034－3）夜、石（後漢書－65－2149－6）逆、夕（後漢書－70－2265－4）斥、露（後漢書－78－2510－2）澤、伯、虢、赫（後漢書－80－2641－2）伯、鶚（後漢書－80－2653－11）作、夜（後漢書－84－2787－4）（漢書－21－966－4）尺、蒦（漢書－21－967－1）尺、蒦（漢書－21－967－1）蒦、尺（漢書－100－4209－4）路、墼、祚（漢書－100－4242－3）作、籍（漢書－100－4260－5）謨、度、路（漢書－100－4266－5）度、詐（漢書－32－1840－6）柏、迫（漢書－27－1353－8）作、惡（漢書－4－135－3）百、措（漢書－100－4269－3）薄、霍、作、度、恪

【合韻】

1・**鐸和職**：例證見職部。

2・**鐸和藥**：例證見藥部。

3・**鐸和屋**：例證見屋部。

4・**鐸和歌**：過（歌）作（鐸）（後漢書－84－2789－3）洛（鐸）河（歌）（漢書－28－1530－2）幕（鐸）地（歌）（漢書－94－3834－3）

5・**鐸和錫**：逆（鐸）厄（錫）（後漢書－26－900－1）歷（錫）夕（鐸）（後漢書－40－1348－10）

6・**鐸和祭**：石（鐸）大（祭）（漢書－21－969－12）

7・**鐸和談**：射（鐸）厭（談）（漢書－21－960－1）

8・**鐸和物**：作（鐸）述（物）（漢書－22－1029－2）

9・**鐸和魚**：例證見魚部。

（十四）陽獨用

常、昌（後漢書－2－3035－6）堂、梁（後漢書－13－3282－1）王、芒（後漢書－13－3284－3）方、黃、當、當、方、當（後漢書－30－3673－3）張、荒（後漢書－13－3277－3）陽、強（後漢書－16－3332－8）遑、方（後漢書－2－117－1）良、方（後漢書－3－144－4）養、陽（後漢書－3－148－4）慶、覜（後漢書－3－157－5）上、象（後漢書－7－293－7）養、將（後漢書－11－471－13）剛、強（後漢書－18－695－11）長、亡（後漢書－18－696－1）昌、亡（後漢書－25－877－1）昌、亡（後漢書－29－1016－1）昌、亡（後漢書－30－1065－1）昌、亡（後漢書－54－1780－1）王、方、兄（後漢書－26－894－8）臧、常（後漢書－28－984－1）上、敞（後漢書－28－985－4）傷、常、揚（後漢書－28－988－2）強、梁（後漢書－28－994－3）綱、光（後漢書－28－999－1）象、昌、亡（後漢書－29－1024－3）象、昌、亡（後漢書－30－1065－1）方、強（後漢書－30－1081－1）上、長（後漢書－33－1141－8）陽、陽、荒（後漢書－34－1182－6）陽、方（後漢書－40－1340－1）堂、梁、驤（後漢書－40－1340－2）央、梁、光（後漢書－40－1342－1）望、徨、陽（後漢書－40－1342－5）湯、蔣、央（後漢書－40－1342－6）觴、饗（後漢書－40－1364－7）堂、陽、煌（後漢書－40－1371－5）光、芒（後漢書－40－1380－4）王、抗（後漢書－40－1381－1）堂、場（後漢書－41－1408－9）荒、亡、上（後漢書－42－1431－10）堂、杖（後漢書－44－1510－1）章、浪、煌（後漢書－49－1636－4）養、喪（後漢書－49－1637－1）方、長（後漢書－49－1642－1）良、長（後漢書－51－1693－6）相、將（後漢書－51－1692－8）暢、臧（後漢書－52－1714－2）蝗、掠（後漢書－54－1764－2）狀、匡（後漢書－54－1771－4）章、謗（後漢書－54－1772－6）景、明（後漢書－54－1776－10）葬、望（後漢書－56－1832－7）敞、傷（後漢書－57－1843－5）亡、賞、陽（後漢書－57－1843－11）敞、上（後漢書－57－1846－6）將、相（後漢書－58－1866－5）方、香、箱、殃、常、航、嘗、裳、珩、長、藏、芳、霜、伉、亡、章（後漢書－59－1916－4）光、黃（後漢書－59－1930－5）行、洋、梁、床、漿（後漢書－59－1932－1）昂、煌、驤、揚、湯、忘（後漢書－59－1933－3）翔、閶、鏘、芒、狼、硠、湯、皇、驤（後漢書－59－1934－1）荒、藏、疆

（後漢書－60－1954－6）蕩、罔、泱、葬（後漢書－60－1956－5）常、狼、
罔、光（後漢書－60－1960－2）場、良（後漢書－60－1960－4）方、芒、
陽、潢（後漢書－60－1963－1）場、相、祥、兩、光、羊（後漢書－60－1964
－1）行、將、觴（後漢書－60－1967－2）享、王（後漢書－60－1967－5）
藏、常、章（後漢書－60－1969－2）陽、良、荒（後漢書－60－1969－3）
行、藏、防、抗（後漢書－60－1987－1）橫、光（後漢書－61－2023－2）
糧、藏（後漢書－62－2055－8）曠、陽、藏（後漢書－62－2055－10）牆、
羹（後漢書－63－2084－3）賞、望（後漢書－63－2092－8）忘、章、廣（後
漢書－66－2163－3）將、場（後漢書－70－2258－6）陽、糧（後漢書－71
－2313－1）糧、方（後漢書－73－2360－3）謗、放（後漢書－78－2531－3）
悵、望（後漢書－78－2531－7）央、章（後漢書－80－2597－2）荒、煌、
方、羌（後漢書－80－2600－5）上、望、暢（後漢書－80－2603－1）煌、
皇、湯（後漢書－80－2619－4）方、亡、行、強、殃、昌、涼、藏（後漢書
－80－2630－5）觥、橫（後漢書－82－2709－7）常、悵（後漢書－84－2786
－6）響、賞（後漢書－84－2790－10）常、良、強、祥、光、羌、亡（後漢
書－84－2801－5）廣、倉（後漢書－86－2849－5）羌、王（後漢書－87－
2870－4）長、賞（後漢書－89－2961－6）常、昌（後漢書－2－3035－6）
堂、梁（後漢書－13－3282－1）王、芒（後漢書－13－3284－3）方、黃、
當、當、方、當（後漢書－30－3673－3）張、荒（後漢書－13－3277－3）
陽、強（後漢書－16－3332－8）（漢書－21－966－4）丈、張（漢書－100－
4205－2）方、量、臧、饗（漢書－100－4208－4）明、饗、往（漢書－100－
4231－4）陽、方、綱、常（漢書－100－4237－4）荒、桑、康（漢書－100－
4225－6）章、皇（漢書－100－4231－9）荒、蒼（漢書－100－4237－6）攘、
荒（漢書－100－4239－3）煌、光、璋、王、陽（漢書－100－4248－1）王、
亡、昌（漢書－100－4245－1）陽、王、亡（漢書－100－4246－3）襄、王、
梁、疆、殃、長（漢書－100－4249－5）王、倉、張（漢書－100－4250－1）
常、揚、創、光（漢書－100－4250－3）狂、殃、荒、亡（漢書－100－4251
－3）王、梁、光（漢書－100－4258－5）葬、將（漢書－100－4259－1）堂、
皇、揚、王、衡、詳、亡（漢書－100－4270－1）煌、光、堂、亡（漢書－100
－4271－1）皇、王、陽、光、疆、方、綱、章（漢書－100－4263－1）光、疆、

良（漢書－100－4269－2）祥、光（漢書－100－4260－5）讓、相（漢書－21－958－3）章、商（漢書－22－1028－5）行、防（漢書－21－966－2）廣、長（漢書－21－967－1）張、丈（漢書－21－966－6）方、象（漢書－21－967－1）丈、張（漢書－27－1420－5）行、王、昌（漢書－28－1524－2）陽、章、壤（漢書－69－2999－1）相、將（漢書－23－1079－4）往、王（漢書－26－1287－2）行、方、昌、方（漢書－26－1278－10）行、昌（漢書－26－1292－5）亡、昌（漢書－26－1298－10）長、象（漢書－100－4228－1）荒、綱、唐（漢書－21－964－9）更、庚

【合韻】

1‧**陽和元**：亡（陽）散（元）（後漢書－28－966－2）長（陽）善（元）（後漢書－43－1465－4）

2‧**陽和蒸**：例證見蒸部。

3‧**陽和東**：例證見東部。

4‧**陽和耕**：常（陽陽開三平）永（陽梗合三上）明（陽庚開三平）[註12] 章（陽陽開三平）（後漢書－6－250－2）洋（陽陽開三平）英（陽庚開三平）（後漢書－28－988－6）剛（陽唐開一平）明（陽庚開三平）（後漢書－37－1267－6）湯（陽唐開一平）梁（陽陽開三平）兄（陽庚合三平）明（陽庚開三平）（後漢書－40－1371－7）昌（陽陽開三平）京（陽庚開三平）（後漢書－40－1364－5）章（陽陽開三平）明（陽庚開三平）（後漢書－44－1506－9）裝（陽陽開三平）陽（陽陽開三平）英（陽庚開三平）荒（陽唐合一平）芒（陽唐開一平）桑（陽唐開一平）糧（陽陽開三平）岡（陽唐開一平）（後漢書－59－1919－1）病（陽映開三去）相（陽漾開三去）行（陽唐開一平）（後漢書－61－2016－7）卿（陽庚開三平）長（陽陽開三平）（後漢書－62－2068－10）明（陽庚開三平）望（陽漾合三去）（後漢書－82－2714－6）柄（陽庚開三上）行（陽庚開二平）（後漢書－84－2791－12）象（陽養開三上）慶（陽映開三去）（後漢書－82－2714－4）陽（陽陽開三平）明（陽庚開三平）（後漢書－84－2788－1）姓（耕勁開三去）養（陽陽開三上）行（陽映開二去）（後漢書－13－517－3）命（耕映開三去）寧（耕青開四平）姓（耕勁開三去）生（耕庚開

[註12] 東漢時期，陽部的庚韻開口三等字轉入了耕部。

二平）行（陽唐開一平）（陽庚開二平）（後漢書－35－1197－3）行（陽唐開
一平）成（耕清開三平）（後漢書－40－1372－1）萌（陽耕開二平）形（耕青
開四平）（後漢書－41－1401－3）行（陽唐開一平）（陽庚開二平）正（耕清
開三平）盛（耕清開三平）榮（耕庚合三平）聲（耕清開三平）（後漢書－43
－1467－1）行（陽唐開一平）（陽庚開二平）省（耕庚開二上）（後漢書－57
－1852－5）行（陽映開二去）性（耕勁開三去）（後漢書－84－2791－5）（漢
書－22－1029－2）聖（耕勁開三去）明（陽庚開三平）（漢書－30－1773－5）
象（陽養開三上）徵（耕清開三平）（漢書－6－199－7）黃（陽唐合一平）名
（耕清開三平）（漢書－21－956－7）方（陽陽合三平）平（耕庚開三平）量（陽
陽開三平）（漢書－21－958－2）央（陽陽開三平）方（陽陽合三平）生（耕庚
開二平）綱（陽唐開一平）（漢書－21－961－5）成（耕清開三平）養（陽養開
三上）行（陽庚開二平）（漢書－21－961－1）象（陽養開三上）形（耕青開四
平）（漢書－21－969－2）政（耕勁開三去）衡（陽庚開二平）（漢書－21－972
－6）形（耕青開四平）行（陽庚開二平）（漢書－100－4261－3）明（陽庚開
三平）行（陽庚開二平）（漢書－5－153－6）康（陽唐開一平）景（陽梗開三
上）（漢書－69－2999－1）兵（陽庚開三平）行（陽庚開二平）（漢書－26－1287
－6）兵（陽庚開三平）寧（耕青開四平）行（陽庚開二平）昌（陽陽開三平）
（漢書－21－956－1）聲（耕清開三平）量（陽陽開三平）衡（陽庚開二平）

　　5・陽和魚：例證見魚部。

　　6・陽和冬：例證見冬部。

（十五）支獨用

　　離、虧（後漢書－10－416－9）溪、池（後漢書－17－646－11）義、宜、
施（後漢書－28－974－3）知、儀（後漢書－28－994－4）義、卑（後漢書－
29－1011－7）枝、岐、支（後漢書－31－1100－10）螭、羆（後漢書－40－
1347－8）犧、祇、灑、霓（後漢書－40－1364－1）施、儀（後漢書－42－1440
－2）義、智（後漢書－52－1709－8）弛、是（後漢書－52－1711－1）枝、離、
虧（後漢書－59－1914－7）離、攜（後漢書－59－1938－6）儀、智（後漢書
－59－1940－9）池、陂（後漢書－60－1956－7）螭、鯢（後漢書－60－1964
－8）馳、披、詭、宜（後漢書－60－1982－5）離、崖、危（後漢書－60－1982

－7）此、僞（後漢書－60－1997－6）施、斯（後漢書－62－2055－11）危、移（後漢書－63－2078－15）崖、支（後漢書－80－2600－7）奇、螭、披、斯（後漢書－80－2606－2）移、虧、危、義（後漢書－80－2607－7）虧、池、麗（後漢書－80－2619－7）虧、危、斯（後漢書－80－2622－2）此、彼〔註13〕（漢書－26－1273－4）移、涯、支（漢書－100－4244－2）

【合韻】

1・支和之：例證見之部。

2・支和脂：蹄（支）胝（脂）（後漢書－60－1960－1）彌（脂）支（支）（漢書－100－4259－6）此（支）幾（脂）（漢書－100－4241－5）

3・支和歌：嗟（歌）虧（支）（後漢書－29－1022－10）嗟（歌）虧（支）（後漢書－30－1067－7）虧（支）也（歌）也（歌）虧（支）也（歌）（後漢書－37－1265－3）義（支）地（歌）（後漢書－41－1400－12）科（歌）義（支）（後漢書－46－1561－1）地（歌）義（支）（後漢書－54－1782－3）化（歌）宜（支）和（歌）（後漢書－61－2025－6）佐（歌）儀（支）（後漢書－52－1728－8）施（支）化（歌）（後漢書－62－2055－3）義（支）也（歌）（後漢書－10－439－1）義（支）也（歌）（後漢書－84－2788－1）虧（支）〔註14〕隨（歌）（後漢書－52－1715－3）

4・支脂微合韻：迷（脂）綏（微）胝（支）（漢書－100－4214－1）

5・支和至：眥（支）利（至）（後漢書－4－175－5）智（支）器（至）（後漢書－28－971－1）氏（支）至（至）（後漢書－40－1374－8）眥（支）至（至）（後漢書－74－2396－2）

6・支和錫：歷（錫）知（支）（漢書－25－1262－4）

7・支和魚：例證見魚部。

（十六）錫獨用

迹、帝（後漢書－26－922－2）策、迹（後漢書－28－990－1）策、解（後漢書－42－1437－4）役、賜（後漢書－49－1656－2）策、績、適（後漢書－

〔註13〕東漢時期歌部支韻字轉入支部。

〔註14〕東漢時期歌部支韻字轉入支部。

52－1705－5）陒、易（後漢書－80－2595－7）係、帝（漢書－1－81－7）

【合韻】

1．**錫和之**：例證見之部。

2．**錫和鐸**：例證見鐸部。

3．**錫和歌**：離（歌）隔（錫）（後漢書－29－1012－4）

4．**錫和質**：結（質）解（錫）（後漢書－28－960－6）策（錫）計（質）（漢書－100－4226－4）

5．**錫和脂**：師（脂）役（錫）夷（脂）狄（錫）（後漢書－28－965－5）

6．**錫和耕**：刑（耕）易（錫）（後漢書－13－517－2）領（耕）解（錫）（後漢書－13－539－4）績（錫）寧（耕）（後漢書－26－905－9）闢（錫）刑（耕）（後漢書－27－938－2）平（耕）積（錫）（後漢書－30－1058－7）政（耕）刑（耕）易（錫）（後漢書－46－1551－9）積（錫）性（耕）（後漢書－49－1653－7）聽（耕）錫（錫）（後漢書－74－2396－3）易（錫）成（耕）（後漢書－84－2787－4）

7．**錫和至**：狄（錫）利（至）（漢書－94－3834－1）

8．**錫歌微**：誼（歌）避（錫）累（微）（漢書－100－4222－1）

9．**錫和支**：例證見支部。

10．**錫和魚**：例證見魚部。

（十七）耕獨用

平、寧（後漢書－1－83－1）鳴、庭（後漢書－2－102－6）正、成（後漢書－2－105－1）情、敬（後漢書－3－142－5）聖、靜、寧、屏、成（後漢書－4－166－2）政、營（後漢書－4－197－9）衡、政（後漢書－5－210－4）靜、政（後漢書－7－295－4）命、兵（後漢書－13－514－6）佞、正（後漢書－13－517－1）屏、聽（後漢書－14－553－9）卿、平（後漢書－26－908－9）政、刑（後漢書－27－938－1）盟、鄁（後漢書－28－971－1）城、陘（後漢書－28－973－8）英、徵、京（後漢書－28－988－1）冥、英（後漢書－28－989－2）生、平（後漢書－28－994－4）聲、零、生、冥（後漢書－28－989－2）嶸、榮（後漢書－28－990－2）庭、徵、政、命、傾、聲（後漢書－28－992－1）政、命（後漢書－29－1026－5）正、慶（後漢書

－29－1034－7）經、明、并、屏、明（後漢書－30－1043－11）命、爭（後漢書－30－1046－1）生、政（後漢書－30－1054－3）生、清（後漢書－30－1054－6）政、命、聽（後漢書－30－1065－2）聽、令（後漢書－30－1066－6）〔註15〕清、平（後漢書－30－1080－3）清、平（後漢書－32－1126－3）情、命（後漢書－31－1095－4）明、聽（後漢書－33－1145－6）命、明（後漢書－34－1172－12）靈、榮（後漢書－34－1174－4）名、姓、平（後漢書－39－1305－2）令、城、政（後漢書－39－1311－2）爭、定（後漢書－40－1323－3）明、聽（後漢書－40－1332－10）情、京（後漢書－40－1334－5）精、靈、成、明、京（後漢書－40－1336－2）成、寧、盛、成、英、庭、熒、生（後漢書－40－1341－3）生、莖、英、刑、寧（後漢書－40－1342－7）牲、靈（後漢書－40－1364－1）清、營、生、聲（後漢書－40－1368－5）英、精、成、慶（後漢書－40－1373－2）并、營（後漢書－41－1408－6）省、形（後漢書－42－1424－13）靈、榮（後漢書－42－1441－10）正、名（後漢書－44－1504－1）令、經（後漢書－45－1537－6）明、平（後漢書－46－1549－5）寧、刑、靜（後漢書－46－1551－6）靈、定（後漢書－47－1576－7）明、正（後漢書－49－1638－4）境、姓（後漢書－49－1657－7）姓、情（後漢書－49－1650－7）清、性、名（後漢書－49－1654－5）鼎、令（後漢書－49－1659－8）聲、政（後漢書－51－1685－5）寧、耕（後漢書－51－1688－7）城、罄（後漢書－51－1692－11）星、姓（後漢書－54－1773－3）廷、成（後漢書－55－1802－7）縈、營（後漢書－55－1802－8）生、靈、寧（後漢書－57－1843－1）競、生（後漢書－57－1846－5）盟、命（後漢書－58－1886－2）令、行（後漢書－59－1899－4）名、正（後漢書－59－1903－3）銘、城、貞、精、聲（後漢書－59－1908－1）情、名、聲、營、平、崢、禎、逞、鳴、榮、寧（後漢書－59－1918－1）輕、傾、生（後漢書－59－1920－2）鉦、冥、清、譻、徵、靈（後漢書－59－1933－6）榮、熒、形（後漢書－60－1956－10）靈、經、營、冥、形（後漢書－60－1980－10）形、耕、生、徵、輕（後漢書－60－1982－9）平、綎、庭（後漢書－60－1984－4）成、生、盈、榮、寧、情（後漢書－60－1985－3）清、靈、

〔註15〕據鄭張先生校，「令」隸屬眞耕二部。

寧、亭、生、徵（後漢書－60－1989－1）政、情（後漢書－60－1994－6）命、令（後漢書－61－2018－3）永、令（後漢書－61－2038－6）成、平（後漢書－62－2061－6）成、政（後漢書－63－2084－7）貞、正（後漢書－65－2130－9）靈、命（後漢書－65－2134－2）明、命（後漢書－65－2142－1）成、名（後漢書－65－2149－3）聽、誠（後漢書－66－2173－7）生、正（後漢書－70－2266－5）兵、盟、命（後漢書－75－2441－1）庭、生（後漢書－76－2480－5）鳴、平（後漢書－77－2490－7）成、寧（後漢書－78－2524－10）政、情（後漢書－79－2553－7）明、平（後漢書－80－2597－3）青、星（後漢書－80－2600－2）景、平（後漢書－80－2600－13）榮、明（後漢書－80－2600－13）成、聽（後漢書－80－2612－5）生、政（後漢書－80－2614－10）成、聲（後漢書－80－2640－7）明、京、平（後漢書－80－2645－1）平、清（後漢書－81－2670－12）敬、名（後漢書－84－2787－3）令、命（後漢書－84－2790－9）平、姓（後漢書－13－3282－9）井、整（後漢書－13－3283－2）青、生（後漢書－13－3285－1）精、零、冥、榮、腥、停、徵、扃、營、庭、星、泠、鳴、嚶、箏、清、盈、驚、頸、寧、生、聲、聽、甇、形、情、生（後漢書－84－2802－13）盛、生（後漢書－90－2991－6）平、姓（後漢書－13－3282－9）井、整（後漢書－13－3283－2）青、生（後漢書－13－3285－1）明、競（後漢書－60－1986－5）病、行（後漢書－74－2414－3）（漢書－65－2844－8）令、命（漢書－100－4222－2）聲、荊、營、榮、程（漢書－100－4224－1）經、形、情（漢書－100－4224－3）命、聖、名（漢書－100－4237－4）政、命、定（漢書－100－4240－2）命、政、姓（漢書－21－959－5）正、定（漢書－21－964－9）盛、丁（漢書－21－979－5）生、成（漢書－22－1028－5）政、刑（漢書－23－1079－1）性、靈（漢書－25－1260－2）性、情（漢書－26－1273－4）形、聲（漢書－87－3575－1）名、經、生（漢書－67－2928－6）成、刑（漢書－93－3741－7）成、平（漢書－30－1773－8）生、鼎（漢書－21－964－9）炳、丙（漢書－22－1032－2）明、成（漢書－100－4247－1）京、[註16]正、成、名（漢書－100－4252－5）刑、平、明（漢書－100－4238－3）明、名、精、靈、

〔註16〕東漢時期，陽部的庚韻開口三等字轉入耕部。

庭、成（漢書－100－4213－4）靈、聲、京（漢書－100－4262－1）京、明、平、刑、聲（漢書－100－4253－5）慶、輕、礬、聲、盈、明、英（漢書－100－4254－3）青、病、姓、命（漢書－100－4257－1）刑、精、經、明（漢書－100－4267－5）定、盛、城、境（漢書－100－4236－4）經、平、明

【合韻】

1．耕和蒸：例證見蒸部。

2．耕和冬：例證見冬部。

3．耕和侵：形（耕）今（侵）（後漢書－17－642－7）令（耕）心（侵）命（耕）（後漢書－25－882－1）頸（耕）心（侵）（後漢書－28－973－2）寢（侵）星（耕）（後漢書－40－1340－5）心（侵）靈（耕）命（耕）（後漢書－40－1374－1）性（耕）心（侵）（後漢書－54－1780－6）心（侵）性（耕）（後漢書－58－1887－9）姓（耕）禽（侵）（後漢書－59－1939－1）禁（侵）靈（耕）令（耕）（後漢書－60－1991－1）聽（耕）心（侵）（後漢書－66－2173－11）心（侵）聲（耕）（漢書－22－1028－5）

4．耕和眞：神（眞）寧（耕）（後漢書－1－85－6）尹（眞）令（耕）天（眞）人（眞）（後漢書－2－100－9）秦（眞）經（耕）（後漢書－3－137－10）臻（眞）生（耕）（後漢書－3－157－6）生（耕）人（眞）（後漢書－4－182－4）民（眞）名（耕）（後漢書－4－186－9）人（眞）民（眞）情（耕）（後漢書－4－198－1）新（眞）甾（耕）（後漢書－6－280－3）臣（眞）徵（耕）（後漢書－17－652－6）愼（眞）平（耕）（後漢書－27－937－7）仁（眞）命（耕）（後漢書－27－939－5）命（耕）天（眞）（後漢書－28－974－1）性（耕）親（眞）（後漢書－29－1012－4）生（耕）臣（眞）（後漢書－30－1070－6）仁（眞）聲（耕）（後漢書－30－1070－7）城（耕）人（眞）（後漢書－38－1281－8）庭（耕）恩（眞）（後漢書－42－1424－5）親（眞）令（耕）（後漢書－42－1431－8）恩（眞）政（耕）（後漢書－48－1602－9）命（耕）秦（眞）（後漢書－49－1638－9）生（耕）人（眞）（後漢書－49－1652－1）聲（耕）人（眞）臻（眞）（後漢書－51－1685－5）人（眞）徵（耕）（後漢書－54－1772－4）進（眞）寧（耕）（後漢書－54－1785－4）命（耕）親（眞）（後漢書－58－1888－10）民（眞）刑（耕）（後漢書－62－1726－6）

5．**耕和錫**：例證見錫部。

6．**耕和東**：例證見東部。

7．**耕和陽**：例證見陽部。

（十八）脂獨用

體、遲（後漢書－28－987－3）禮、體（後漢書－52－1711－10）齊、禮（後漢書－62－2061－9）屍、死（後漢書－65－2151－3）楷、禮（後漢書－67－2186－5）師、濟（後漢書－74－2397－3）諧、眉（後漢書－13－3280－8）濟、禮（漢書－100－4260－5）揆、癸（漢書－21－965－1）第、次（漢書－26－1298－11）

【合韻】

1．脂和之：例證見之部。

2．脂和職：例證見職部。

3．脂和支：例證見支部。

4．**脂和歌**：次（脂）宜（歌）（後漢書－6－261－10）地（歌）比（脂）（後漢書－28－973－7）義（歌）旨（脂）（後漢書－36－1231－10）離（歌）師（脂）（後漢書－41－1414－9）戲（歌）次（脂）（後漢書－54－1778－4）

5．**脂和微**：姿（脂）妃（微）（後漢書－10－426－2）輝（微）二（脂）（後漢書－28－966－7）幾（微）視（脂）（後漢書－40－1336－1）饑（脂）遲（脂）妃（微）眉（脂）徽（微）（後漢書－59－1930－2）師（脂）維（微）眉（脂）微（微）非（微）威（微）姿（脂）（後漢書－80－2605－1）摧（微）微（微）遲（脂）違（微）機（微）（後漢書－80－2622－1）濟（脂）階（脂）懷（微）（漢書－100－4213－7）師（脂）威（微）毗（脂）（漢書－100－4261－1）威（微）資（脂）貔（脂）鯢（脂）（漢書－100－4264－5）機（微）指（脂）（漢書－21－969－2）遲（脂）睢（微）機（微）咨（脂）威（微）夷（脂）譏（微）維（微）（後漢書－52－1705－8）微（微）幾（脂）（後漢書－46－1558－4）

6．**脂和錫**：例證見錫部。

7．**脂和元**：西（脂）遷（元）（漢書－21－971－5）西（脂）遷（元）（漢書－21－971－5）

8．脂和質：體（脂）節（質）（後漢書－28－962－7）禮（脂）失（質）（後漢書－35－1203－6）西（脂）閉（質）（後漢書－47－1582－6）疾（質）啓（脂）（後漢書－80－2649－8）穴（質）蜺（脂）（漢書－26－1273－3）疾（質）遲（脂）（漢書－26－1295－5）

（十九）質獨用

栗、日（後漢書－1－26－3）竊、謐（後漢書－7－295－4）節、室（後漢書－30－1054－9）日、節（後漢書－30－1055－6）日、節（後漢書－30－1070－5）驥、日（後漢書－40－1363－7）佾、畢（後漢書－40－1364－8）實、結（後漢書－49－1642－1）室、計（後漢書－49－1648－3）室、質（後漢書－51－1697－3）實、質（後漢書－52－1709－1）節、跌、結（後漢書－59－1914－5）質、殪（後漢書－60－1960－9）節、室（後漢書－75－2441－6）逸、日（後漢書－80－2612－7）節、跌、結（後漢書－80－2642－7）隸、戾（後漢書－82－2713－9）節、栗（漢書－100－4247－3）節、失（漢書－22－1028－1）

【合韻】

1．質和之：例證見之部。

2．質和歌：戲（歌）實（質）（後漢書－24－853－7）日（質）爲（歌）（後漢書－28－963－1）密（質）宜（歌）（後漢書－29－1034－5）佚（質）義（歌）（後漢書－30－1054－5）侈（歌）室（質）（後漢書－30－1058－8）虱（質）施（歌）（後漢書－33－1140－12）

3．質和職：例證見職部。

4．質和錫：例證見錫部。

5．質和月：闋（月）結（質）（後漢書－10－452－2）泄（月）節（質）（後漢書－40－1363－13）越（月）血（質）（後漢書－80－2600－7）軋（月）乙（質）（漢書－21－964－9）

6．質和物：室（質）術（物）（後漢書－28－1000－1）畢（質）訖（物）（後漢書－84－2790－7）七（質）術（物）（漢書－100－4265－2）惠（質）謂（物）（漢書－100－4267－1）畢（質）戌（物）（漢書－21－964－8）

7．質和祭：制（祭）室（質）（後漢書－30－1043－3）室（質）世（祭）

（後漢書－42－1441－8）制（祭）失（質）（後漢書－52－1726－5）

8・質和至：至（至）計（質）（後漢書－28－963－12）器（至）繼（質）
（後漢書－57－1860－4）致（至）計（質）（後漢書－58－1866－10）季（至）
節（質）（後漢書－62－2055－4）戾（質）至（至）（後漢書－4－198－4）

9・質和微：蘪（微）繼（質）（漢書－21－959－12）逸（質）威（微）（漢
書－100－4270－1）

10・質和脂：例證見脂部。

11・質和眞：臣（眞）室（質）（後漢書－10－426－7）室（質）人（眞）
（後漢書－26－896－8）均（眞）密（質）（後漢書－27－946－6）恩（眞）
日（質）（後漢書－51－1692－7）愼（眞）實（質）（後漢書－57－1852－3）
新（眞）日（質）（後漢書－74－2387－5）

（二十）眞獨用

神、田、人（後漢書－2－116－8）天、人（後漢書－3－155－2）天、人
（後漢書－4－186－8）天、人（後漢書－30－1069－5）天、人（後漢書－40
－1359－3）天、人（後漢書－49－1630－10）民、天（後漢書－4－180－5）
矜、鱞（後漢書－4－182－5）人、身（後漢書－18－695－12）臣、人（後漢
書－18－696－2）年、盡（後漢書－19－723－1）進、人（後漢書－24－847
－6）天、民（後漢書－25－879－4）濱、人（後漢書－28－966－3）鎭、玄、
親、神（後漢書－28－1001－3）信、親（後漢書－28－990－3）賢、新、親
（後漢書－29－1012－3）田、忍（後漢書－29－1034－2）親、人（後漢書－
30－1060－9）天、淵（後漢書－40－1347－9）神、塵（後漢書－40－1363－
8）神、年（後漢書－40－1373－1）仁、人（後漢書－42－1441－9）人、貧、
存（後漢書－43－1466－2）盡、神（後漢書－43－1479－2）秦、臣（後漢書
－44－1506－8）新、民（後漢書－49－1642－11）人、賢（後漢書－49－1658
－7）臣、身（後漢書－54－1771－4）印、進（後漢書－67－2186－1）信、吝
（後漢書－59－1906－5）眞、信、身（後漢書－59－1916－1）刃、信、疢、
仁、人、辰、秦（後漢書－59－1924－4）淵、佃（後漢書－60－1969－1）神、
賢（後漢書－63－2080－7）辰、殄（後漢書－74－2384－10）盡、胤（後漢書
－74－2390－5）仁、身（後漢書－80－2619－5）晨、人、親、陳（後漢書－

80－2619－7）仁、神（後漢書－80－2628－5）賢、憐、天、賢、年（後漢書
－80－2629－5）臣、親、身、人、眞（後漢書－80－2650－9）堅、陳（後漢
書－81－2688－2）賓、津、人（後漢書－86－2849－5）臣、尹（後漢書－7
－3166－11）（漢書－21－961－6）寅、仁（漢書－21－966－4）引、信（漢書
－21－969－11）鈞、均（漢書－100－4230－3）濱、信（漢書－100－4236－3）
秦、民（漢書－100－4237－7）眞、神、年（漢書－100－4241－2）秦、因、
人（漢書－100－4255－5）賢、身（漢書－100－4251－1）伸、民、身（漢書
－100－4260－3）民、眞（漢書－100－4265－4）賢、身、臣（漢書－21－964
－9）新、辛（漢書－21－967－1）引、信（漢書－21－967－1）信、引（漢書
－21－969－11）鈞、均（漢書－21－970－1）均、鈞（漢書－21－961－6）寅、
仁（漢書－21－964－7）引、寅（漢書－22－1039－2）人、神（後漢書－7－
3166－11）臣、尹（漢書－100－4239－5）彬、神、臣〔註17〕

【合韻】

1・**眞和文**：聞（文）神（眞）（後漢書－1－21－11）墳（文）神（眞）（後
漢書－2－116－6）人（眞）本（文）（後漢書－3－134－7）人（眞）本（文）
（後漢書－3－137－10）孫（文）臣（眞）（後漢書－3－149－7）民（眞）君
（文）（後漢書－7－293－6）郡（文）瀕（眞）（後漢書－13－517－6）親（眞）
訓（文）（後漢書－16－602－1）人（眞）軍（文）（後漢書－20－742－4）臣
（眞）門（文）（後漢書－26－896－9）屯（文）民（眞）（後漢書－27－950
－4）先（文）臣（眞）（後漢書－28－963－3）陳（眞）軍（文）（後漢書－
28－966－5）彬（眞）文（文）（後漢書－28－1004－3）順（文）信（眞）（後
漢書－29－1016－7）君（文）天（眞）（後漢書－30－1071－6）勳（文）神
（眞）孫（文）（後漢書－35－1197－5）聞（文）進（眞）（後漢書－36－1228
－4）神（眞）問（文）恨（文）（後漢書－40－1332－10）溫（文）年（眞）
麟（眞）論（文）（後漢書－40－1340－5）人（眞）分（文）（後漢書－40－
1347－2）臣（眞）門（文）（後漢書－40－1347－4）本（文）眞（眞）耘（文）
玄（眞）珍（文）（後漢書－40－1368－3）門（文）莘（眞）仁（眞）（後漢
書－40－1368－6）本（文）辰（眞）（後漢書－40－1384－1）恩（眞）恨（文）

〔註17〕文部眞韻字東漢時期轉入眞部。

（後漢書－41－1405－8）雲（文）潤（眞）（後漢書－41－1408－3）尊（文）臣（眞）（後漢書－42－1440－2）秦（眞）存（文）（後漢書－44－1500－7）分（文）恩（眞）（後漢書－45－1529－5）本（文）仁（眞）（後漢書－48－1611－11）人（眞）郡（文）（後漢書－49－1657－7）慎（眞）芬（文）（後漢書－50－1673－5）門（文）人（眞）（後漢書－52－1709－3）眞（眞）群（文）（後漢書－52－1709－4）郡（文）臣（眞）（後漢書－54－1764－5）民（眞）近（文）（後漢書－57－1843－6）進（眞）損（文）（後漢書－57－1852－5）君（文）民（眞）（後漢書－57－1848－5）珍（眞）聞（文）勤（文）（後漢書－59－1914－8）文（文）倫（文）塵（眞）雲（文）聞（文）雲（文）（後漢書－60－1981－1）分（文）臣（眞）（後漢書－60－1999－9）郡（文）親（眞）（後漢書－65－2134－11）人（眞）君（文）（後漢書－74－2418－1）恩（眞）文（文）（後漢書－75－2440－6）君（文）鄰（眞）臣（眞）（後漢書－80－2607－3）民（眞）淵（眞）存（文）（後漢書－80－2607－4）頓（文）恩（眞）（後漢書－80－2614－10）塵（眞）雲（文）（後漢書－81－2689－9）親（眞）存（文）（後漢書－84－2788－6）尊（文）親（眞）（後漢書－84－2791－7）鱗（眞）存（文）（後漢書－86－2856－4）晨（文）人（眞）親（眞）陳（眞）（後漢書－80－2619－7）（漢書－25－1193－4）川（文）神（眞）文（文）（漢書－100－4223－1）順（文）信（眞）信（眞）眞（眞）（漢書－100－4240－3）勳（文）臣（眞）尊（文）（漢書－100－4242－5）民（眞）先（文）田（眞）尊（文）（漢書－100－4242－7）神（眞）川（文）年（眞）（漢書－100－4231－10）神（眞）珍（文）眞（眞）分（文）斤（文）鈞（眞）垠（眞）文（文）（漢書－100－4248－4）勳（文）信（眞）軍（文）文（文）（漢書－100－4248－6）秦（眞）門（文）印（眞）信（眞）君（文）（漢書－100－4249－5）人（眞）賓（眞）文（文）（漢書－100－4243－3）紛（文）新（眞）（漢書－100－4259－2）信（眞）孫（文）（漢書－100－4264－1）勤（文）君（文）勳（文）身（眞）（漢書－100－4270－3）臣（眞）天（眞）辛（眞）文（文）臻（眞）昏（文）（漢書－100－4265－6）人（眞）文（文）門（文）玄（眞）論（文）身（眞）（漢書－100－4265－8）秦（眞）文（文）分（文）（漢書－21－958－5）君（文）臣（眞）民（眞）（漢書－100－4227－2）神（眞）春（文）（漢

書－100－4231－2）聞（文）玄（眞）（漢書－100－4226－1）鱗（眞）雲（文）
震（眞）（漢書－100－4231－3）文（文）人（眞）（漢書－26－1298－7）煙（眞）
雲（文）紛（文）困（眞）雲（文）

　　2·眞和侵：天（眞）墊（侵）（後漢書－2－106－6）恩（眞）心（侵）（後
漢書－13－527－4）臣（眞）心（侵）（後漢書－28－971－1）金（侵）印（眞）
（漢書－100－4227－4）任（侵）恩（眞）年（眞）（後漢書－54－1780－12）
任（侵）均（眞）（後漢書－55－1802－9）恩（眞）任（侵）（後漢書－73－2360
－14）

　　3·眞和談：恬（談）賢（眞）（後漢書－49－1631－5）

　　4·眞和耕：例證見耕部。

　　5·眞和元：寬（元）人（眞）（後漢書－4－180－5）旱（元）蔓（元）
臻（眞）（後漢書－7－299－10）見（元）年（眞）（後漢書－10－406－8）仁
（眞）源（元）（後漢書－10－426－3）漢（元）人（眞）（後漢書－10－426
－9）恩（眞）藩（元）（後漢書－12－507－10）臣（眞）亂（元）（後漢書－
26－898－8）歡（元）慎（眞）（後漢書－29－1013－2）篇（眞）善（元）（後
漢書－40－1332－9）千（眞）旋（元）塵（元）連（元）（後漢書－40－1336
－6）山（元）淵（眞）（後漢書－40－1368－3）賢（眞）選（元）（後漢書－
44－1505－7）原（元）年（眞）（後漢書－48－1616－5）年（眞）亂（元）
焉（元）（後漢書－49－1649－9）田（眞）戰（元）勸（元）（後漢書－49－
1653－7）年（眞）邊（元）（後漢書－51－1690－2）淵（眞）幹（元）源（元）
（後漢書－52－1709－3）官（元）賢（眞）（後漢書－52－1709－6）縣（元）
遠（元）賢（眞）（後漢書－58－1870－3）苑（元）懸（元）年（眞）（後漢書
－60－1954－8）賤（元）淵（眞）（後漢書－60－1980－10）年（眞）半（元）
（後漢書－61－2019－6）憐（眞）泉（元）（後漢書－65－2142－3）蕃（元）
年（眞）（後漢書－66－2168－6）年（眞）難（元）（後漢書－74－2379－6）
篇（眞）簡（元）（後漢書－77－2499－4）延（元）賢（眞）錢（元）邊（元）
（後漢書－80－2631－6）臣（眞）虔（元）身（眞）桓（元）（後漢書－80－
2650－5）建（元）賢（眞）（後漢書－83－2767－4）戰（元）年（眞）（後漢
書－90－2991－7）

　　6·眞文元：（漢書－100－4251－4）親（眞眞開三平）分（文文合三平）

傳（元仙合三平）（漢書－100－4259－4）戰（元線開三去）論（文慁合一去）
信（眞震開三去）俊（文稕合三去）（漢書－100－4268－4）神（眞眞開三平）
勤（文欣開三平）宛（元阮合三上）孫（文魂合一平）瀕（眞眞開三入）

7・眞文侵：（漢書－100－4254－3）恂（眞諄合三平）心（侵侵開三平）
鄰（眞眞開三平）軍（文文合三平）（漢書－100－4256－5）文（文文合三平）
深（侵侵開三平）身（眞眞開三平）臣（眞眞開三平）倫（文諄合三平）

8・眞和質：例證見質部。

9・眞和幽：例證見幽部。

（二十一）微獨用

頹、摧、乖、哀（後漢書－10－451－3）飛、尾（後漢書－13－523－2）
悲、哀、懷（後漢書－16－631－11）懷、悲（後漢書－28－984－7）違、微
（後漢書－36－1231－1）隤、摧（後漢書－40－1348－1）乖、違（後漢書
－52－1710－2）鬼、罪（後漢書－57－1843－9）冀、威（後漢書－58－1891
－9）違、追、衰（後漢書－59－1914－4）回、懷（後漢書－59－1937－1）
希、飛（後漢書－59－1938－5）磑、回、崔（後漢書－60－1956－6）違、
諱（後漢書－60－1998－12）威、魁（後漢書－82－2710－5）歸、懷（後漢
書－42－1436－4）鬼、歸（漢書－67－2908－10）微、開（漢書－100－4223
－2）微、乖（漢書－100－4241－5）

【合韻】

1・微和之：例證見之部。

2・微和職：例證見職部。

3・微和歌：過（歌）毀（微）（後漢書－24－848－3）披（歌）悲（微）
（後漢書－28－989－4）衰（微）危（歌）（後漢書－49－1638－2）非（微）
可（歌）瑣（歌）爲（歌）我（歌）火（微）左（歌）（後漢書－49－1645－5）
衰（微）違（微）危（歌）（後漢書－80－2605－1）可（歌）墮（歌）火（微）
（後漢書－80－2629－4）虧（歌）衰（微）（後漢書－2－3035－6）毀（微）
僞（歌）（漢書－28－1663－2）

4・微和脂：例證見脂部。

5・微和至：利（至）歸（微）（漢書－100－4210－4）位（至）衰（微）

（後漢書－25－884－7）

6・微和隊：對（隊）諱（微）（後漢書－61－2025－5）諱（微）對（隊）（後漢書－60－1998－12）

7・微和物：忽（物）微（微）（後漢書－28－962－9）愛（物）哀（微）（後漢書－42－1426－4）弼（物）遺（微）（後漢書－26－896－9）

8・微和文：衣（微）珍（文）（後漢書－3－130－7）沂（微）勳（文）（漢書－100－4230－3）

9・微和質：例證見質部。

（二十二）物獨用

氣、律（後漢書－2－100－3）物、氣（後漢書－2－109－5）胃、尉（後漢書－11－471－13）忽、物（後漢書－40－1363－13）物、貴（後漢書－61－2025－6）物、貴（後漢書－76－2482－6）出、卒（後漢書－80－2596－8）愛、貴（後漢書－80－2638－7）（漢書－100－4227－11）貴、隧（漢書－100－4241－4）忽、律、出（漢書－100－4261－3）昧、佛（漢書－100－4264－1）詘、黜（漢書－21－969－11）氣、物（漢書－21－981－2）氣、味（漢書－21－964－8）昧、未

【合韻】

1・物和之：例證見之部。

2・物和職：例證見職部。

3・物和幽：例證見幽部。

4・物和月：愁（物）害（泰）（後漢書－54－1771－4）慨（物）說（月）（漢書－100－4252－3）物（物）絕（月）（漢書－26－1298－10）

5・物和歌：義（歌）貴（物）（後漢書－10－441－2）離（歌）氣（物）（後漢書－16－617－8）

6・物和質：例證見質部。

7・物和隊：昧（隊）物（物）物（物）（漢書－100－4224－3）

8・物和祭：貴（物）世（祭）（漢書－100－4267－3）世（祭）出（物）（漢書－12－360－5）會（泰）慨（物）（漢書－49－2303－4）

9・物至隊：曁（至）醉（至）氣（物）退（隊）（後漢書－40－1364－9）

10·物和微：例證見微部。

11·物和文：軍（文）術（物）（後漢書－20－742－7）出（物）君（文）（後漢書－30－1060－5）出（物）振（文）春（文）（後漢書－46－1551－3）聞（文）沒（物）（後漢書－65－2134－11）卒（物）隕（文）（後漢書－74－2410－10）術（物）論（文）（後漢書－90－2993－4）

12·物和至：物（物）類（至）（後漢書－29－1025－1）貴（物）悴（至）（後漢書－28－1000－1）位（至）髴（物）（後漢書－28－1001－5）氣（物）類（至）（後漢書－30－1071－2）位（至）貴（物）（後漢書－40－1340－7）位（至）尉（物）（後漢書－63－2084－8）位（至）黜（物）（後漢書－41－1415－1）渭（物）類（至）溉（物）遂（至）（後漢書－80－2603－2）墜（至）溉（物）昧（物）（後漢書－80－2612－1）

13·物和魚：例證見魚部。

14·物和鐸：例證見鐸部。

（二十三）文獨用

運、文（後漢書－2－95－7）川、勳（後漢書－3－149－7）孫、順、勤（後漢書－5－204－5）分、殷（後漢書－13－523－2）孫、典（後漢書－17－652－4）艱、紜（後漢書－28－992－2）勳、芬（後漢書－28－992－3）郡、恨（後漢書－31－1095－4）群、本、聞、文（後漢書－40－1341－11）珍、文、憤、雲、文（後漢書－40－1360－3）紜、雲（後漢書－40－1363－8）屯、軍（後漢書－40－1363－11）珍、雲、縕、文（後漢書－40－1372－4）分、熅（後漢書－40－1375－3）紜、分（後漢書－40－1377－1）文、允（後漢書－40－1384－2）尊、門（後漢書－41－1414－10）分、恨（後漢書－47－1576－7）軍、運（後漢書－51－1687－2）訓、順（後漢書－52－1715－4）耘、存（後漢書－52－1715－5）勳、吝、靳（後漢書－59－1899－12）墳、魂（後漢書－59－1921－1）奔、舛（後漢書－60－1960－5）門、典（後漢書－60－1999－12）典、訓（後漢書－62－2061－8）郡、損（後漢書－63－2084－9）文、論（後漢書－64－2104－5）文、孫、吝（後漢書－65－2143－5）論、聞（後漢書－71－2303－14）近、聞（後漢書－74－2414－6）寸、恨、軍（後漢書－79－2565－3）侖、軍（後漢書－80－2599－1）損、運（後漢書－80－2607－7）

門、存（後漢書－80－2631－4）分、群、雲（後漢書－80－2642－4）論、分（後漢書－80－2646－4）綸、春（後漢書－83－2764－6）（漢書－21－966－4）寸、忖（漢書－21－971－7）春、蠢（漢書－100－4225－5）論、分（漢書－100－4226－2）門、根（漢書－100－4251－1）溫、君、孫（漢書－100－4255－5）斤、門（漢書－100－4248－8）門、文、勳（漢書－21－967－1）忖、寸（漢書－21－971－7）春、蠢（漢書－23－1079－4）群、君（漢書－30－1776－9）本、分（漢書－21－966－4）寸、忖（漢書－21－964－7）振、辰（漢書－100－4254－6）軍、紜

【合韻】

1．文和之：例證見之部。

2．文和蒸：例證見蒸部。

3．文和眞：例證見眞部。

4．文和侵：震（文）甚（侵）（後漢書－1－74－4）心（侵）典（文）（後漢書－10－426－8）勤（文）心（侵）（後漢書－28－988－6）闇（侵）典（文）（後漢書－57－1860－6）淫（侵）紛（文）文（文）（漢書－100－4241－6）林（侵）君（文）（漢書－21－959－13）

5．文和元：本（文）善（元）先（文）（後漢書－5－217－6）運（文）卵（元）（後漢書－10－429－6）艱（文）蕃（元）（後漢書－10－451－2）亂（元）先（文）典（文）（後漢書－10－452－1）產（元）跣（文）（後漢書－28－965－9）旱（元）元（元）殿（文）（後漢書－41－1408－2）典（文）先（文）憲（元）（後漢書－46－1565－8）川（文）端（元）（後漢書－57－1850－1）典（文）壇（元）（後漢書－61－2034－11）懣（元）聞（文）（後漢書－64－2109－10）先（文）便（元）（後漢書－80－2623－6）圓（元）欣（文）（後漢書－27－938－2）門（文）變（元）川（文）開（元）（後漢書－80－2650－6）間（元）患（元）限（文）（漢書－91－3682－5）遠（元）聞（文）門（文）（漢書－67－2928－6）亂（元）存（文）藩（元）宣（元）（漢書－8－275－2）

6．文和月：洗（文）潔（月）（漢書－21－959－11）

7．文和物：例證見物部。

8．文和微：例證見微部。

（二十四）歌獨用

下、寡（後漢書－2－95－6）地、也（後漢書－28－968－2）也、何（後漢書－28－973－3）下、嗟（後漢書－31－1113－4）化、嘉（後漢書－32－1126－1）野、也（後漢書－43－1462－6）麻、娑（後漢書－49－1634－7）家、也（後漢書－49－1656－5）也、地（後漢書－52－1724－5）寡、下、雅（後漢書－49－1645－5）下、馬（後漢書－57－1844－3）蛇、下（後漢書－57－1843－9）嘉、歌、和、多（後漢書－59－1930－5）地、化（後漢書－59－1940－8）加、家（後漢書－60－1982－8）坐、也（後漢書－60－2002－6）可、也（後漢書－63－2074－10）嘉、何（後漢書－64－2121－5）地、也（後漢書－73－2364－8）破、河（後漢書－74－2397－3）坐、嚲（後漢書－78－2521－3）羅、河（後漢書－80－2597－1）河、過、紗、和（後漢書－80－2603－7）離、螭（後漢書－80－2620－4）左、我（後漢書－80－2629－3）波、阿（後漢書－80－2640－5）娥、羅、歌、阿（後漢書－80－2642－2）加、化（後漢書－80－2642－8）波、柯、阿、嘉、華、沙、和、科（後漢書－80－2648－4）下、也（後漢書－84－2787－1）坐、可、禍（後漢書－84－2801－11）可、我（後漢書－86－2838－10）者、野（後漢書－49－1636－1）〔註18〕（漢書－100－4216－6）可、禍（漢書－100－4244－2）歌、沱（漢書－100－4266－5）貨、化（漢書－21－961－1）施、化（漢書－23－1112－11）和、化（漢書－30－1776－9）施、宜（漢書－8－254－1）地、瑞（漢書－21－971－4）夏、假（漢書－21－971－4）夏、假（漢書－100－4267－4）夏、雅（漢書－100－4256－7）夏、社、禍

【合韻】

1·歌和之：例證見之部。

2·歌和職：例證見職部。

3·歌和鐸：例證見鐸部。

4·歌和錫：例證見錫部。

5·歌和脂：例證見脂部。

6·歌和質：例證見質部。

〔註18〕東漢時期，魚部麻韻字轉入歌部。

7・**歌和微**：例證見微部。

8・**歌和物**：例證見物部。

9・**歌和支**：例證見支部。

10・**歌和魚**：例證見魚部。

11・**歌和至**：位（至）義（歌）（後漢書－46－1549－6）

12・**歌和月**：坐（歌）別（月）（漢書－27－1368－6）

（二十五）月獨用

末、烈（漢書－100－4242－2）滅、缺、別、烈、（漢書－100－4244－6）伐、烈（漢書－100－4245－1）缺、發（漢書－100－4265－2）末、列（漢書－100－4235－2）滅、烈（後漢書－4－172－3）末、烈（後漢書－4－178－5）絕、雪（後漢書－17－643－2）缺、滅（後漢書－40－1360－1）越、列（後漢書－40－1341－2）脫、達（後漢書－34－1172－12）察、月（後漢書－61－2017－4）達、列（後漢書－74－2387－7）劣、絕（後漢書－80－2595－6）決、察（後漢書－30－1046－1）決、殺（後漢書－44－1503－2）缺、闕（後漢書－84－2788－3）察、月（後漢書－49－1640－5）闥、闕、發（後漢書－52－1709－8）月、折（後漢書－54－1770－3）達、伐（後漢書－28－990－3）末、孽、缺（後漢書－40－1376－3）

【合韻】

1・**月和葉**：乏（葉）發（月）（後漢書－5－217－3）烈（月）業（葉）（後漢書－28－966－7）

2・**月和之**：例證見之部。

3・**月和質**：例證見質部。

4・**月和物**：例證見物部。

5・**月至祭**：裔（祭）類（至）（後漢書－3－150－1）衛（祭）絕（月）祭（祭）（後漢書－3－150－1）

6・**月和至**：類（至）絕（月）（後漢書－3－157－6）

7・**月和談**：慚（談）桀（月）（漢書－100－4259－6）

8・**月和元**：絕（月）炭（元）（後漢書－1－20－7）絕（月）傳（元）（後漢書－24－848－2）變（元）滅（月）（後漢書－28－963－5）悅（月）言（元）

（後漢書－29－1012－4）元（元）發（月）（後漢書－30－1066－6）爛（元）列（月）（後漢書－30－1071－3）紲（元）越（月）（後漢書－49－1635－5）變（元）發（月）（後漢書－54－1765－6）建（元）孽（月）（後漢書－54－1776－8）倦（元）割（月）（後漢書－59－1910－11）山（元）滅（月）（後漢書－74－2379－3）殘（元）滅（月）（後漢書－74－2411－4）還（元）活（月）（後漢書－76－2474－2）

　　9・月和祭：裔（祭）外（泰）界（怪）嶠（月）世（祭）（後漢書－23－817－1）廢（廢）殺（黠）歲（祭）（後漢書－30－1072－7）達（曷）世（祭）（後漢書－36－1227－7）世（祭）末（末）勢（祭）藝（祭）（後漢書－40－1330－7）折（薛）噬（祭）殺（黠）（後漢書－40－1347－8）說（薛）制（祭）（後漢書－40－1359－3）世（祭）末（月）絕（薛）（後漢書－40－1374－5）月（月）誓（祭）（後漢書－42－1428－10）制（祭）設（薛）滅（薛）（後漢書－52－1710－2）制（祭）設（薛）（後漢書－52－1726－3）噬（祭）世（祭）晰（薛）（後漢書－59－1923－7）桀（薛）滯（祭）（後漢書－60－1969－3）說（薛）銳（祭）（後漢書－60－1982－5）世（祭）渴（曷）哲（薛）（後漢書－61－2030－4）伐（月）裔（祭）（後漢書－80－2607－2）絕（薛）害（泰）（漢書－23－1089－4）說（薛）敗（夬）沛（泰）害（泰）大（泰）（漢書－100－4250－5）外（泰）絕（薛）（後漢書－10－429－7）別（薛）裂（薛）轍（薛）邁（夬）會（泰）敗（夬）外（泰）艾（泰）蓋（泰）吠（廢）肺（廢）逝（祭）大（泰）屬（祭）廢（廢）歲（祭）（後漢書－84－2802－3）絕（薛）制（祭）（後漢書－13－519－3）穢（廢）列（薛）（後漢書－28－986－4）世（祭）竭（月）（後漢書－29－1013－2）廢（廢）罰（月）（後漢書－30－1068－3）缺（薛）藝（祭）（後漢書－36－1228－4）敗（夬）殺（黠）（後漢書－38－1279－4）世（祭）末（沒）絕（薛）（後漢書－40－1374－5）害（泰）滅（薛）（後漢書－58－1891－10）別（薛）裂（薛）邁（夬）會（泰）敗（夬）外（泰）艾（泰）蓋（泰）吠（廢）肺（廢）逝（祭大（泰）屬（祭）廢（廢）歲（祭）（後漢書－84－2802－3）制（祭）殺（黠）（漢書－100－4267－1）發（月）世（祭）（漢書－63－2771－3）伐（月）大（泰）裔（祭）（漢書－100－4261－1）闕（月）世（祭）害（泰）（漢書－100－4261－3）月（月）世（祭）設（月）（後漢書－29－1025－1）

10・月和文：例證見文部。

11・月和歌：例證見歌部。

（二十六）祭獨用

際、礪、世（後漢書－73－2362－7）埶、裔（後漢書－40－1348－2）大、害（後漢書－46－1556－6）制、世（後漢書－46－1560－2）敝、制（後漢書－46－1561－3）制、際（後漢書－59－1909－3）裔、厲、外、藹（後漢書－59－1934－5）害、敗（後漢書－60－1982－1）敗、外、廢（後漢書－80－2621－2）害、敗（後漢書－80－2638－5）敗、歲（後漢書－2－116－3）外、害（後漢書－13－517－6）勢、害（後漢書－36－1225－1）世、廢（後漢書－36－1228－10）厲、蔡（後漢書－52－1714－2）敝、會（後漢書－52－1728－6）敗、逝（後漢書－54－1773－4）裔、厲、外、藹（後漢書－59－1934－5）害、帶、滯、敗（後漢書－80－2603－8）世、制、敗（漢書－100－4237－1）乂、藝（漢書－28－1527－1）害、衛（漢書－100－4269－2）敗、大、害（漢書－100－4252－3）

【合韻】

1・祭和物：例證見物部。

2・祭物月：例證見物部。

3・祭和之：例證見之部。

4・祭和質：例證見質部。

5・祭和隊：內（隊）世（祭）（後漢書－20－741－4）

6・祭和至：位（至）世（祭）（後漢書－16－613－3）位（至）衛（祭）（後漢書－54－1773－3）穢（廢）衛（祭）位（至）會（泰）（漢書－66－2894－5）

7・祭和月：例證見月部。

8・祭和幽：例證見幽部。

9・祭和鐸：例證見鐸部。

（二十七）元獨用

弦、邊（後漢書－13－3281－6）班、間（後漢書－13－3281－15）散、

全（後漢書－1－6－2）寬、歎（後漢書－3－133－1）叛、遠（後漢書－4－
169－2）元、焉（後漢書－4－166－8）繁、歎（後漢書－6－255－10）園、
歎、焉（後漢書－10－421－9）然、見（後漢書－13－515－6）變、亂（後漢
書－13－517－2）管、炭、官（後漢書－13－517－3）端、亂（後漢書－18
－681－12）安、殘（後漢書－18－696－2）散、建（後漢書－23－801－5）
反、善（後漢書－24－831－10）頑、見、前（後漢書－25－884－7）言、患、
變（後漢書－28－965－2）亂、閒（後漢書－28－965－9）反、遠（後漢書
－28－989－1）山、仙（後漢書－28－999－1）怨、便、變（後漢書－29－
1012－10）安、全（後漢書－29－1013－2）言、半（後漢書－29－1022－10）
善、然（後漢書－30－1046－3）遠、反（後漢書－30－1060－3）官、饌（後
漢書－30－1058－11）言、歎（後漢書－30－1070－9）憲、賤、然（後漢書
－36－1243－4）奸、便（後漢書－39－1305－2）散、端（後漢書－39－1314
－7）館、環（後漢書－40－1340－5）爛、觀、輦、宴（後漢書－40－1341
－1）連、間、錢、焉（後漢書－40－1341－3）誕、館（後漢書－40－1342
－9）漢、散（後漢書－40－1347－1）閒、竿（後漢書－40－1348－1）源、
焉（後漢書－40－1385－1）短、善（後漢書－41－1405－6）戀、見（後漢
書－41－1414－9）願、患（後漢書－41－1416－5）萬、半（後漢書－42－
1431－10）戀、言（後漢書－42－1441－2）邊、酸（後漢書－42－1446－10）
遷、散（後漢書－43－1464－2）旱、邊（後漢書－43－1481－5）見、案（後
漢書－43－1483－6）汗、反（後漢書－44－1505－8）煩、選、善（後漢書
－44－1508－6）遣、前（後漢書－45－1524－8）官、安、見（後漢書－45
－1529－5）善、言（後漢書－45－1531－11）寬、晏（後漢書－46－1549－
5）端、源（後漢書－46－1558－4）斷、奸（後漢書－46－1558－6）萬、錢
（後漢書－49－1631－8）腕、幡（後漢書－49－1635－1）棺、泉（後漢書－
49－1636－1）遠、山（後漢書－49－1636－4）安、變（後漢書－49－1658
－7）官、前（後漢書－51－1693－4）半、然（後漢書－51－1693－6）縣、
滿（後漢書－52－1704－4）軒、焉（後漢書－52－1709－8）膳、產（後漢書
－52－1724－9）閒、安（後漢書－54－1762－2）怨、叛（後漢書－54－1764
－8）言、勸（後漢書－54－1770－3）遷、轉（後漢書－54－1778－9）怨、
見（後漢書－54－1780－1）衍、園（後漢書－54－1782－3）遷、怨（後漢書

－54－1786－7）亂、炭（後漢書－54－1786－7）變、然、見（後漢書－57－1843－13）關、散（後漢書－57－1850－5）顯、見（後漢書－58－1874－6）見、遠（後漢書－59－1910－4）遠、見、慢（後漢書－59－1910－4）反、然（後漢書－59－1910－6）前、焉（後漢書－59－1912－1）山、言（後漢書－59－1920－4）悍、巒、橫、端、猨、單（後漢書－60－1962－3）園、環（後漢書－60－1969－7）幹、原（後漢書－60－1969－7）漢、變、安（後漢書－60－1999－1）肩、鮮（後漢書－60－1960－8）權、煩（後漢書－60－1986－2）館、前（後漢書－60－2001－7）亂、權（後漢書－61－2016－2）管、言、輦（後漢書－61－2030－5）幹、散（後漢書－61－2033－1）言、泉（後漢書－61－2038－12）怨、叛、亂（後漢書－62－2060－8）辯、端（後漢書－64－2104－5）慢、變（後漢書－64－2109－2）亂、然（後漢書－64－2117－11）遣、怨（後漢書－65－2131－1）端、善（後漢書－65－2136－12）言、便（後漢書－65－2151－12）遠、權（後漢書－66－2164－9）善、言（後漢書－66－2166－6）旱、遷（後漢書－66－2166－9）善、歎（後漢書－66－2168－5）亂、棺（後漢書－70－2265－6）筵、邊（後漢書－70－2267－1）焉、見（後漢書－70－2269－8）變、權（後漢書－74－2393－2）元、善（後漢書－74－2394－2）彥、言（後漢書－74－2396－3）桓、安（後漢書－79－2551－6）畔、衍、亂（後漢書－80－2598－5）連、蠻（後漢書－80－2600－2）悍、遠（後漢書－80－2604－1）然、權、殘、燔（後漢書－80－2621－1）斷、亂、館、婉、玩（後漢書－80－2641－3）半、彈、散、幹、漢（後漢書－80－2642－5）單、盤、難、桓、歡（後漢書－80－2644－11）言、蘭（後漢書－84－2791－6）患、單、關、蠻、曼、歎、安、餐、幹、難、顏（後漢書－84－2802－11）叛、竄（後漢書－87－2885－6）難、安（後漢書－87－2893－8）宛、鮮（後漢書－90－2990－11）遠、焉（後漢書－90－2991－4）萬、健（後漢書－90－2991－6）弦、邊（後漢書－13－3281－6）班、間（後漢書－13－3281－15）換、漢、怨（漢書－100－4236－3）漢、縣、判（漢書－100－4243－7）安、韓、難（漢書－100－4248－7）桓、元、邊、閒、顏（漢書－100－4254－5）山、連（漢書－100－4254－6）贊、彥、歎（漢書－100－4262－2）鮮、遠（漢書－100－4268－1）怨、叛（漢書－24－1126－5）晚、反、飯（後漢書－31－1112－2）

【合韻】

1·元和文：例證見文部。

2·元和眞：例證見眞部。

3·元和宵：例證見宵部。

4·元和陽：例證見陽部。

5·元和談：掩（談）散（元）（後漢書－13－517－8）言（元）讒（談）（後漢書－24－848－3）儉（談）簡（元）（後漢書－30－1065－7）善（元）濫（談）怨（元）（後漢書－48－1619－6）厭（談）言（元）（後漢書－60－1999－12）遠（元）玷（談）（漢書－100－4214－1）覽（談）版（元）（漢書－49－2292－4）冠（元）犯（談）（漢書－58－2613－7）善（元）犯（談）（漢書－58－2615－1）

6·元和侵：煖（元）黔（侵）（漢書－100－4225－6）

7·元和月：例證見月部。

8·元和脂：例證見脂部。

9·元和魚：例證見魚部。

（二十八）緝獨用

入、急、及（後漢書－18－681－12）立、邑（後漢書－29－1013－4）縶、入（後漢書－52－1714－2）及、立、合（後漢書－59－1914－9）集、戢、入（後漢書－60－1984－6）及、立（後漢書－80－2610－8）

【合韻】

1·緝和之：例證見之部。

2·緝和職：例證見職部。

3·緝和屋：例證見屋部。

4·緝和葉：給（緝）接（葉）（後漢書－10－415－5）業（葉）立（緝）（漢書－100－4268－5）

（二十九）侵獨用

侵、甚（後漢書－2－116－3）今、林、沈、南、禁（後漢書－30－1044－4）禁、深（後漢書－31－1108－12）吟、心（後漢書－42－1436－3）深、

南（後漢書－42－1445－1）陰、林、凡（後漢書－52－1709－6）金、飲（後漢書－57－1846－2）禁、吟（後漢書－57－1846－10）禁、深（後漢書－59－1929－5）心、參、林、禽、音（後漢書－59－1937－5）禁、心（後漢書－74－2395－2）金、林、深（後漢書－80－2603－4）心、音（後漢書－80－2612－5）南、任（漢書－21－959－15）南、任（漢書－21－971－4）衽、心（漢書－94－3834－2）心、音（漢書－22－1028－9）任、壬（漢書－21－964－9）南、任（漢書－21－971－4）今、林（漢書－100－4271－2）南、任（漢書－21－959－15）

【合韻】

1・侵和談：湛（侵）玷（談）（後漢書－26－896－3）

2・侵和之：例證見之部。

3・侵和蒸：例證見蒸部。

4・侵和耕：例證見耕部。

5・侵和真：例證見真部。

6・侵和文：例證見文部。

7・侵和幽：例證見幽部。

8・侵和元：例證見元部。

（三十）葉獨用

法、業（後漢書－28－985－4）妾、牒（後漢書－49－1635－5）乏、業（後漢書－49－1655－9）曄、業（漢書－100－4237－6）業、法（漢書－100－4244－5）業、乏、法（漢書－100－4266－5）

【合韻】

1・葉和緝：例證見緝部。

2・葉和魚：例證見魚部。

3・葉和月：例證見月部。

4・葉和談：謙（談）業（葉）（後漢書－40－1381－1）法（葉）膽（談）（後漢書－52－1727－3）

5・葉和職：例證見職部。

（三十一）談獨用

占、驗（後漢書－30－1046－1）儉、甘（後漢書－78－2530－6）

【合韻】

1・談和眞：例證見眞部。

2・談和侵：例證見侵部。

3・談和元：例證見元部。

4・談和葉：例證見葉部。

5・談和月：例證見月部。

6・談和鐸：例證見鐸部。

（三十二）至獨用

至、利（後漢書－60－1981－4）至、致（後漢書－65－2130－10）遂、饋
（54－1761－8）匱、類（55－1807－8）類、帥（57－1850－1）

【合韻】

1・至和隊：（後漢書－16－617－6）退（隊）位（至）（後漢書－40－1363
－11）隊（隊）帥（至）（後漢書－43－1485－3）退（隊）位（至）（漢書－
100－4214－1）寐（至）隧（至）對（隊）（漢書－100－4269－2）遂（至）妹
（隊）

2・至和之：例證見之部。

3・至和職：例證見職部。

4・至和祭：例證見祭部。

5・至和月：例證見月部。

6・至祭月：例證見月部。

7・至和微：例證見微部。

8・至和物：例證見物部。

9・至物隊：例證見物部。

10・至和歌：例證見歌部。

11・至和質：例證見質部。

12・至和錫：例證見錫部。

13・至和支：例證見支部。

（三十三）隊獨用

內、對（後漢書－59－1924－3）

【合韻】

1・隊和祭：例證見祭部。

2・隊和至：例證見至部。

3・隊和物：例證見物部。

4・隊和微：例證見微部。

5・隊至物：例證見物部。

6・隊和之：例證見之部。

第五節　前四史的魏晉語料韻譜

陰聲韻

（一）之獨用

（三國－5－165－2）喜己（三國－12－376－13）理之理之（三國－19－563－12）子子（三國－19－564－1）恃齒（三國－41－1013－6）事疑（三國－42－1037－3）治事（三國－42－1037－14）時滋期尤己辭（三國－47－1134－8）耳子（三國－53－1255－3）紀始止（三國－42－1037－5）紀恃時己否（三國－45－1085－14）思時（後漢書志－3－3057－1）紀事之（後漢書志－3－3056－12）事時

【合韻】

1・之支合韻：（三國－2－81－4）知（支支開三平）宅（之之開三平）

2・之錫合韻：（三國－2－81－8）之（之之開三平）帝（錫霽開四去）

3・之物合韻：（三國－4－154－8）愛（物代開一去）孩（之咍開一平）

4・之職合韻：（三國－11－360－3）熙（之止開三平）代（職代開一去）（三國－65－1461－3）事（之志開三去）意（職志開三去）

5・之質合韻：（三國－59－1374－7）志（之志開三去）節（質屑開四入）（三國－62－1414－8）時（之之開三平）一（質質開三入）

6・之幽合韻：（後漢書志－3－3057－2）時（之）流（尤）（後漢書志－2

－3042－1）修（尤）久（有）

　　7‧之隊合韻：（後漢書志－29－3641－1）已（止）悔（隊）

　　8‧之哈合韻：（三國－45－1085－1）才（之哈開一平）理（之止開三上）（三國－62－1414－5）基（之之開三平）災（之哈開一平）（後漢書志－29－3639－1）事（志）之（之）災（哈）（後漢書志－2－3036－12）該（哈）已（止）

　　9‧之侯合韻：（後漢書志－3－3056－2）蔀（厚）紀（止）

（二）哈

　獨用無

【合韻】

　哈魚合韻：（後漢書志－7－3166－7）臺（哈）序（語）

（三）脂獨用

　　（三國－9－296－4）第次（三國－53－1255－5）弟體（三國－54－1266－13）幾爾旨（三國－53－1255－1）遺歸（三國－53－1255－8）微機輝違（三國－61－1403－12）惟褘（三國－19－564－3）悲微（三國－19－564－3）畿饑（三國－19－564－7）限階（三國－42－1035－2）微衰機威飛資私輝（三國－45－1080－12）綏威夷（三國－45－1081－5）衰諮機（三國－61－1401－12）水死（後漢書志－10－3214－4）視微

【合韻】

　1‧脂幽合韻：（三國－5－169－3）軌（幽旨合三上）美（脂旨開三上）

　2‧脂月合韻：（三國－42－1036－11）廢（月廢合三去）翳（脂霽開四去）

　3‧脂支合韻：（三國－45－1084－7）祇（支支開三平）私（脂脂開三平）

　4‧脂質合韻：（三國－15－483－9）機（微微開三平）日（質質開三入）

　5‧脂物合韻：（三國－19－571－5）物（物物合三入）懷（微皆合二平）

　6‧脂緝合韻：（三國－42－1037－11）排（微皆開二平）﹝註19﹞執（緝緝開三入）

（四）幽獨用

﹝註19﹞此處的微部轉入脂部。

（三國－65－1469－12）尤留（三國－14－450－9）州憂（三國－19－564－6）遊油（三國－19－565－5）授受（三國－57－1332－14）好道

【合韻】

1·幽侯合韻：（三國－2－81－8）求（幽尤開三平）樹（侯遇合三去）（三國－62－1414－11）符（侯虞合三平）俱（侯遇合三去）休（幽尤開三平）

2·幽覺合韻：（三國－11－359－3）老（幽皓開一上）奧（覺號開一去）（三國－42－1022－11）授（幽宥開三去）復（覺屋合三入）

3·幽宵合韻：（三國－44－1066－7）喬（宵宵開三平）好（幽皓開一上）（三國－61－1407－2）稻（幽皓開一上）效（宵效開二去）（三國－62－1414－5）苗（宵宵開三平）條（幽蕭開四平）（三國－42－1035－2）道（幽皓開一上）表（宵小開三上）（後漢書志－2－3034－14）造（號）休（尤）

（五）宵獨用

（三國－11－359－3）遙要

【合韻】

宵支合韻：（後漢書志－1－3015－3）知（支）曉（宵）

（六）魚獨用

（三國－5－165－1）輔助（三國－11－360－2）緒傅（三國－12－376－9）邪所（三國－13－394－1）輔臂處矩（三國－19－563－9）土魯敘輔（三國－34－907－6）土序古家土輔（三國－53－1255－9）虛居（三國－42－1037－2）野矩（三國－54－1265－1）誤顧（三國－61－1401－12）魚居（三國－62－1414－6）野下緒（三國－62－1414－7）祖下土夏（二國－45－1081－13）武舉敘（後漢書志－29－3641－1）下御（後漢書志－1－2999－3）呂數

【合韻】

1·魚模合韻：（三國－19－564－4）都（魚模合一平）車（魚魚開三平）徒（魚模合一平）旅（魚語開三上）渚（魚語開三上）女（魚語開三上）黍（魚語開三上）（三國－42－1035－9）塗（魚模合一平）徂（魚模合一平）憮（魚虞合三上）圖（魚模合一平）與（魚語開三上）（三國－53－1250－9）吳（魚模合一平）都（魚模合一平）（三國－62－1414－11）書（魚魚開三平）吳（魚模合一平）（三國－61－1403－11）下（魚禡開二去）都（魚模合一平）（後漢

書志－7－3166－9）古（姥）恕（御）

2·魚歌合韻：（三國－2－81－5）地（歌至開三去）處（魚語開三上）（三國－19－563－14）華（魚麻合二平）加（歌麻開二平）（三國－61－1403－11）固（魚暮合一去）過（歌過合一去）

3·魚屋合韻：（三國－19－565－5）舉（魚語開三上）祿（屋屋合一入）（三國－65－1468－13）家（魚麻開二平）俗（屋燭合三入）儲（魚魚開三平）家（魚麻開二平）（三國－61－1401－14）儲（魚魚開三平）畜（覺屋合三入）（後漢書志－28－3623－4）書（魚）獄（屋）

4·魚侯合韻：（三國－42－1035－15）初（魚魚開三平）符（侯虞合三平）書（魚魚開三平）（三國－42－1036－1）扶（魚虞合三平）區（侯虞合三平）（三國－42－1036－6）慮（魚御開三去）舉（魚語開三上）譽（魚遇開三去）務（侯遇合三去）（三國－42－1037－8）符（侯虞合三平）愚（侯虞合三平）數（侯遇合三去）誣（魚虞合三平）諸（魚魚開三平）無（魚虞合三平）（三國－53－1255－2）符（侯虞合三平）浦（魚姥合一上）隅（侯虞合三平）樞（侯虞合三平）（三國－61－1403－11）顧（魚暮合一去）取（侯虞合三上）

（七）模獨用

（三國－1－28－9）瓜孤（三國－19－564－1）圖壚

【合韻】

模月合韻：（三國－3－97－3）絕（月薛合三入）謨（魚模合一平）

（八）侯獨用

（三國－65－1469－12）愚誅（三國－1－28－9）泃句

【合韻】

1·侯物合韻：（三國－11－362－3）趣（侯遇合三去）屈（物物合三入）

2·侯月合韻：（三國－19－566－1）厚（侯厚開一上）大（月泰開一去）

（九）歌獨用

（三國－62－1415－6）戈歌（三國－21－602－8）繁婆（三國－4－151－15）化義（三國－11－357－3）過爲（三國－12－385－8）化義（三國－16－492－5）離我

【合韻】

　　1．**歌鐸合韻**：（三國－37－958－12）破（歌過合一去）落（鐸鐸開一入）（三國－42－1037－11）釋（鐸昔開二入）移（歌支開三平）（三國－44－1066－7）昔（鐸昔開三入）化（歌禡合二去）（三國－12－376－9）何（歌歌開一平）露（鐸暮合一去）

　　2．**歌支合韻**：（三國－19－563－11）墮（歌果合一上）儀（歌支開三平）（三國－16－492－6）離（歌支開三平）可（歌哿開一上）

　　3．**歌質合韻**：（三國－42－1035－7）僞（歌寘合三去）失（質質開三入）（後漢書志－2－3036－11）科（戈）也（馬）

（十）支獨用

　　（三國－53－1255－1）垂施（三國－62－1414－10）移施奇（三國－45－1082－4）移規髀

【合韻】

　　支職合韻：（後漢書志－3－3082－1）極（職）儀（支）

（十一）祭獨用

　　（三國－2－61－4）榑衛（三國－42－1038－1）藝制逝裔世滯誓（三國－54－1266－6）礪裔（三國－42－1037－3）世穢

【合韻】

　　1．**祭質合韻**：（三國－1－38－6）世（月祭開三去）秩（質質開三入）（三國－16－492－5）實（質質開三入）勢（月祭開三去）（三國－42－1036－12）世（月祭開三去）計（質霽開四去）（三國－45－1084－4）惠（質霽合四去）世（月祭開三去）

　　2．**祭月合韻**：（三國－9－286－8）滅（月薛開三入）世（月祭開三去）（三國－45－1080－15）世（月祭開三去）烈（月薛開三入）發（月月合三入）（後漢書志－29－3641－2）缺（月）制（祭）

　　3．**祭覺合韻**：（三國－45－1084－11）篤（覺沃合一入）裔（月祭開三去）

（十二）泰獨用

　　（三國－42－1022－11）大會（三國－42－1035－4）沛會（三國－45－1088

－7）害沛大

【合韻】

1・泰月合韻：（三國－19－564－7）藹（月泰合一去）沫（月末合一入）蓋（月泰開一去）

2・泰侯合韻：（三國－19－566－1）厚（侯厚開一上）大（月泰開一去）

3・泰質合韻：（後漢書志－29－3639－1）利（質）害（泰）

陽聲韻

（一）蒸獨用

（三國－19－564－8）升興（三國－65－1469－9）憑穹

【合韻】

1・蒸侵合韻：（三國－45－1080－9）音（侵侵開三平）興（蒸蒸開三平）

2・蒸陽合韻：（後漢書志－2－3037－1）應（蒸）尙（陽）（三國－10－313－7）明（陽庚開三平）行（陽庚開二平）勝（蒸蒸開三平）（三國－14－430－7）病（陽映開三去）仍（蒸蒸開三平）

（二）登獨用

（三國－32－890－7）佷恒

【合韻】

登東合韻：（三國－42－1036－10）弘（蒸登合一平）寵（東腫合三上）

（三）東獨用

（三國－19－564－9）墉從（三國－58－1353－3）功寵重（三國－10－313－7）眾用（後漢書志－6－3153－1）容恭從隆（後漢書志－3－3056－12）功隆

【合韻】

1・東陽合韻：（三國－45－1080－8）方（陽陽合三平）鍾（東鍾合三平）驤（陽陽開三平）（三國－45－1081－3）從（東鍾合三平）潼（東東合一平）同（東東合一平）亡（陽陽合三平）龍（東鍾合三平）（三國－4－122－2）行（陽唐開一平）從（東鍾合三平）（三國－19－563－8）蹤（陽唐合一平）聰（東

東合一平）雍（東鍾合三平）邦（東江開二平）（三國－19－563－7）皇（陽唐合一平）方（陽陽合三平）攘（陽陽開三平）王（陽陽合三平）蹤（東鍾合三平）皇（陽唐合一平）聰（東東合一平）雍（東鍾合三平）邦（東江開二平）（後漢書志－29－3639－5）功（東）長（陽）（後漢書志－7－3166－7）堂（陽）雍（東）

2．東冬合韻：（三國－58－1350－6）勇（東腫合三上）統（冬宋合一去）（三國－65－1469－9）庸（東鍾合三平）隆（冬東合三平）中（冬東合三平）風（冬東合三平）崇（冬東合三平）重（東鍾合三平）融（冬東合三平）（三國－5－163－4）隆（冬東合三平）同（東東合一平）

3．東屋合韻：（三國－2－62－5）獨（屋屋合一入）用（東用合三去）（三國－16－492－4）盛（耕清開三平）從（東鍾合三平）

4．東侵合韻：（三國－19－566－1）任（侵侵開三平）封（東鍾合三平）

5．東耕合韻：（三國－42－1036－1）星（耕青開四平）動（東董合一上）生（耕庚開二平）（三國－16－492－4）盛（耕清開三平）從（東鍾合三平）（後漢書志－1－3001－4）形（耕）動（東）靜（耕）

（四）冬獨用

（三國－3－112－2）虹絳（三國－53－1255－4）宮隆崇豐忠終（三國－2－62－6）躬中終

【合韻】

1．冬耕合韻：（三國－42－1036－5）精（耕清開三平）躬（冬東合三平）

2．冬侵合韻：（三國－45－1080－11）風（冬東合三平）心（侵侵開三平）

3．冬陽合韻：（三國－45－1080－14）風（冬東合三平）臧（陽唐開一平）鏘（陽陽開三平）

（五）陽獨用

（三國－19－563－7）皇方攘王皇（三國－61－1400－9）長亡（三國－45－1085－1）章光（三國－45－1085－6）祥臧芳（三國－45－1085－14）常強剛香（三國－45－1084－3）鄉張強（三國－45－1084－5）方章祥疆（三國－60－1389－11）臧曠（三國－45－1081－8）常綱（三國－62－1414－9）常望

上方祥（三國－6－176－7）橫光（三國－21－599－7）瑒暢（三國－11－359－10）彰望（三國－2－81－3）葬藏（三國－14－426－12）昌亡（三國－19－563－13）方殃（三國－19－572－2）相將（三國－41－1009－5）望行（後漢書志－3－3056－12）光上

【合韻】

1·陽耕合韻：（三國－59－1374－6）行（陽庚開二平）令（耕勁開三去）（三國－45－1085－3）命（耕映開三去）境（陽梗開三上）性（耕勁開三去）（三國－57－1332－14）行（陽庚開二平）情（耕清開三平）（三國－11－361－6）蕩（陽蕩開一上）章（陽陽開三平）形（耕青開四平）命（耕映開三去）明（陽庚開三平）（三國－45－1080－8）荊（耕庚開三平）盟（陽庚開三平）並（耕勁開三去）寧（耕青開四平）聲（耕清開三平）（三國－8－260－2）成（耕清開三平）聲（耕清開三平）王（陽陽合三平）（三國－13－403－5）行（陽庚開二平）經（耕青開四平）（後漢書志－29－3640－12）纓（耕）上（陽）

2·陽寒合韻：（三國－45－1085－2）綱（陽唐開一平）端（元桓合一平）喪（陽唐開一平）（後漢書志－3－3056－2）章（陽）元（寒）

（六）耕獨用

（三國－62－1414－4）生精營成（三國－53－1255－6）耕盈成榮徵聲（三國－12－376－8）聲聽（三國－19－563－10）盈經（三國－19－563－15）嬰廷（三國－19－564－8）寧徵（三國－19－564－9）旌聲（三國－19－564－10）廷醒（三國－42－1036－2）榮佞經成刑（三國－42－1038－3）形聲荊名清寧（三國－45－1090－2）生精呈（後漢書志－1－2999－3）衡行情（後漢書志－7－3165－1）敬明（後漢書志－29－3641－2）定經正

（七）真獨用

（三國－45－1088－7）身人（三國－45－1082－6）賓臣（三國－60－1389－11）民人（後漢書志－3－3056－12）天辰（後漢書志－7－3164－8）天民（三國－19－563－13）濱臣身（三國－45－1080－11）濱真

【合韻】

1·真文侵合韻：（三國－45－1085－5）人（真真開三平）侵（侵侵開三平）

雲（文文合三平）（三國－45－1082－7）北（眞震開三去）眞（眞眞開三平）文（文文合三平）林（侵侵開三平）（三國－42－1037－15）鄰（眞眞開三平）人（眞眞開三平）民（眞眞開三平）眞（眞眞開三平）分（文文合三平）貪（侵覃開一平）

2．眞文合韻：（三國－45－1089－3）君（文文合三平）身（眞眞開三平）軍（文文合三平）（三國－45－1082－5）身（眞眞開三平）文（文文合三平）人（眞眞開三平）（三國－61－1400－9）君（文文合三平）民（眞眞開三平）君（文文合三平）身（眞眞開三平）民（眞眞開三平）身（眞眞開三平）民（眞眞開三平）根（文痕開一平）（三國－65－1461－2）陳（眞眞開三平）倫（文諄合三平）門（文魂合一平）（三國－19－565－4）君（文文合三平）臣（眞眞開三平）（三國－42－1036－9）民（眞眞開三平）春（文諄合三平）典（文銑開四上）文（文文合三平）醇（文諄合三平）眞（眞眞開三平）（三國－42－1036－12）春（文諄合三平）陳（眞眞開三平）（三國－2－81－9）君（文文合三平）親（眞眞開三平）（三國－45－1080－11）文（文文合三平）身（眞眞開三平）（三國－53－1255－10）論（文魂合一平）恩（眞痕開一平）身（眞眞開三平）隕（文軫合三上）分（文文合三平）（三國－14－450－9）臣（眞眞開三平）君（文文合三平）（三國－42－1037－2）倫（文諄合三平）仁（眞眞開三平）（後漢書志－7－3166－10）民（眞）昆（文）

3．眞寒合韻：（三國－12－376－8）言（元元開三平）民（眞眞開三平）（三國－12－376－9）言（元元開三平）面（元線開三去）人（眞眞開三平）

（八）文獨用

（後漢書志－7－3166－6）文倫（後漢書志－23－3534－1）分君紛聞（後漢書志－2－3039－7）分文（三國－62－1414－8）軍門雲

【合韻】

1．文侵合韻：（三國－14－430－7）任（侵沁開三去）本（文混合一上）（三國－16－503－11）任（侵沁開三去）問（文問合三去）（三國－42－1037－13）林（侵侵開三平）殷（文欣開三平）（三國－65－1468－14）銀（文眞開三平）甚（侵寢開三上）

2・文仙合韻：（三國－41－1013－6）戰（元線開三去）運（文問合三去）（三國－53－1254－13）先（文先開四平）綿（元仙開三平）（三國－64－1442－4）震（文震開三去）見（元霰開四去）〔註20〕

（九）寒獨用

（三國－45－1081－7）難幹（三國－53－1254－13）漢觀難亂（三國－42－1037－7）畔諫（三國－18－545－8）狙桓（三國－60－1378－5）汗幹

【合韻】

寒月合韻：（後漢書志－10－3214－4）原（寒）勢（月）

（十）元獨用

（三國－60－1389－11）變抃

【合韻】

元寒合韻：（三國－19－571－5）怨（元願合三去）歎（元翰開一去）（三國－12－376－9）見（元霰開四去）言（元元開三平）（三國－1－34－5）悍（元翰開一去）戰（元線開三去）（三國－9－298－7）官（元桓合一平）善（元獮開三上）簡（元產開二上）（三國－12－376－12）簡（元產開二上）官（元桓合一平）竄（元桓合一平）（三國－42－1036－8）歎（元翰開一去）然（元仙開三平）（後漢書志－3－3055－8）短（緩）焉（仙）（後漢書志－3－3055－1）短（緩）建（願）躔（仙）變（線）焉（仙）（後漢書志－18－3374－4）建（願）端（桓）幹（翰）酸（桓）觀（桓）

（十一）侵

無獨用韻例

【合韻】

侵緝合韻：（三國－16－492－4）合心

（十二）談

無獨用韻例

〔註20〕文部理應歸入眞部，但爲讀者清楚研究其流變過程，故將其分立於此，其文部都是隸屬於眞部的。

合韻見前

（十三）覃

無獨用韻例

合韻見前

（十四）鹽

無獨用韻例

合韻見前

（十五）魂

【獨用】

（三國－60－1389－12）存損

【合韻】

文魂合韻：（三國－61－1401－14）孫（魂）君（文）（後漢書志－2－3038－14）文（文）存（魂）

入聲韻

（一）職獨用

（三國－19－564－6）息食（三國－64－1441－13）意息（三國－4－151－15）服職（後漢書志－7－3165－2）異意

【合韻】

1・職質合韻：（後漢書志－3－3057－5）備（職）畢（質）

2・職屋合韻：（後漢書志－30－3661－1）色（職）服（屋）

3・職德合韻：（三國－45－1090－4）偪（職職開三入）德（職德開一入）北（職德開一入）國（職德合一入）（三國－62－1414－6）德（職德開一入）極（職職開三入）（三國－42－1036－4）服（職屋合三入）得（職德開一入）仄（職職開三入）極（職職開三入）側（職職開三入）（後漢書志－3－3055－8）北（德）極（職）（後漢書志－29－3640－11）國（德）熾（職）

（二）德獨用

（三國－19－563－9）則國（三國－45－1080－15）德慝國

【合韻】

1．德葉合韻：（三國－45－1081－6）曄（葉葉開三入）德（職德開一入）（三國－45－1081－9）惑（職德合一入）業（葉業開三入）

2．德薛合韻：（三國－45－1084－8）克（職德開一入）烈（月薛開三入）

3．德錫合韻：（三國－61－1401－14）國（職德合一入）責（錫麥開二入）

（三）屋獨用

（三國－1－38－6）俗獄族（三國－53－1250－8）獨蜀腹（三國－39－985－4）告睦（三國－42－1036－4）目覆

【合韻】

1．屋咍合韻：（後漢書志－2－3034－14）改（咍）福（屋）

2．屋鐸合韻：（後漢書志－3－3055－4）速（屋）朔（鐸）（後漢書志－29－3639－6）樂（鐸）福（屋）（三國－19－564－8）谷（屋屋合一入）路（鐸暮合一去）

3．屋藥合韻：（三國－12－385－8）俗（屋燭合三入）樂（藥鐸開一入）

4．屋物合韻：（三國－2－81－4）骨（物末合一入）肉（覺屋合三入）

（四）沃獨用

（三國－19－564－2）獄贖

（五）錫獨用

（三國－13－418－2）帝諦（三國－19－563－15）策惕（三國－42－1036－10）責迹益

【合韻】

錫質合韻：（三國－19－564－9）室（質質開三入）賜（錫寘開三去）（三國－1－37－15）節（質屑開四入）日（質質開三入）策（錫麥開二入）

（六）鐸獨用

（三國－42－1036－5）澤額墼魄（三國－54－1276－6）百鵲（三國－64－1441－1）恪落（三國－24－678－1）祏石

（七）質獨用

（三國－42－1037－10）失悷輕

【合韻】

1．**物質合韻**：（三國－19－563－12）類（物至合三去）肆（質至開三去）（三國－45－1085－6）實（質質開三入）類（物至合三去）計（質霽開四去）（三國－42－1035－6）質（質質開三入）術（物術合三入）悉（質質開三入）密（質質開三入）出（物術合三入）（三國－61－1401－14）節（質屑開四入）術（物術合三入）計（質霽開四去）（三國－61－1403－11）毅（物未開三去）節（質屑開四入）

2．**質月合韻**：（三國－19－564－2）戾（質霽開四去）越（月月合三入）（三國－42－1029－13）跌（質屑開四入）發（月月合三入）

（八）物獨用

（三國－19－563－11）紲率（三國－45－1083－5）愛墜（三國－53－1255－8）貴類佛（三國－42－1037－9）醉懟（三國－65－1457－5）內費

（九）沒獨用

（三國－32－891－1）訖笏〔註21〕

（十）薛獨用

（三國－42－1036－12）敗舌

【合韻】

1．**薛葉合韻**：（三國－1－62－4）業（葉業開三入）烈（月薛開三入）

2．**薛藥合韻**：（三國－42－1035－15）缺（月薛合四入）虐（藥藥開三入）

（十一）曷獨用

（三國－42－1035－4）乂敗

【合韻】

曷物合韻：（三國－19－563－14）物（物物合三入）紱（月物合三入）

（十二）緝

〔註21〕　（七）質（八）物（九）沒應合併爲一個韻部。

獨用無

合韻見前

（十三）合

獨用無

合韻見前

（十四）盍

獨用無

合韻見前

（十五）葉

獨用無

合韻見前

第六節　前四史的劉宋語料韻譜

（一）東鍾，腫，屋覺

【獨用】

平聲

1・東獨用：聰、終（後漢書－6－282－6）雄、風、工、同、功（後漢書－14－569－1）宮、功（後漢書－11－481－6）宮、降（後漢書－10－424－3）龍、鋒、江、邦（後漢書－12－509－5）庸、邦、降（後漢書－26－922－1）蹤、容、形（後漢書－84－2803－6）

2・鍾獨用：鍾、容、從（後漢書－37－1269－1）龍、容（後漢書－62－1733－3）

上聲

腫獨用：重、奉、寵（後漢書－45－1539－5）隴、種、勇（後漢書－24－863－3）

入聲

1・屋獨用：穀、族（後漢書－85－2823－5）祿、獄、續（後漢書－7－321－1）祿、辱、俗（後漢書－62－1733－3）淑、祿、屋（後漢書－10－456－1）

讀、祿、竹、速（後漢書－39－1318－1）

　　2‧覺獨用：學、幄（後漢書－36－1245－1）

　　【合韻】

　　東鍾合韻：蹤（鍾）潼（東）凶（鍾）容（鍾）鋒（鍾）空（東）（後漢書－65－2154－7）中（東）傭（鍾）（後漢書－67－2202－5）

　　屋燭合韻：祿（屋）獄（燭）（後漢書－11－486－5）

　　東陽合韻：縱（東）章（陽）（後漢書－10－397－6）公（東）上（陽）（後漢書－13－520－7）

　　屋鐸合韻：度（鐸）族（屋）（後漢書－16－616－3）

（二）支脂之微，紙止，寘至志未

　　【獨用】

　平聲

　　1‧支獨用：知、疵（後漢書－61－2043－6）

　　2‧脂獨用：私、第（後漢書－14－565－8）第、次（後漢書－16－615－2）濟、悌、體、禮（後漢書－3－159－8）

　　3‧之獨用：吏、士、跱、恃（後漢書－13－545－1）時、之（後漢書－15－580－4）之、辭（後漢書－70－2272－3）

　　4‧微獨用：微、回（後漢書－1－87－1）幾、扉、依、威（後漢書－21－766－1）違、機、威、歸（後漢書－78－2539－1）微、乖（後漢書－82－2735－7）

　上聲

　　1‧紙獨用：毀、侈、紫（後漢書－32－1133－5）氏、侈、伎、綺、毀（後漢書－60－2008－1）

　　2‧止獨用：止、里、市（後漢書－36－1245－1）已、祉、子、祀（後漢書－55－1811－3）

　去聲：

　　1‧寘獨用：義、智（後漢書－63－2094－7）

　　2‧志獨用：志、忌、事（後漢書－57－1861－1）

3・未獨用：貴、蔚、氣、費（後漢書－80－2658－3）

4・至獨用：饋、貳（後漢書－51－1698－4）

之部的四聲混用例：志、之（後漢書－16－607－5）起、時（後漢書－17－648－8）疑、意（後漢書－17－649－4）事、矣（後漢書－17－655－4）士、之（後漢書－39－1296－4）之、史（後漢書－29－1026－1）之、耳（後漢書－70－2271－8）己、士（後漢書－72－2319－6）之、矣（後漢書－73－2358－5）矣、辭（後漢書－79－2560－7）

【合韻】

之咍合韻：載（咍）起（之）（後漢書－10－425－5）仕（之）怠（咍）（後漢書－27－946－6）

之物合韻：理（之）氣（物）（後漢書－67－2183－4）

之緝合韻：之（之）立（緝）（後漢書－1－6－2）十（緝）士（之）（後漢書－28－974－6）

之支合韻：規（支）士（之）（後漢書－61－2042－10）

之祭合韻：制（祭）事（之）（後漢書－54－1786－7）

之職合韻：子（之）色（職）（後漢書－10－397－4）戒（職）恥（之）（後漢書－74－2412－2）

之魚合韻：慮（魚）之（之）（後漢書－13－514－6）

之覺合韻：謬（覺）改（之）（後漢書－10－401－1）

之幽合韻：舊（之）厚（幽）（後漢書－22－787－10）吏（之）之（之）受（幽）耳（之）（後漢書－25－870－2）道（幽）殆（之）（後漢書－29－1031－8）才（之）囿（幽）（後漢書－37－1259－5）（幽）志（之）（後漢書－57－1842－4）辭（之）軌（幽）而（之）（後漢書－61－2042－13）否（幽）志（之）（後漢書－74－2418－1）

之微合韻：恥（之）吏（之）鬼（微）（後漢書－38－1287－2）饑（微）起（之）（後漢書－16－614－6）耳（之）饑（微）（後漢書－83－2769－9）圍（微）恥（之）（後漢書－89－2966－1）

之侵合韻：吏（之）心（侵）（後漢書－16－629－3）

之歌合韻：事（之）義（歌）（後漢書－74－2418－1）

脂歌合韻：議（歌）二（脂）（後漢書－14－551－8）

脂微合韻：齊（脂）希（微）（後漢書－16－627－3）姿（脂）師（脂）威（微）（後漢書－64－2125－1）

（三）魚，語

【獨用】

平聲

魚獨用：孤、居（後漢書－39－1304－1）徒、傅（後漢書－44－1510－6）禹、拒、阻、撫、旅（後漢書－38－1289－2）

上聲

語獨用：女、故（後漢書－82－2735－4）羽、所（後漢書－83－2776－2）

【合韻】

魚陽合韻：枉（陽）徒（魚）（後漢書－8－338－1）上（陽）下（魚）（後漢書－10－401－3）

魚歌合韻：吾（歌）華（魚）（後漢書－10－405－4）女（歌）下（魚）者（歌）、御（歌）（後漢書－10－400－2）雅（魚）序（歌）（後漢書－76－2467－5）

魚鐸合韻：武（魚）路（鐸）（後漢書－23－815－3）捕（魚）獲（鐸）（後漢書－34－1169－3）

魚侯合韻：謨（魚）徒（魚）都（魚）愚（侯）（後漢書－16－633－2）書（魚）愚（侯）（後漢書－29－1034－7）傅（侯）譽（魚）句（魚）（後漢書－44－1513－1）區（侯）虛（魚）書（魚）拘（侯）（後漢書－88－2934－1）與（魚）區（侯）數（侯）（後漢書－67－2183－2）誅（侯）乎（魚）（後漢書－10－430－6）呼（魚）柱（侯）（後漢書－11－481－6）御（魚）豎（侯）（後漢書－37－1259－5）

（四）哈

【獨用】

平聲

災、才、埃（後漢書－72－2345－1）

（五）隊

【獨用】

去聲

內、妹（後漢書－10－456－1）

（六）真，質

【獨用】

平聲

眞獨用：濱、塵（後漢書－62－2069－8）

入聲

質獨用：質、失、秩（後漢書－28－1005－5）疾、一（後漢書－70－2293－1）室、至（後漢書－16－606－8）

【合韻】

質術合韻：一（質）疾（質）失（質）術（術）（後漢書－49－1662－1）

眞質合韻：陣（眞）神（眞）日（質）（後漢書－23－815－4）

眞文合韻：人（眞）門（文）（後漢書－24－836－7）君（文）臣（眞）（後漢書－29－1031－8）郡（文）人（眞）（後漢書－34－1169－3）

眞元合韻：田（眞）前（元）（後漢書－39－1305－7）難（元）然（元）年（眞）（後漢書－42－1426－4）旬（眞）泉（元）（後漢書－89－2966－2）

眞侵合韻：仁（眞）甚（侵）（後漢書－68－2228－1）

（七）文

【獨用】

平聲

文、墳、雲、紛（後漢書－40－1387－1）分、聞、紜（後漢書－89－2971－1）聞、雲、分（後漢書－11－487－1）甄、文、群、雲、焚（後漢書－1－87－2）

【合韻】

文元合韻：典（文）遠（元）（後漢書－22－787－11）單（元）旋（元）川（文）（後漢書－23－815－6）

（八）元魂寒仙，線換，月薛

【獨用】

平聲

1・元獨用：遠、原（後漢書－82－2703－6）端、源（後漢書－89－2967－11）

2・寒獨用：贊、斷、漢（後漢書－1－87－4）款、滿、卵、緩（後漢書－25－888－8）漢、算、歎、亂（後漢書－34－1188－1）亂、難、漢、畔（後漢書－85－2823－5）

3・先獨用：邊、山、然、宣（後漢書－23－822－8）

平去

練、緣（後漢書－10－409－7）關、亂（後漢書－13－521－1）旱、言（後漢書－76－2473－3）

入聲

1・月獨用：發、鉞、伐、越、蹶（後漢書－71－2315－1）劣、割（後漢書－26－920－9）害、拔（後漢書－71－2305－8）

2・薛獨用：孽、缺（後漢書－8－360－1）埒、烈、折（後漢書－16－633－2）缺、輟（後漢書－35－1213－5）烈、結、絕（後漢書－64－2125－1）節、孽、拙（後漢書－66－2179－1）

【合韻】

線換合韻：叛（換）縣（線）（後漢書－1－75－8）等（換）變（線）（後漢書－51－1684－6）

質月合韻：烈（月）結（質）絕（月）（後漢書－64－2125－1）

質薛合韻：節（質）孽（薛）拙（薛）（後漢書－66－2178－1）

物隊月合韻：對（隊）廢（月）穢（月）退（隊）曖（物）（後漢書－63－1754－5）

魂眞合韻：辰（眞）屯（魂）賓（眞）（後漢書－9－392－1）

魂文合韻：聞（文）潰（魂）（後漢書－48－1622－6）

魂元合韻：存（魂）軒（元）翻（元）（後漢書－22－791－3）遠（元）

本（魂）損（魂）衰（魂）（後漢書－26－922－1）藩（元）昏（魂）言（元）轅（元）（後漢書－31－1115－1）怨（元）願（元）困（魂）（後漢書－69－2253－6）

（九）祭

【獨用】

去聲

世、祭（後漢書－35－1213－5）蔽、滯（後漢書－59－1941－1）勢、世（後漢書－10－444－1）際、幣（後漢書－10－443－3）

（十）宵，小，笑

【獨用】

平聲

宵獨用：驕、饒、朝、苗（後漢書－55－1811－3）

上聲

小獨用：道、老、考（後漢書－2－125－2）皓、道（後漢書－62－2069－7）寶、藻、道（後漢書－68－2236－1）徼、峭、表、道、寶、兆（後漢書－86－2861－1）趙、擾、討、道（後漢書－1－87－1）徼、峭、表、道、寶、兆（後漢書－86－2861－1）

去聲

笑獨用：校、效、奧（後漢書－82－2751－7）

【合韻】

幽宵合韻：趙（宵）擾（幽）討（幽）道（幽）（後漢書－1－87－3）究（幽）報（宵）（後漢書－10－438－4）

宵藥合韻：貌（藥部）橈（宵部）（後漢書－44－1513－1）

（十一）歌，馬

【獨用】

平聲

歌獨用：河、歌、左、和（後漢書－20－747－4）挫、和、佐（後漢書－

70－2293－1）我、過（後漢書－70－2262－5）

上聲

馬獨用：者、野（後漢書－68－2233－6）雅、者、夏、馬、社（後漢書－74－2425－5）

【合韻】

脂歌合韻：死（脂）爲（歌）（後漢書－67－2202－4）

（十二）陽，漾，鐸

【獨用】

平聲

陽獨用：疆、驤、梁、陽、揚（後漢書－18－698－1）王、方、莊、揚、王、箱（後漢書－27－950－9）王、放、望、宕、喪、相、讓（後漢書－42－1452－1）疆、涼、方、剛、揚（後漢書－58－1893－1）綱、當、亡（後漢書－66－2178－1）祥、羊、房（後漢書－69－2253－6）廣、象、蕩（後漢書－72－2345－1）往、上、枉（後漢書－83－2777－2）剛、羌、強、陽、攘（後漢書－87－2902－1）亡、王（後漢書－17－644－1）

平去

房、將（後漢書－81－2685－5）霜、諒（後漢書－81－2665－4）病、常（後漢書－43－1461－8）糧、望（後漢書－19－723－2）方、向（後漢書－11－483－4）

平上

陽、上、陽（後漢書－20－742－3）上、陽（後漢書－20－742－3）傷、揚、枉（後漢書－64－2112－4）

去聲

漾獨用：亮、喪（後漢書－74－2425－5）

入聲

鐸獨用：惡、斥（後漢書－31－1091－5）度、客（後漢書－42－1431－3）落、路（後漢書－87－2900－10）驛、客（後漢書－88－2931－10）

【合韻】

陽元合韻：望（陽）畔（元）（後漢書－16－614－6）

陽蒸合韻：承（蒸）競（陽）勝（蒸）陵（蒸）（後漢書－2－125－2）

陽庚合韻：讓（漾）病（梗）（後漢書－43－1461－1）

（十三）庚，梗，映，錫

【獨用】

平聲

庚獨用：橫、生（後漢書－38－1288－10）兵、營、城、成（後漢書－19－725－3）刑、平、情、程、卿（後漢書－46－1567－5）生、盛（後漢書－1－32－1）城、平（後漢書－24－847－6）行、情（後漢書－83－2769－9）貞、形、并、傾、明（後漢書－67－2218－5）平、刑、行、令（後漢書－46－1544－6）靈、榮（後漢書－10－406－4）爭、兵（後漢書－23－801－3）靈、聲（後漢書－23－815－7）形、名（後漢書－67－2202－5）

上聲

梗獨用：猛、梗（後漢書－73－2368－11）

去聲

映獨用：正、慶（後漢書－29－1034－7）命、請（後漢書－51－1698－2）

平去

病（映）屏（青）命（映）（後漢書－41－1419－1）柄（映）平（庚）（後漢書－13－540－2）明（庚）命（映）（後漢書－16－629－4）性（映）情（清）（後漢書－87－2900－12）正（勁）情（清）（後漢書－67－2183－4）名（清）正（勁）（後漢書－68－2235－6）定（映）清（清）（後漢書－89－2966－9）輕（清）命（映）（後漢書－74－2383－2）請（靜）眚（梗）正（勁）井（靜）（後漢書－56－1835－2）

入聲

錫獨用：策、狄、迹、液（後漢書－19－725－4）

【合韻】

庚冬合韻：生（耕）降（冬）（後漢書－7－319－8）

眞庚合韻：恩（眞）命（耕）親（眞）（後漢書－21－756－1）恩（眞）命（耕）（後漢書－36－1219－6）賓（眞）命（耕）（後漢書－36－1240－3）生（耕）仁（眞）（後漢書－63－2094－7）

錫部合韻：積（錫）資（脂）（後漢書－16－603－1）議（歌）益（錫）（後漢書－67－2190－8）

錫庚合韻：策（錫）靈（耕）（後漢書－15－576－2）命（耕）易（錫）（後漢書－19－705－9）幸（耕）省（耕）積（錫）盛（耕）（後漢書－23－812－2）敵（錫）命（耕）（後漢書－74－2425－2）

（十四）蒸登，職德

【獨用】

平聲

1·蒸獨用：陵、承、興、澄（後漢書－79－2590－3）升、興、陵（後漢書－24－863－3）陵、興（後漢書－57－1861－1）

2·登獨用：朋、肱、能、輣（後漢書－31－1115－1）騰、朋（後漢書－70－2293－1）

入聲

1·職獨用：翼、飾、食（後漢書－37－1269－1）職、力、稷、極、直（後漢書－63－2095－2）力、式（後漢書－61－2042－13）

2·德獨用：國、塞、德（後漢書－1－87－1）則、慝、德、克（後漢書－4－199－2）克、德、賊、國（後漢書－17－668－8）國、德、惑、忒（後漢書－50－1679－6）德、國、惑、忒、則（後漢書－54－1791－4）國、德（後漢書－13－519－3）

【合韻】

德屋合韻：克（德）服（屋）（後漢書－21－758－7）

德至合韻：塞（德）備（至）（後漢書－6－253－1）

職覺合韻：稷（職）篤（覺）（後漢書－11－485－13）福（職）戮（覺）（後漢書－67－2205－13）

職鐸合韻：國（職）籍（鐸）（後漢書－16－606－12）怍（鐸）國（職）

（後漢書－78－2537－9）

職脂合韻：饑（脂）食（職）（後漢書－1－31－3）

蒸侵合韻：興（蒸）禁（侵）（後漢書－70－2273－3）

（十五）侯，厚，候

【獨用】

平聲

侯獨用：符、輸（後漢書－11－487－1）隅、榆（後漢書－17－646－11）州、尤、囚、仇、謀（後漢書－33－1159－1）

上聲

厚獨用：綬、酒（後漢書－23－808－6）舊、厚（後漢書－22－787－11）舅、後（後漢書－48－1622－6）

平去

就、謀（後漢書－23－801－4）讎、奏（後漢書－23－819－5）

去聲

候獨用：懋、候（後漢書－3－159－8）

【合韻】

幽覺合韻：學（覺）授（幽）（後漢書－36－1240－3）

（十六）侵，緝

【獨用】

平聲

侵獨用：深、尋、陰、淫（後漢書－30－1085－6）岑、陰、沈（後漢書－62－1733－3）

入聲

緝獨用：立、集、習、及（後漢書－6－282－6）

【合韻】

侵談合韻：贍（談）讖（談）驗（談）念（侵）玷（談）劍（談）（後漢書－15－593－8）

侵緝合韻：稔（侵）十（緝）（後漢書－2－115－8）

（十七）談

去聲：

談獨用：占、驗（後漢書－67－2190－8）

第七節　七大方言區的語料匯總

一、蜀方音語料

1・西　漢

1・1揚　雄

【合韻】

（漢書－87－3516－1）波（歌戈合一平）累（微眞合三去）（漢書－87－3516－5）械（職怪開二去）賴（月泰開一去）（漢書－87－3517－2）捷（葉葉開三入）足（屋燭合三入）下（魚馬開二上）睹（魚姥合一上）（漢書－87－3518－2）佳（支佳開二平）眉（脂脂開三平）（漢書－87－3519－4）年（眞先開四平）山（元山開二平）（漢書－87－3519－4）馳（歌支開三平）師（脂脂開三平）（漢書－87－3521－1）女（魚語開三上）耦（侯厚開一上）（漢書－87－3521－2）流（幽尤開三平）丘（之尤開三平）（漢書－87－3524－1）纚（支止開三上）柅（脂開三上）旗（之之開三平）（漢書－87－3524－3）乘（蒸蒸開三平）風（冬東合三平）澄（蒸蒸開三平）兢（蒸蒸開三平）（漢書－87－3523－1）撙（文混合一上）訊（眞震開三去）雲（文文合三平）（漢書－87－3523－1）差（歌馬開二平）霍（鐸鐸合一入）（漢書－87－3526－2）垠（文）琨（元）鱗（眞）炘（文）神（眞）嶟（文）榑（文）藩（元）顚（眞）天（眞）（漢書－87－3528－4）延（元仙開三平）遠（元阮合三上）淵（眞先合四平）（漢書－87－3529－1）楊（陽陽開三平）隆（冬東合三平）榮（耕庚合三平）鍾（東鍾合三平）窮（冬東合三平）（漢書－87－3529－2）深（侵侵開三平）琴（侵侵開三平）繩（蒸蒸開三平）夢（蒸送合三去）（漢書－87－3531－1）威（微微合三平）危（歌支合三平）馳（歌支開三平）回（微灰合一平）蕤（微脂合

三平）蛇（歌麻開三平）（漢書－87－3531－3）妃（微微合三平）眉（脂脂開三平）資（脂脂開三平）（漢書－87－3532－1）祈（文微開三平）壹（質質開三入）（漢書－87－3532－1）施（歌支開三平）沙（歌麻開二平）崖（支佳開二平）（漢書－87－3532－2）淡（談闞開一去）芬（文文合三平）（漢書－87－3532－3）麟（眞眞開三平）闇（文魂合一平）神（眞眞開三平）壇（元寒開一平）山（元山開二平）（漢書－87－3533－1）歸（微微合三平）梨（脂脂開三平）開（微咍開一平）諧（脂皆開二平）（漢書－87－3533－2）磕（月曷開一入）厲（月祭開三去）沛（月泰開一去）世（月祭開三去）（漢書－87－3533－3）天（眞先開四平）坦（元旱開一上）（漢書－87－3533－3）峨（歌歌開一平）厓（支佳開二平）（漢書－87－3534－1）卉（物未合三去）對（物隊合一去）（漢書－87－3534－1）依（微微開三平）迄（曷開一入）（漢書－87－3536－4）輿（魚魚開三平）越（脂合三上）（漢書－87－3536－5）涇（耕青開四平）沴（眞先開四上）（漢書－87－3536－6）踢（錫錫開四入）衰（微脂合三平）（漢書－87－3536－6）肅（覺屋合三入）如（魚魚開三平）（漢書－87－3538－1）敘（魚語開三上）後（侯厚開一上）（漢書－87－3538－2）門（文魂合一平）瀕（眞眞開三入）（漢書－87－3540－1）盈（耕清開三平）從（東鍾合三平）（漢書－87－3542－1）文（文文合三平）貫（元換合一去）（漢書－87－3542－2）儀（歌支開三平）非（微微合三平）（漢書－87－3542－3）聖（耕勁開三去）宮（多東合三平）崇（多東合三平）（漢書－87－3543－3）道（幽皓開一上）草（幽皓開一上）鎬（宵皓開一上）流（幽尤開三平）杳（宵筱開四上）（漢書－87－3543－5）淵（眞先合四平）山（元山開二平）（漢書－87－3544－1）射（鐸禡開三去）離（歌支開三平）路（鐸暮合一去）（漢書－87－3545－1）宮（多東合三平）鍾（東鍾合三平）（漢書－87－3546－2）蹌（陽）光（陽）林（侵）唐（陽）（漢書－87－3546－3）披（歌支開三平）駟（質至開三去）師（脂脂開三平）（漢書－87－3546－4）輵（曷開一入）厲（月祭開三去）磕（曷開一入）岋（合開一入）外（月泰合一去）（漢書－87－3547－1）趣（侯遇合三去）欲（屋燭合三入）（漢書－87－3547－1）狶（微開三上）犖（豪開一平）纍（脂開三平）（漢書－87－3547－2）門（文魂合一平）紛（文文合三平）塵（眞眞開三平）（漢書－87－3547－3）梨（脂脂開三平）飛（微微合三

平）蛇（歌麻開三平）犀（脂齊開四平）陂（歌支開三平）（漢書－87－3547－4）會（泰）綴（祭）內（隊）月（泰）（漢書－87－3548－2）部（之）伍（魚）（漢書－87－3548－2）擊（錫錫開四入）碎（物隊合一去）飛（微微合三平）（漢書－87－3548－4）豹（藥效開二去）寶（幽皓開一上）（漢書－87－3549－1）窮（冬東合三平）雄（蒸東合三平）容（東鍾合三平）中（冬東合三平）（漢書－87－3549－1）與（魚語）隃（侯虞）觸（屋燭）攫（鐸藥）遽（魚御）注（侯遇）怖（魚暮）脰（侯侯）（漢書－87－3549－3）獲（鐸麥合二入）聚（侯麌合三上）（漢書－87－3550－1）河（歌歌開一平）厓（支佳開二平）陂（歌支開三平）（漢書－87－3550－2）熒（耕）冥（耕）形（耕）榮（耕）嚶（耕）中（冬）鳴（耕）霆（耕）（漢書－87－3550－4）蟲（冬東合三平）冰（蒸蒸開三平）（漢書－87－3550－5）碕（歌支開三平）技（支紙開三上）螭（歌支開三平）獺（月曷開一入）鼉（歌歌開一平）蠵（支齊合四平）（漢書－87－3550－6）蠡（支薺開四上）離（歌支開三平）（漢書－87－3550－6）胎（之）妃（微）（漢書－87－3552－1）冕（元）典（文）前（元）（漢書－87－3553－7）麗（支霽開四去）靡（歌紙開三上）（漢書－87－3558－1）楊（陽陽開三平）風（冬東合三平）莽（陽陽開一上）（漢書－87－3558－2）斜（魚）弋（職）（漢書－87－3558－2）罝（魚）隅（侯）陆（魚）胡（魚）（漢書－87－3558－3）扼（錫麥開二入）熊（蒸東合三平）罷（歌支開三平）（漢書－87－3560－4）機（微）飾（職）（漢書－87－3561－2）衛（月祭合三去）渭（物未合三去）（漢書－87－3561－2）發（月月合三入）軼（質質開三入）（漢書－87－3561－3）盧（魚）幕（鐸）吾（魚）（漢書－87－3561－4）它（歌）於（魚）（漢書－87－3561－4）國（職德合一入）穀（屋屋合一入）石（鐸昔開三入）弱（藥藥開三入）（漢書－87－3561－6）加（歌麻開二平）夷（脂脂開三平）馳（歌支開三平）（漢書－87－3563－1）仁（眞眞開三平）林（侵侵開三平）（漢書－87－3563－1）浮（幽虞合三平）覆（覺屋合三入）（漢書－87－3563－5）務（侯遇合三去）御（魚御開三去）（漢書－87－3563－6）度（鐸）虞（魚）（漢書－87－3563－8）樂（藥鐸開一入）（藥覺開二入）和（歌過合一去）（漢書－87－3563－9）鑠（藥藥開三入）胥（魚魚開三平）（漢書－87－3566－3）符（侯）祿（屋）轂（屋）（漢書－87－3566－5）星（耕青開四平）衡（陽庚開二平）

（漢書－87－3566－5）文（文）言（元）泉（元）天（眞）倫（文）門（文）
（漢書－87－3567－1）結（質屑開四入）逸（質質開三入）二（脂脂開三平）
七（質質開三入）（漢書－87－3567－2）剖（之）國（職）（漢書－87－3567
－2）君（文文合三平）臣（眞眞開三平）貧（文眞開三平）存（文魂合一平）
遁（文慁合一平）（漢書－87－3568－1）禺（侯虞）塗（魚模）候（侯候）（漢
書－87－3568－1）墨（職德開一入）鐵（質屑開四入）樂（藥鐸開一入）（漢
書－87－3568－5）鳥（幽篠開四上）少（宵小開三上）（漢書－87－3568－6）
盧（魚魚開三平）懼（魚遇合三去）侯（侯侯開三平）舉（魚語開三上）（漢書
－87－3568－1）足（屋燭合三入）餘（魚魚開三平）（漢書－87－3571－2）存
（文魂合一平）全（元仙合三平）（漢書－87－3571－3）莫（鐸鐸開一入）宅
（之之開三平）（漢書－87－3571－3）殊（侯虞合三平）如（魚魚開三平）（漢
書－87－3571－4）皇（陽唐合一平）龍（東鍾合三平）病（陽映開三去）（漢
書－87－3577－1）此（支紙開三上）彼（歌紙開三上）（漢書－87－3577－4）
地（歌至開三去）彌（脂支開三平）（漢書－87－3577－6）風（冬東合三平）
升（蒸蒸開三平）閎（蒸耕合二平）（漢書－87－3577－8）地（歌至開三去）
卦（支卦合二去）（漢書－87－3577－9）屍（脂脂開三平）希（微微開三平）
回（微灰合一平）（漢書－87－3578－5）後（侯厚開一上）睹（幽尤開三平）
（漢書－87－3581－3）中（冬送合三去）罔（陽養合三上）（漢書－87－3581
－5）煌（陽唐合一平）疆（陽陽開三平）命（耕映開三去）（漢書－87－3581
－6）地（歌至開三去）言（元元開三平）（漢書－87－3582－4）道（幽皓開一
上）曹（幽豪開一平）條（幽蕭開四平）藻（宵皓開一上）（漢書－94－3813
－8）計（質霽開四去）策（錫麥開二入）

【獨用】

侯獨用：（漢書－87－3516－1）隅侯（漢書－87－3520－1）投漚（漢書－
87－3545－1）轂驅（漢書－87－3563－1）區濡（漢書－87－3564－4）隅侯（漢
書－87－3567－1）轂族（漢書－87－3570－1）遇侯驅

物獨用：（漢書－87－3570－3）筆詘

文獨用：（漢書－87－3516－3）紛涊紛（漢書－87－3528－1）門川侖

耕獨用：（漢書－87－3516－4）正貞（漢書－87－3518－3）苓榮（漢書－

87－3528－2）清玲傾嶸嬰成（漢書－87－3538－3）營耕寧城平崝（漢書－87－3560－5）聲平（漢書－87－3561－3）星霆（漢書－87－3571－3）靜廷（漢書－87－3577－1）形聲（漢書－87－3578－3）莖成（漢書－94－3816－4）形聲

錫獨用：（漢書－87－3563－7）易役（漢書－87－3570－4）闋迹

藥獨用：（漢書－87－3563－8）弱樂

之獨用：（漢書－87－3516－4）辭綦（漢書－87－3521－4）有改（漢書－87－3536－4）輜旗（漢書－87－3532－1）頤旗（漢書－87－3543－5）罘旗（漢書－87－3544－2）事來（漢書－87－3564－1）雍頌（漢書－87－3564－2）基來（漢書－87－3566－2）士紀已母（漢書－87－3577－8）辭基（漢書－94－3816－2）辭期

陽獨用：（漢書－87－3518－1）裳房（漢書－87－3520－3）行芳（漢書－87－3523－1）兵狂裝梁（漢書－87－3530－3）芳英堂（漢書－87－3538－1）鄉黃（漢書－87－3523－1）攘行章（漢書－87－3548－4）揚皇方光（漢書－87－3552－2）王長享（漢書－87－3553－7）衡房央（漢書－87－3566－5）光當（漢書－87－3581－4）恍方（漢書－87－3581－6）明廣

脂獨用：（漢書－87－3567－4）資師（漢書－87－3570－3）師眉

魚獨用：（漢書－87－3518－3）舉處（漢書－87－3519－2）吾華與許（漢書－87－3543－7）盧與遮（漢書－87－3545－1）旅虎輿（漢書－87－3550－5）梧魚虞胥（漢書－87－3558－3）豬胥餘圖（漢書－87－3561－2）怒旅（漢書－87－3563－8）虜舞祜雅（漢書－87－3568－2）書廬（漢書－87－3568－4）吾渠華（漢書－87－3570－1）傅漁

幽獨用：（漢書－87－3520－1）幽皋（漢書－87－3581－3）道考

歌獨用：（漢書－87－3521－3）蛇歌（漢書－87－3543－8）羅波（漢書－87－3548－3）過地（漢書－87－3563－1）義靡（漢書－87－3563－2）虧危

月獨用：（漢書－87－3521－5）邁、瀨（漢書－87－3543－1）月、烈（漢書－87－3544－3）絕、滅（漢書－87－3547－4）藹、外（漢書－87－3571－1）滅、絕、熱

微獨用：（漢書－87－3521－5）衣、遺（漢書－87－3563－7）機、違

緝獨用：（漢書－87－3523－1）沓、合

鐸獨用：（漢書－87－3525－1）繹、錯、度、薄、鄂（漢書－87－3564－3）庶、獲（漢書－87－3566－7）白、落（漢書－87－3571－5）白、鵲（漢書－87－3572－2）骼、索

屋獨用：（漢書－87－3525－3）谷、屬

元獨用：（漢書－87－3526－1）觀、見、漫、亂（漢書－87－3544－2）阪、遠（漢書－87－3546－1）斾、鞭（漢書－87－3546－1）關、翰（漢書－87－3547－2）蜿、卷（漢書－87－3561－1）畔、亂、安、難（漢書－87－3563－5）斾、還（漢書－87－3568－8）安、患（漢書－94－3812－4）亂、戰

宵獨用：（漢書－87－3536－3）旐、梢（漢書－87－3536－5）橋、敖（漢書－87－3564－2）高、號

冬獨用：（漢書－87－3538－3）降、隆

東獨用：（漢書－87－3538－3）東、雙（漢書－87－3539－1）功、龍、頌、雍、蹤（漢書－87－3564－1）雍、頌（漢書－87－3573－3）從、凶

蒸獨用：（漢書－87－3542－4）乘興閎朋（漢書－87－3577－7）紘烝

職獨用：（漢書－87－3534－2）福極（漢書－87－3561－5）伏息（漢書－87－3563－4）弋域（漢書－87－3571－2）默極

眞獨用：（漢書－87－3552－1）神鄰（漢書－87－3558－1）民身（漢書－87－3577－3）天人（漢書－87－3577－5）天淵（漢書－87－3581－2）眞身

質獨用：（漢書－87－3571－1）實室

侵獨用：（漢書－87－3577－4）深金

1‧2 王褒

【合韻】

（漢書－64－2822－4）密（質質開三入）味（物未合三去）（漢書－64－2823－11）勞（宵豪開一平）禮（脂薺開四上）（漢書－64－2823－11）隆（冬東合三平）功（東東合一平）（漢書－64－2826－4）君（文文合三平）臣（眞眞開三平）（漢書－64－2826－4）風（冬東合三平）唅（侵侵開三平）陰（侵侵開三平）（漢書－64－2828－1）明（陽庚開三平）聰（東東合一平）

【獨用】

職獨用：（漢書－64－2823－7）極息（漢書－64－2828－2）塞得

幽獨用：（漢書－64－2828－2）翱遊

錫獨用：（漢書－64－2823－10）策迹

1・3 司馬相如

【合韻】

（史記－114－3003－3）濱（眞眞開三平）麟（眞眞開三平）輪（文諄合三平）（史記－114－3003－8）澤（鐸陌開二入）餘（魚魚開三平）（史記－114－3004－1）鬱（之屋合三入）崒（物術合三入）（史記－114－3004－2）墍（鐸鐸開一入）圩（魚魚合三去）（史記－114－3004－3）銀（文眞開三平）麟（眞眞開三平）（史記－117－3009－5）腋（鐸昔開三入）地（歌至開三去）（史記－117－3011－2）削（藥藥開三入）髯（宵肴開二平）（史記－117－3011－3）蕙（質霽合四去）葰（微脂合三平）矮（佳開二上）佛（物物合三入）（史記－117－3013－1）柚（月祭開三去）蓋（月泰開一去）貝（月泰開一去）籟（月泰開一去）喝（緝合開一入）沸（物未合三去）磕（曷開一入）外（月泰合一去）（史記－117－3014－1）燧（物至合三去）隊（物隊合一去）裔（月祭開三去）（史記－117－3015－5）界（月怪開二去）外（月泰合一去）芥（月怪開二去）類（物至合三去）萃（物至合三去）計（質霽開四去）位（物至合三去）大（月泰開一去）（史記－117－3017－1）渭（物未合三去）淆（宵肴開二平）內（物隊合一去）（史記－117－3017－4）汨（質沒合一入）折（月薛開三入）列（月薛開三入）瀷（咍開一去）戾（質霽開四去）瀨（月泰開 ・去）沛（月泰開一去）（史記－117－3017－7）隊（物隊合一去）蓋（月泰開一去）屈（物物合三入）沸（物未合三去）沫（月末合一入）（史記－117－3018－1）渚（魚語開三上）藕（侯厚開一上）（史記－117－3022－1）巍（微微合三平）差（歌佳開二平）峨（歌歌開一平）錡（歌支開三平）崎（歌支開三平）（史記－117－3026－1）縠（屋屋合一入）閣（鐸鐸開一入）屬（屋燭合三入）宿（覺屋合三入）（史記－117－3026－2）見（元霰開四去）天（眞先開四平）軒（元元開三平）（史記－117－3022－3）靡（歌紙開三上）豸（支紙開三上）（史記－117－3022－5）蘭（元寒開一平）幹（元寒開一平）煩（元元合三平）原（元元合三平）衍（元獮開三上）蓀（文魂合一平）（史記－117

－3022－6）烈（月薛開三入）越（月月合三入）寫（魚馬開三上）茀（物物合三入）（史記－117－3025－1）端（元桓合一平）崖（支佳開二平）（史記－117－3026－6）鱗（眞眞開三平）間（元山開二平）焉（元仙開三平）（史記－117－3028－1）孰（爵屋合三入）椺（侯侯開一去）樸（屋覺開二入）陶（幽豪開一平）（史記－117－3028－3）扈（魚）野（魚）樗（魚）櫨（魚）餘（魚）鬭（宵）閭（魚）（史記－117－3028－5）倚（歌支開三上）偄（歌支合三上）砢（歌開一上）纚（支止開三上）（史記－117－3029－1）蓼（侵覃開一平）風（冬東合三平）音（侵侵開三平）（史記－117－3033－1）處（魚語開三上）舍（魚馬開三上）具（侯遇合三去）（史記－117－3033－1）徙（支止開三上）移（歌支開三平）（史記－117－3033－3）乘（蒸蒸開三平）中（冬東合三平）（史記－117－3034－2）坻（脂薺開四上）水（微旨合三上）（史記－117－3034－4）徊（微灰合一平）退（物隊合一去）（史記－117－3034－6）耀（藥笑開三去）宙（幽宥開三去）弱（藥藥開三入）梟（宵蕭開四平）（史記－117－3034－6）羽（魚虞合三上）虛（魚魚開三平）處（魚語開三上）僕（屋屋合一入）（史記－117－3036－1）浮（幽虞合三平）飆（宵宵開三平）俱（侯遇合三去）（史記－117－3036－1）雞（支齊開四平）鵝（歌歌開一平）（史記－117－3038－1）寓（侯遇合三去）虛（魚魚開三平）鼓（魚姥合一上）舞（魚虞合三上）（史記－117－3038－4）音（侵侵開三平）風（冬東合三平）（史記－117－3039－1）約（藥藥開三入）嫋（宵筱開四上）削（藥藥開三入）（史記－117－3040－1）服（職屋合三入）鬱（之屋合三入）側（職職開三入）（史記－117－3041－3）慚（談談開一平）禁（侵沁開三去）（史記－117－3041－8）道（幽皓開一上）獸（幽宥開三去）廟（宵笑開三去）（史記－117－3041－9）獲（鐸麥合二入）說（月薛合三入）（史記－117－3042－1）帝（錫霽開四去）喜（之止開三上）（史記－117－3045－3）走（侯厚開一上）屬（屋燭合三入）侯（侯侯開一平）（史記－117－3046－1）彼（歌紙開三上）此（支紙開三上）（史記－117－3049－1）世（月祭開三去）穢（月廢合三去）外（月泰合一去）（史記－117－3049－2）徵（耕清開三平）攘（陽陽開三平）（史記－117－3049－3）榆（侯虞合三平）蒲（魚模合一平）都（魚模合一平）（史記－117－3051－2）議（歌寘開三去）規（支支合三平）地（歌至開三去）（史記－117－3051－6）序（魚）辜（魚）奴（魚）普（魚）所（魚）

墓（鐸）雨（魚）（史記－117－3051－11）閉（質霽開四去）眛（物隊合一去）此（支紙開三上）彼（歌紙開三上）（史記－117－3052－2）封（東鍾合三平）頌（東用合三去）三（侵談開一平）（史記－117－3054－4）萌（陽耕開二平）形（耕青開四平）（史記－117－3054－4）微（微微合三平）忽（物沒合一入）（史記－117－3054－5）金（侵侵開三平）堂（陽唐開一平）（史記－117－3055－2）衍（元獮開三上）榛（眞臻開三平）（史記－117－3055－3）瀨（月泰開一去）世（月祭開三去）埶（月祭開三去）絕（月薛合三入）（史記－117－3057－1）麗（支霽開四去）倚（歌支開三上）越（脂合三上）（史記－117－3057－5）消（宵宵開三平）求（幽尤開三平）（史記－117－3058－1）東光（陽唐合一平）陽（陽陽開三平）湟（陽唐合一平）方（陽陽合三平）行（陽唐開一平）（史記－117－3062－2）屬（月祭開三去）沛（月泰開一去）逝（月祭開三去）（史記－117－3062－3）垠（文眞開三平）門（文魂合一平）天（眞先開四平）聞（文文合三平）存（文魂合一平）（史記－117－3060－4）夷（脂脂開三平）師（脂脂開三平）危（歌支合三平）歸（微微合三平）（史記－117－3064－6）洪（東東合一平）豐（冬東合三平）（史記－117－3064－7）繼（質霽開四去）卒（物沒合一入）（史記－117－3065－3）末（月沒合一入）沒（物沒合一入）晳（錫錫開四入）內（物隊合一去）（史記－117－3065－4）獸（幽宥開三去）庖（幽肴開二平）獸（幽宥開三去）沼（宵小開三上）（史記－117－3065－7）丘（之尤開三平）悿（職屋合三入）（史記－117－3067－1）譙（質霽合四去）二（脂至開三去）（史記－117－3067－6）替（質霽開四入）祇（支支開三平）（史記－117－3067－5）君（文文合三平）越（月月合三入）神（眞眞開三平）尊（文魂合一平）民（眞眞開三平）（史記－117－3070－1）試（職志開三去）事（之志開三去）富（職宥開三去）（史記－117－3071－1）聲（耕清開三平）徵（耕清開三平）興（蒸蒸開三平）（史記－117－3071－5）升（蒸蒸開三平）煌（陽唐合一平）烝（蒸蒸開三平）乘（蒸蒸開三平）（史記－117－3072－1）諄（文諄合三平）巒（元桓合一平）（史記－117－3072－2）衰（微脂合三平）危（歌支合三平）（史記－117－3072－2）祇（支支開三平）遺（微脂合三平）（漢書－57－2534－5）騎（歌支開三平）澤（鐸陌開二入）（漢書－57－2534－5）鹿（屋屋合一入）浦（魚姥合一上）（漢書－57－2534－5）濱（眞眞開三平）麟（眞眞開三平）輪（文

諄合三平）（漢書－57－2535－2）鬱（之屋合三入）崒（物術合三入）（漢書－57－2535－3）堊（鐸鐸開一入）坿（魚虞合三去）（漢書－57－2535－4）銀（文眞開三平）鱗（眞眞開三平）（漢書－57－2535－9）華（魚麻合二平）沙（歌麻開二平）（漢書－57－2535－9）黿（歌開一平）黿（桓合一平）（漢書－57－2539－2）施（元仙開三平）戟（鐸陌開三入）箭（元線開三去）（漢書－57－2539－4）騏（之之開三平）泗（質先開四去）至（質至開三去）擊（錫錫開四入）皆（支佳開二去）係（錫霽開四去）（漢書－57－2541－1）錫（錫錫開四入）縞（宵皓開一上）羅（歌歌開一平）（漢書－57－2541－1）縠（屋屋合一入）縐（侯尤開三去）縠（屋屋合一入）（漢書－57－2541－2）削（藥藥開三入）髾（宵肴開二平）（漢書－57－2541－2）靡（歌紙開三上）蔡（月泰開一去）蕙（質霽合四去）蓋（月泰開一去）（漢書－57－2542－1）犠（歌）施（歌）鵠（覺）鵝（歌）加（歌）（漢書－57－2542－2）池（歌支開三平）鷁（錫錫開四入）枻（月祭開三去）帷（微脂合三平）蓋（月泰開一去）（漢書－57－2542－4）喝（緝合開一入）駭（之駭開二上）（漢書－57－2542－3）貝（月泰開一去）沸（物未合三去）會（月泰合一去）（漢書－57－2544－1）燧（至）隊（物）裔（祭）（漢書－57－2544－1）行（陽庚開二平）淫（侵侵開三平）（漢書－57－2545－7）丘（之尤開三平）九（幽有開三上）（漢書－57－2545－8）瑋（微微合三上）類（物至合三去）崒（物術合三入）（漢書－57－2545－9）中（多東合三平）名（耕清開三平）（漢書－57－2545－9）記（之志開三去）計（質霽開四去）（漢書－57－2548－3）汨（質沒合一入）折（月薛開三入）冽（月薛開三入）瀄（咍開一去）戾（質霽開四去）瀨（月泰開一去）沛（月泰開一去）（漢書－57－2548－5）隊（物隊合一去）蓋（月泰開一去）屈（物物合三入）沸（物未合三去）沬（月末合一入）（漢書－57－2548－12）渚（魚語開三上）藕（侯厚開一上）（漢書－57－2553－1）巍（微微合三平）差（歌馬開二平）峨（歌歌開一平）錡（歌支開三平）崎（歌支開三平）（漢書－57－2553－5）蘭（元）幹（元）煩（元）原（元）衍（元）蓀（文）（漢書－57－2553－6）烈（月薛）越（月月）寫（魚馬）茀（物物）（漢書－57－2556－1）端（元桓合一平）崖（支佳開二平）（漢書－57－2556－2）麏（文諄合三平）犀（脂齊開四平）（漢書－57－2557－1）谷（屋屋合一入）閣（鐸鐸開一入）屬（屋燭合三入）宿（覺屋合

三入）（漢書－57－2557－2）見（元霰開四去）天（眞先開四平）軒（元元開三平）（漢書－57－2557－6）鱗（眞眞開三平）間（元山開二平）焉（元仙開三平）（漢書－57－2559－1）孰（覺屋合三入）槉（侯侯開一去）樸（屋覺開二入）陶（幽豪開一平）（漢書－57－2559－3）扈（魚）野（魚）楮（魚）櫨（魚）餘（魚）闍（宵）閭（魚）（漢書－57－2559－5）倚（歌支開三上）佹（歌支合三上）砢（歌歌開一上）纚（支止開三上）（漢書－57－2559－6）蓼（侵覃開一平）風（冬東合三平）音（侵侵開三平）（漢書－57－2563－1）處（魚語開三上）舍（魚馬開三上）具（侯遇合三去）（漢書－57－2563－1）徙（支止開三上）移（歌支開三平）（漢書－57－2563－3）乘（蒸蒸開三平）中（冬東合三平）（漢書－57－2563－6）坻（脂薺開四上）水（微旨合三上）（漢書－57－2566－1）徊（微灰合一平）退（物隊合一去）（漢書－57－2566－2）耀（藥笑開三去）宙（幽宥開三去）弱（藥藥開三入）梟（宵蕭開四平）（漢書－57－2566－3）羽（魚虞合三上）盧（魚魚開三平）處（魚語開三上）僕（屋屋合一入）（漢書－57－2567－1）浮（幽虞）飆（宵宵）俱（侯遇）（漢書－57－2567－1）雞（支齊開四平）鵝（歌歌開一平）（漢書－57－2569－1）寓（侯遇合三去）盧（魚魚開三平）鼓（魚姥合一上）舞（魚虞合三上）（漢書－57－2569－4）音（侵侵開三平）風（冬東合三平）（漢書－57－2571－1）約（藥藥開三入）嫋（宵筱開四上）削（藥藥開三入）（漢書－57－2571－2）服（職屋合三入）鬱（之屋合三入）側（職職開三入）（漢書－57－2572－3）闢（錫昔開三入）隸（物代開一去）至（質至開三去）（漢書－57－2572－4）禁（侵沁開三去）刃（文震開三去）（漢書－57－2572－5）足（屋燭合三入）寡（魚馬合二上）獨（屋屋合一入）（漢書－57－2572－6）色（職職開三入）始（之止開三上）（漢書－57－2586－8）閉（質霽開四去）昧（物隊合一去）（漢書－57－2588－2）封（東鍾合三平）頌（東用合三去）三（侵談開一平）（漢書－57－2591－1）金（侵侵開三平）堂（陽唐開一平）（漢書－57－2591－4）衍（元獮開三上）臻（眞臻開三平）（漢書－57－2591－5）瀨（月泰開一去）世（月祭開三去）埶（月祭開四去）絕（月薛合三入）（漢書－57－2573－3）道（幽皓開一上）獸（幽宥開三去）廟（宵笑開三去）（漢書－57－2573－4）獲（鐸麥合二入）說（月薛合三入）（漢書－57－2574－1）帝（錫霽開四去）喜（之止開三上）（漢書－57－2575－2）之（之）事（之）哉（之）

裏（之）食（職）尤（之）（漢書－57－2577－5）駭（之駭開二上）和（歌戈合一平）（漢書－57－2578－4）走（侯厚開一上）屬（屋燭合三入）後（侯厚開一上）仇（幽尤開三平）（漢書－57－2580－1）彼（歌紙開三上）此（支紙開三上）史（之上開三上）事（之志開三去）罪（微賄合一上）過（歌過合一去）（漢書－57－2582－4）世（月祭開三去）穢（月廢合三去）外（月泰合一去）（漢書－57－2583－1）徵（耕清開三平）攘（陽陽開三平）（漢書－57－2583－2）榆（侯虞合三平）蒲（魚模合一平）都（魚模合一平）（漢書－57－2585－2）勤（文欣開三平）民（眞眞開三平）（漢書－57－2553－3）靡（歌紙開三上）豸（支紙開三上）（漢書－57－2586－2）至（質至）微（微微）位（物至）易（錫寘）（漢書－57－2586－2）加（歌麻開二平）作（鐸鐸開一入）（漢書－57－2586－8）此（支紙開三上）彼（歌紙開三上）（漢書－57－2592－7）麗（支霽開四去）倚（歌支開三上）越（脂合三上）（漢書－57－2593－4）消（宵宵開三平）求（幽尤開三平）（漢書－57－2596－4）夷（脂脂開三平）師（脂脂開三平）危（歌支合三平）歸（微微合三平）（漢書－57－2598－2）厲（月祭開三去）沛（月泰開一去）逝（月祭開三去）（漢書－57－2598－3）垠（文眞開三平）門（文魂合一平）天（眞先開四平）聞（文文合三平）存（文魂合一平）（漢書－57－2601－5）洪（東東合一平）豐（冬東合三平）（漢書－57－2601－5）繼（質霽開四去）卒（物沒合一入）（漢書－57－2601－9）末（月沒合一入）沒（物沒合一入）晢（錫錫開四入）內（物隊合一去）（漢書－57－2601－9）獸（幽宥開三去）庖（幽肴開二平）獸（幽宥開三去）沼（宵小開三上）（漢書－57－2602－3）丘（之尤開三平）惡（職屋合三入）（漢書－57－2604－1）謐（質霽合四去）二（脂至開三去）（漢書－57－2604－6）替（質霽開四入）衹（支支開三平）（漢書－57－2604－5）君（文文合三平）越（月月合三入）神（眞眞開三平）尊（文魂合一平）民（眞眞開三平）（漢書－57－2607－6）聲（耕清開三平）徵（耕清開三平）興（蒸蒸開三平）（漢書－57－2608－3）升（蒸蒸開三平）煌（陽唐合一平）烝（蒸蒸開三平）乘（蒸蒸開三平）（漢書－57－2608－5）諄（文）巒（元）（漢書－57－2609－1）衰（微脂合三平）危（歌支合三平）（漢書－57－2609－2）衹（支支開三平）遺（微脂合三平）（漢書－57－2595－1）東（東）光（陽）陽（陽）湟（陽）方（陽）行（陽）

【獨用】

文獨用：（史記－114－3004－2）紛雲（史記－117－3064－3）君存（漢書－57－2535－3）紛雲（漢書－57－2600－6）君存

歌獨用：（史記－114－3004－2）陂河（史記－117－3012－1）義施鵝加池（史記－117－3015－2）義可（史記－114－3004－8）池移沙（史記－117－3017－9）池螭離（史記－117－3017－10）夥靡珂（史記－117－3022－4）離莎何（史記－114－3004－2）差虧（史記－117－3025－1）陂波（史記－117－3025－3）河駝騾（史記－117－3033－4）地離施（史記－117－3038－2）歌和波歌（史記－117－3042－1）化義（史記－117－3049－2）被靡（史記－117－3051－11）施駕（史記－117－3055－1）峨差（史記－117－3060－1）馳離離（史記－117－3060－3）河沙（史記－117－3055－1）峨差（漢書－57－2535－3）差虧（漢書－57－2535－3）陂河（漢書－57－2535－8）池移（漢書－57－2596－1）馳離離（漢書－57－2596－3）河沙（漢書－57－2586－7）施駕（漢書－57－2591－3）峨差（漢書－57－2563－4）地離施（漢書－57－2569－2）歌和波歌（漢書－57－2548－7）池螭離（漢書－57－2548－9）夥靡珂（漢書－57－2553－4）離莎何（漢書－57－2556－1）陂波（漢書－57－2556－3）河駝騾（漢書－57－2574－1）化義（漢書－57－2583－1）被靡

魚獨用：（史記－114－3004－6）葭胡蘆芋居圖（史記－117－3009－3）御舒虛狳（史記－114－3004－5）蒲蕪且（史記－117－3009－5）與怒懼（史記－117－3014－2）與娛如（史記－114－3004－4）珸華（史記－117－3017－3）浦野下怒（史記－117－3022－4）蕪旅（史記－117－3033－3）者阹櫓（史記－117－3034－1）蘇虎馬（史記－117－3034－5）去兔（史記－117－3041－7）塗虞雅胥圖（史記－117－3039－1）徒都（史記－117－3062－1）都霞華（漢書－57－2535－4）吾華圖蒲蕪且（漢書－57－2535－7）葭胡盧於圖（漢書－57－2539－6）與怒懼（漢書－57－2539－3）御舒虛馬餘（漢書－57－2544－2）興娛如（漢書－57－2563－6）蘇虎馬（漢書－57－2566－1）去兔（漢書－57－2571－1）徒都（漢書－57－2548－2）浦野下石怒（漢書－57－2553－4）蕪旅（漢書－57－2563－3）者阹櫓（漢書－57－2577－4）下奴（漢書－57－2573－1）塗虞雅胥圖（漢書－57－2586－3）序辜虜（漢書－57－2598－1）都霞華

元獨用：（史記－114－3004－4）蘭幹（史記－114－3004－5）曼山煩（史

記－114－3004－10）鷰幹犴狿（史記－117－3009－1）旃箭（史記－117－3017
－11）爛旰（史記－117－3031－1）閒遷（史記－117－3037－1）殫還（史記
－117－3037－1）關巒寒（史記－117－3051－10）山原（史記－117－3057－2）
蜒卷顏（史記－117－3064－3）傳觀（史記－117－3064－6）端前（史記－117
－3065－6）館變禪（史記－117－3067－2）變見（史記－117－3065－2）泉衍
散埏原（漢書－57－2535－6）曼山蘋（漢書－57－2535－10）鷰幹犴（漢書－
57－2601－4）端前（漢書－57－2601－7）泉衍散埏原（漢書－57－2604－2）
變見（漢書－57－2602－2）館變禪（漢書－57－2567－3）殫還（漢書－57－
2567－4）關巒寒（漢書－57－2601－1）傳觀（漢書－57－2593－1）蜒卷顏（漢
書－57－2586－7）山原（漢書－57－2562－2）閒遷（漢書－57－2548－10）
爛旰

陽獨用：（史記－114－3004－9）楊芳（史記－117－3026－2）堂房（史記
－117－3034－1）狼羊（史記－117－3036－1）皇明（史記－117－3037－1）
羊鄉（漢書－57－2535－10）章楊芳（漢書－57－2557－2）堂房（漢書－57
－2563－5）狼羊（漢書－57－2567－2）皇明（漢書－57－2567－3）羊鄉

屋獨用：（史記－117－3011－1）穀曲穀（史記－117－3022－2）木穀瀆（史
記－117－3041－4）足獨（漢書－57－2553－1）木穀瀆

之獨用：（史記－117－3014－1）臺持之（史記－117－3014－5）裏士右哉
（史記－117－3017－2）態來（史記－117－3034－4）來態（史記－117－3038
－1）怠臺（史記－117－3038－3）起耳（史記－117－3041－6）旗圍（史記－
117－3043－1）之事哉裏食尤（史記－117－3059－1）旗娸疑（史記－117－3060
－7）止母使喜（史記－117－3070－5）熙思來哉（史記－117－3071－1）圍熹
能來（史記－117－3071－3）時祀祉有（漢書－57－2544－1）臺持之（漢書－
57－2607－3）熙思來哉（漢書－57－2607－5）圍熹能來（漢書－57－2608－1）
時祀祉有（漢書－57－2548－1）態來（漢書－57－2569－1）怠臺（漢書－57
－2569－3）起耳（漢書－57－2573－1）旗圍（漢書－57－2566－1）來態（漢
書－57－2595－4）旗娸疑（漢書－57－2596－6）止母使喜

職獨用：（史記－117－3016－1）得職（史記－117－3017－1）極北（史記
－117－3041－6）戒服（史記－117－3055－4）得食（史記－117－3072－2）
德翼（漢書－57－2547－6）極北（漢書－57－2573－1）戒服（漢書－57－2586

－1）國域（漢書－57－2591－6）得食（漢書－57－2609－1）德翼

　　真獨用：（史記－117－3016－2）慎田（史記－117－3031－1）顛榛（史記
－117－3063－6）民秦（漢書－57－2562－2）顛榛（漢書－57－2600－6）民
秦

　　微獨用：（史記－117－3017－8）懷歸徊（漢書－57－2541－3）蕤綏（漢
書－57－2548－6）懷歸徊

　　談獨用：（史記－117－3017－11）濫淡（漢書－57－2548－11）濫淡

　　覺獨用：（史記－117－3022－3）鬻陸築（史記－117－3070－3）育蓄（漢
書－57－2553－3）鬻陸築（漢書－57－2607－1）育蓄

　　物獨用：（史記－117－3025－1）沕忽（漢書－57－2541－3）忽佛（漢書
－57－2542－1）窣翠出（漢書－57－2547－7）渭內（漢書－57－2556－1）沕
忽（史記－117－3060－3）律礦（漢書－57－2596－3）律礦

　　脂獨用：（史記－117－3025－2）麋犀

　　耕獨用：（史記－117－3026－2）成清榮庭傾嶸生（史記－117－3028－3）
莖榮（史記－117－3031－1）鳴經（史記－117－3043－1）騁形精（史記－117
－3064－5）成聲（史記－117－3067－3）榮成（漢書－57－2601－3）成聲（漢
書－57－2604－3）榮成（漢書－57－2557－2）成清榮庭傾嶸生（漢書－57－
2559－3）莖榮（漢書－57－2562－1）鳴經（漢書－57－2575－1）騁形精

　　幽獨用：（史記－117－3028－4）抱茂（史記－117－3033－2）虯遊（史記
－117－3037－2）首柳（史記－117－3056－4）州留遊浮（史記－117－3057
－1）綢浮（史記－117－3070－3）油遊（漢書－57－2559－4）抱茂（漢書－
57－2563－2）虯遊（漢書－57－2567－4）首柳（漢書－57－2607－1）油遊（漢
書－57－2592－4）州留遊浮（漢書－57－2592－7）綢浮

　　冬獨用：（史記－117－3029－2）宮窮（史記－117－3064－4）戎隆終（漢
書－57－2559－7）宮窮（漢書－57－2601－2）戎隆終

　　支獨用：（史記－117－3034－2）豸氏豕（史記－117－3041－1）此麗（漢
書－57－2563－7）豸氏豕

　　宵獨用：（史記－117－3034－3）腦倒（史記－117－3050－7）勞毛（史記
－117－3056－5）旄霄搖（漢書－57－2563－7）腦倒（漢書－57－2585－3）
勞毛（漢書－57－2592－5）旄霄搖

藥獨用：（史記－117－3040－2）礫蓛（漢書－57－2571－3）礫蓛

鐸獨用：（史記－117－3037－3）略獲若蹢籍澤（史記－117－3041－5）度朔（史記－117－3043－1）庶獲（史記－117－3052－2）廓澤（史記－117－3070－5）澤濩（漢書－57－2568－1）略獲若蹢籍澤（漢書－57－2572－5）度朔（漢書－57－2575－2）庶獲（漢書－57－2607－3）澤護

質獨用：（史記－117－3068－2）七實（漢書－57－2605－3）七實

東獨用：（史記－117－3049－2）朧邛（漢書－57－2583－1）朧邛

月獨用：（史記－117－3055－5）休逝（漢書－57－2542－4）蓋外（漢書－57－2545－7）外芥

2・後　漢

2・1童謠、俗語

覺獨用：腹、復（後漢書－13－537－10）

鐸獨用：度、墓（後漢書－31－1103－8）

2・2趙　壹

【合韻】

質（質）矣（之）（後漢書－80－2633－2）毒（覺）酷（覺）足（屋）（後漢書－80－2630－3）去（魚）趣（侯）（後漢書－80－2634－3）野（歌）下（魚）（後漢書－80－2629－3）延（元）賢（眞）錢（元）邊（元）（後漢書－80－2631－6）可（歌）墮（歌）火（微）（後漢書－80－2629－4）

【獨用】

職獨用：惑、責（後漢書－80－2633－4）

藥獨用：樂、駁（後漢書－80－2630－1）

魚獨用：珠、芻、愚、驅（後漢書－80－2631－8）

陽獨用：方、亡、行、強、殃、昌、涼、藏（後漢書－80－2630－5）

眞獨用：仁、神（後漢書－80－2628－5）賢、憐、天、賢、年（後漢書－80－2629－5）

文獨用：門、存（後漢書－80－2631－4）

歌獨用：左、我（後漢書－80－2629－3）

3·三　國

3·1 郤　正

【獨用】

微獨用：（三國－42－1035－2）微、衰、機、威、飛、輝

脂獨用：（三國－42－1035－3）資、私

月獨用：（三國－42－1035－4）乂、敗、沛、會

覺獨用：（三國－42－1036－4）目、覆

鐸獨用：（三國－42－1036－5）澤、額、壑、魄

錫獨用：（三國－42－1036－10）責、迹、益

眞獨用：（三國－42－1037－15）鄰、人、民、眞

元獨用：（三國－42－1037－7）畔、諫（三國－42－1036－8）歎、然

侯獨用：（三國－42－1037－8）符、愚、數

魚獨用：（三國－42－1037－8）誣、諸、無（三國－42－1037－2）野、矩（三國－42－1035－9）塗、徂、憮、圖、與

物獨用：（三國－42－1037－9）醉、懟

質獨用：（三國－42－1037－10）失、悸、輊

祭獨用：（三國－42－1038－1）藝、制、逝、裔、世、滯、誓

耕獨用：（三國－42－1038－3）形、聲、荊、名、清、寧（三國－42－1036－1）星、生

之獨用：（三國－42－1037－14）時、滋、期、尤、己、辭（三國－42－1037－3）治、事（三國－42－1037－5）才、紀、恃、跱、己、否

【合韻】

幽宵合韻：（三國－42－1035－2）道（幽晧開一上）表（宵小開三上）

物質合韻：（三國－42－1035－6）質（質質開三入）術（物術合三入）悉（質質開三入）密（質質開三入）出（物術合三入）

歌質合韻：（三國－42－1035－7）僞（歌寘合三去）失（質質開三入）

魚侯合韻：（三國－42－1035－15）初（魚魚開三平）符（侯虞合三平）書（魚魚開三平）（三國－42－1036－6）慮（魚御開三去）舉（魚語開三上）譽（魚遇開三去）務（侯遇合三去）（三國－42－1036－1）扶（魚虞合三平）區

（侯虞合三平）

月藥合韻：（三國－42－1035－15）缺（月薛合四入）虐（藥藥開三入）（三國－42－1036－2）榮（耕庚合三平）佞（耕徑開四去）經（耕青開四平）成（耕清開三平）刑（耕青開四平）

職德合韻：（三國－42－1036－4）服（職屋合三入）得（職德開已入）仄（職職開三入）極（職職開三入）側（職職開三入）

耕冬合韻：（三國－42－1036－5）精（耕清開三平）躬（冬東合三平）

蒸東合韻：（三國－42－1036－10）弘（蒸登合一平）寵（東腫合三上）

月脂合韻：（三國－42－1036－11）廢（月廢合三去）翳（脂霽開四去）

祭月合韻：（三國－42－1036－12）敗（月夬開二去）世（月祭開三去）舌（月薛開三入）（三國－42－1037－3）世（月祭開三去）穢（月廢合三去）

眞文合韻：（三國－42－1037－2）倫（文諄合三平）仁（眞眞開三平）（三國－42－1036－12）春（文諄合三平）陳（眞眞開三平）（三國－42－1036－9）民（眞眞開三平）春（文諄合三平）典（文銑開四上）文（文文合三平）醇（文諄合三平）眞（眞眞開三平）

文侵合韻：（三國－42－1037－13）林（侵侵開三平）殷（文欣開三平）（三國－42－1037－15）分（文文合三平）貪（侵覃開一平）

3・2 楊 戲

【獨用】

陽獨用：（三國－45－1080－8）方、驤（三國－45－1081－8）常、綱（三國－45－1084－5）方、章、祥、疆（三國－45－1084－3）鄉、張、強（三國－45－1080－14）臧、鏘（三國－45－1085－1）章、光（三國－45－1085－2）綱、喪（三國－45－1085－6）祥、臧、芳（三國－45－1085－14）常、強、剛、香

之獨用：（三國－45－1085－1）才、理（三國－45－1085－14）思、時

耕獨用：（三國－45－1090－2）生、精、呈（三國－45－1085－3）命、性

眞獨用：（三國－45－1080－11）濱、眞（三國－45－1082－6）賓、臣（三國－45－1082－7）北、眞（三國－45－1088－7）身、人

德獨用：（三國－45－1080－15）德、慝、國（三國－45－1090－4）德、北、國

東獨用：（三國－45－1081－3）從、潼、同、龍

寒獨用：（三國－45－1081－7）難、幹

魚獨用：（三國－45－1081－13）武、舉、敘

物獨用：（三國－45－1083－5）愛、墜

泰獨用：（三國－45－1088－7）害、沛、大

【合韻】

耕陽合韻：（三國－45－1080－8）荊（耕庚開三平）盟（陽庚開三平）並（耕勁開三去）寧（耕青開四平）聲（耕清開三平）

侵蒸合韻：（三國－45－1080－9）音（侵侵開三平）興（蒸蒸開三平）

眞文合韻：（三國－45－1080－11）文（文文合三平）身（眞眞開三平）（三國－45－1082－5）身（眞眞開三平）文（文文合三平）人（眞眞開三平）（三國－45－1089－3）君（文文合三平）身（眞眞開三平）軍（文文合三平）

冬侵合韻：（三國－45－1080－11）風（冬東合三平）心（侵侵開三平）

脂微合韻：（三國－45－1080－12）綏（微脂合三平）威（微微合三平）夷（脂脂開三平）（三國－45－1081－5）衰（微脂合三平）諮（脂脂開三平）機（微微開三平）

祭月合韻：（三國－45－1080－15）世（月祭開三去）烈（月薛開三入）發（月月合三入）

職德合韻：（三國－45－1081－6）臆（職職開三入）德（職德開已入）

月葉合韻：（三國－45－1081－9）烈（月薛開三入）業（葉業開三入）

歌支合韻：（三國－45－1082－4）移（歌支開三平）規（支支合三平）裨（支支開三平）

文侵合韻：（三國－45－1082－7）文（文文合三平）林（侵侵開三平）

物質祭合韻：（三國－45－1084－4）惠（質霽合四去）對（物隊合一去）世（月祭開三去）

物質合韻：（三國－45－1085－6）實（質質開三入）類（物至合三去）計（質霽開四去）

　　眞文侵合韻：（三國－45－1085－5）人（眞眞開三平）侵（侵侵開三平）
雲（文文合三平）

　　脂支合韻：（三國－45－1084－7）祗（支支開三平）私（脂脂開三平）

　　德月合韻：（三國－45－1084－8）克（職德開一入）烈（月薛開三入）

　　覺祭合韻：（三國－45－1084－11）篤（覺沃合一入）裔（月祭開三去）

二、秦晉方音語料

1．先秦秦歌

之獨用：（史記－71－2310－3）鄙里

2．西漢秦晉

2．1 秦詩

陽獨用：（漢書－69－2999－1）相將

之獨用：（漢書－66－2896－2）治其耳時

2．2 李尋

【合韻】

　　（漢書－75－3179－5）紀（之止開三上）道（幽皓開一上）士（之止開三
上）海（之海開一上）士（之止開三上）（漢書－75－3179－6）布（魚暮合一
去）輔（魚虞合三上）後（侯厚開一上）（漢書－75－3184－3）陽（陽）行（陽）
障（陽）光（陽）明（陽）公（東）

【獨用】

質獨用：（漢書－75－3184－5）一節

耕獨用：（漢書－75－3184－7）政營

職獨用：（漢書－75－3185－3）墨德北

文獨用：（漢書－75－3189－6）震順

元獨用：（漢書－75－3189－6）亂畔

2．3 谷　永

【獨用】

職獨用：（漢書－85－3443－6）德異（漢書－85－3448－1）福職德（漢書

－85－3464－2）直賊（漢書－85－3467－7）備德

　　陽獨用：（漢書－85－3444－5）陽喪臧（漢書－85－3460－2）方量陽臧上
饗（漢書　85－3467－7）光傷

　　之獨用：（漢書－85－3447－1）始右（漢書－85－3467－3）滋右（漢書－
85－3464－3）孳怠改

　　元獨用：（漢書－85－3451－5）患難（漢書－85－3467－5）怨亂

　　魚獨用：（漢書－85－3462－4）雨下故

　　歌獨用：（漢書－85－3463－6）過禍

　　【合韻】

　　（漢書－85－3444－1）躬（冬東合三平）立（緝緝開三入）（漢書－85－
3443－6）政（耕勁開三去）卿（陽庚開三平）（漢書－85－3446－1）功（東東
合一平）亡（陽陽合三平）傾（耕清合三平）（漢書－85－3448－1）工（東東
合一平）隆（冬東合三平）（漢書－85－3458－4）興（蒸蒸開三平）用（東用
合三去）（漢書－85－3460－7）數（侯遇合三去）辜（魚模合一平）（漢書－85
－3464－4）銷（宵宵開三平）保（幽皓開一上）（漢書－85－3467－4）物（物
物合三入）欲（屋燭合三入）（漢書－85－3467－4）淫（侵侵開三平）從（東
鍾合三平）（漢書－85－3467－7）寙（魚暮合一去）告（覺號開一去）（漢書－
85－3468－1）聖（耕勁開三去）經（耕青開四平）同（東東合一平）（漢書－
85－3468－1）季（質至合三去）衰（微脂合三平）（漢書－85－3468－1）敗（月
夬開二去）亂（元換合一去）禍（歌果合一上）（漢書－85－3470－2）嚴（談
銜開二平）政（耕勁開三去）寵（東腫合三上）行（陽映開二去）（漢書－85
－3470－2）人（眞眞開三平）心（侵侵開三平）

　　3・東　漢

　　3・1馮　衍

　　【獨用】

　　之獨用：理、子（後漢書－28－966－9）才、能（後漢書－28－968－5）
異、憙（後漢書－28－988－3）悔、再（後漢書－28－989－3）疑、茲（後漢
書－28－992－4）絲、思（後漢書－28－994－1）

　　職獨用：試、識、德、殖、國、惑、惑、北（後漢書－28－990－5）

幽獨用：休、憂（後漢書－28－968－1）洲、流（後漢書－28－993－1）茂、友（後漢書－28－1001－2）流、丘（後漢書－28－994－10）

冬獨用：風、窮（後漢書－28－968－10）

宵獨用：道、廟（後漢書－28－987－1）

屋獨用：俗、谷（後漢書－28－994－6）

東獨用：東、中（後漢書－28－986－2）同、容（後漢書－28－1001－6）

魚獨用：與、處（後漢書－28－990－2）都、墟（後漢書－28－992－2）慮、去、與、黍、滸、宇（後漢書－28－995－3）

鐸獨用：慕、路（後漢書－28－990－5）作、虢（後漢書－28－988－6）

陽獨用：臧、常（後漢書－28－984－1）上、敞（後漢書－28－985－4）傷、常、揚（後漢書－28－988－2）洋、英（後漢書－28－988－6）強、梁（後漢書－28－994－3）綱、光（後漢書－28－999－1）

支獨用：知、儀（後漢書－28－994－4）

錫獨用：策、迹（後漢書－28－990－1）

耕獨用：盟、郱（後漢書－28－971－1）英、徵、京（後漢書－28－988－1）冥、英（後漢書－28－989－2）生、平（後漢書－28－994－4）聲、零、生、冥（後漢書－28－989－2）嶸、榮（後漢書－28－990－2）庭、徵、政、命、傾、聲（後漢書－28－992－1）

脂獨用：體、遲（後漢書－28－987－3）

質獨用：至、計（後漢書－28－963－12）

眞獨用：濱、人（後漢書－28－966－3）鎭、玄、親、神（後漢書－28－1001－3）信、親（後漢書－28－990－3）

微獨用：懷、悲（後漢書－28－984－7）

物獨用：貴、悴（後漢書－28－1000－1）位、髴（後漢書－28－1001－5）

文獨用：艱、紜（後漢書－28－992－2）勳、芬（後漢書－28－992－3）

歌獨用：地、也（後漢書－28－968－2）

月獨用：穢、列（後漢書－28－986－4）達、伐（後漢書－28－990－3）

元獨用：言、患、變（後漢書－28－965－2）亂、間（後漢書－28－965－9）反、遠（後漢書－28－989－1）山、仙（後漢書－28－999－1）

葉獨用：法、業（後漢書－28－985－4）

【合韻】

始（之）道（幽）（後漢書－28－987－4）期（之）由（幽）（後漢書－28－988－7）士（之）謀（幽）（後漢書－28－963－5）丘（幽）裏（之）（後漢書－28－986－3）有（幽）改（之）（後漢書－28－988－5）海（之）下（魚）（後漢書－28－966－6）辭（之）邑（緝）（後漢書－28－971－1）非（微）黑（職）（後漢書－28－968－9）息（職）利（質）（後漢書－28－985－8）風（冬）崩（蒸）（後漢書－28－987－3）玉（屋）石（鐸）（後漢書－28－985－3）奢（歌）華（魚）（後漢書－28－994－8）亡（陽）散（元）（後漢書－28－966－2）師（脂）役（錫）夷（脂）狄（錫）（後漢書－28－965－5）輝（微）二（脂）（後漢書－28－966－7）日（質）爲（歌）（後漢書－28－963－1）室（質）術（物）（後漢書－28－1000－1）先（文）臣（眞）（後漢書－28－963－3）陳（眞）軍（文）（後漢書－28－966－5）彬（眞）文（文）（後漢書－28－1004－3）臣（眞）心（侵）（後漢書－28－971－1）披（歌）悲（微）（後漢書－28－989－4）勤（文）心（侵）（後漢書－28－988－6）產（元）跣（文）（後漢書－28－965－9）烈（月）業（葉）（後漢書－28－966－7）里（之）息（職）（後漢書－28－965－5）誨（之）戒（職）（後漢書－28－971－8）興（蒸）起（之）（後漢書－28－966－3）興（蒸）勑（職）（後漢書－28－984－2）路（鐸）墟（魚）都（魚）（後漢書－28－986－1）智（支）器（質）（後漢書－28－971－1）體（脂）節（質）（後漢書－28－962－7）忽（物）微（微）（後漢書－28－962－9）變（元）滅（月）（後漢書－28－963－5）

3・2 班　彪

【獨用】

之獨用：理、才（後漢書－40－1325－11）

職獨用：極、直（後漢書－40－1327－6）

東獨用：窮、功（後漢書－40－1325－10）

【合韻】

華（魚）野（歌）（後漢書－40－1325－11）

3・3 班　固

【獨用】

之獨用：基、裏（後漢書－40－1332－4）載、起（後漢書－40－1336－4）寺、司（後漢書－40－1341－13）海、來（後漢書－40－1348－7）熙、臺（後漢書－40－1364－2）理、矣（後漢書－40－1380－4）

職獨用：職、福（後漢書－40－1371－9）服、牧（後漢書－40－1379－5）

蒸獨用：陵、承、興（後漢書－40－1338－1）興、弘（後漢書－40－1380－1）

幽獨用：周、首、劉（後漢書－40－1376－2）

覺獨用：鵠、目（後漢書－40－1348－10）

宵獨用：巧、狡（後漢書－40－1347－8）藻、廟（後漢書－40－1363－1）郊、沼、草（後漢書－40－1382－3）

藥獨用：鑠、樂（後漢書－40－1363－1）

屋獨用：谷、玉、足、屬、木、蜀（後漢書－40－1338－4）

東獨用：蹤、鋒、控、雙、嵯、雍、供（後漢書－40－1347－6）用、頌（後漢書－40－1348－9）鍾、龍、瓏、從、容、雍、風（後漢書－40－1363－8）

魚獨用：緒、宇、五（後漢書－40－1360－6）序、武、序、雨（後漢書－40－1371－5）圖、烏（後漢書－40－1373－2）虞、武（後漢書－40－1376－1）

鐸獨用：液、石（後漢書－40－1342－6）榭、獲、藉（後漢書－40－1348－2）

陽獨用：陽、方（後漢書－40－1340－1）堂、梁、驤（後漢書－40－1340－2）央、梁、光（後漢書－40－1342－1）望、徨、陽（後漢書－40－1342－5）湯、蔣、央（後漢書－40－1342－6）昌、京（後漢書－40－1364－5）觴、饗（後漢書－40－1364－7）堂、陽、煌（後漢書－40－1371－5）湯、梁、兄、明（後漢書－40－1371－7）光、芒（後漢書－40－1380－4）王、抗（後漢書－40－1381－1）

支獨用：螭、羆（後漢書－40－1347－8）犧、祇、灑、霓（後漢書－40－1364－1）

耕獨用：精、靈、成、明、京（後漢書－40－1336－2）成、寧、盛、成、

英、庭、熒、生（後漢書－40－1341－3）生、莖、英、刑、寧（後漢書－40－1342－7）牲、靈（後漢書－40－1364－1）清、營、生、聲（後漢書－40－1368－5）行、成（後漢書－40－1372－1）英、精、成、慶（後漢書－40－1373－2）

質獨用：職、日（後漢書－40－1363－7）份、畢（後漢書－40－1364－8）

眞獨用：天、淵（後漢書－40－1347－9）神、塵（後漢書－40－1363－8）神、年（後漢書－40－1373－1）

微獨用：隤、摧（後漢書－40－1348－1）

物獨用：位、貴（後漢書－40－1340－7）隊、帥（後漢書－40－1363－11）忽、物（後漢書－40－1363－13）暨、醉、氣、退（後漢書－40－1364－9）

文獨用：群、本、聞、文（後漢書－40－1341－11）珍、文、憤、雲、震（後漢書－40－1360－3）紜、雲（後漢書－40－1363－8）屯、軍（後漢書－40－1363－11）珍、雲、縕、文（後漢書－40－1372－4）分、熅（後漢書－40－1375－3）紜、分（後漢書－40－1377－1）文、允（後漢書－40－1384－2）

月獨用：越、列（後漢書－40－1341－2）埶、裔（後漢書－40－1348－2）缺、滅（後漢書－40－1360－1）世、末、絕（後漢書－40－1374－5）末、孽、缺（後漢書－40－1376－3）

元獨用：館、環（後漢書－40－1340－5）爛、觀、鞶、宴（後漢書－40－1341－1）連、間、錢、焉（後漢書－40－1341－3）誕、館（後漢書－40－1342－9）漢、散（後漢書－40－1347－1）開、竿（後漢書－40－1348－1）源、焉（後漢書－40－1385－1）

【合韻】

武（歌）雅（魚）（後漢書－40－1363－6）絲（之）掎（歌）（後漢書－40－1347－6）類（物）裏（之）（後漢書－40－1338－10）登（蒸）徵（耕）（後漢書－40－1372－2）宗（冬）容（東）（後漢書－40－1377－3）符（侯）圖（魚）（後漢書－40－1360－3）鼓（魚）驅（侯）御（魚）遇（侯）去（魚）（後漢書－40－1363－11）御（魚）務（侯）（後漢書－40－1368－2）舉（魚）誅（侯）（後漢書－40－1377－1）足（屋）路（鐸）（後漢書－40－1363－13）氏（支）至（質）（後漢書－40－1374－8）寢（侵）星（耕）（後漢書－40－1340－5）

心（侵）靈（耕）命（耕）（後漢書－40－1374－1）畿（微）視（脂）（後漢書－40－1336－1）神（眞）問（文）恨（文）（後漢書－40－1332－10）溫（文）年（眞）麟（眞）論（文）（後漢書－40－1340－5）人（眞）分（文）（後漢書－40－1347－2）臣（眞）門（文）（後漢書－40－1347－4）本（文）眞（眞）耘（文）玄（眞）珍（文）（後漢書－40－1368－3）門（文）莘（眞）仁（眞）（後漢書－40－1368－6）本（文）辰（眞）（後漢書－40－1384－1）篇（眞）善（元）（後漢書－40－1332－9）千（眞）旋（元）廛（元）連（元）（後漢書－40－1336－6）山（元）淵（眞）（後漢書－40－1368－3）世（祭）末（末）勢（祭）藝（祭）（後漢書－40－1330－7）折（薛）噬（祭）殺（黠）（後漢書－40－1347－8）說（薛）制（祭）（後漢書－40－1359－3）世（祭）末（月）絕（薛）（後漢書－40－1374－5）德（職）棱（蒸）（後漢書－40－1364－2）繳（宵）樂（藥）（後漢書－40－1348－10）度（鐸）素（魚）（後漢書－40－1368－1）謙（談）業（葉）（後漢書－40－1381－1）

3·4王　符

【獨用】

之獨用：詩、之、始（後漢書－49－1634－1）

職獨用：翼、極（後漢書－49－1633－6）

幽獨用：授、受（後漢書－49－1631－2）

宵獨用：巧、少（後漢書－49－1633－5）

侯獨用：樹、數（後漢書－49－1636－1）

東獨用：功、忠（後漢書－49－1631－6）

魚獨用：者、野（後漢書－49－1636－1）

陽獨用：章、浪、煌（後漢書－49－1636－4）養、喪（後漢書－49－1637－1）方、長（後漢書－49－1642－1）

耕獨用：明、正（後漢書－49－1638－4）

眞獨用：新、民（後漢書－49－1642－11）

歌獨用：麻、娑（後漢書－49－1634－7）

月獨用：察、月（後漢書－49－1640－5）

葉獨用：妾、牒（後漢書－49－1635－5）

【合韻】

繒（蒸）辭（之）（後漢書－49－1635－1）資（脂）志（之）（後漢書－49－1631－8）命（耕）秦（眞）（後漢書－49－1638－9）衰（微）危（歌）（後漢書－49－1638－2）興（魚）路（鐸）（後漢書－49－1633－5）土（魚）庶（鐸）（後漢書－49－1638－3）紃（元）越（月）（後漢書－49－1635－5）

3・5 馬　融

【獨用】

之獨用：才、之（後漢書－60－1953－2）

職獨用：服、飾（後漢書－60－1972－4）

幽獨用：口、後（後漢書－60－1962－1）愀、獸、囿（後漢書－60－1963－5）愀、獸、囿（後漢書－60－1964－4）

宵獨用：郊、苗（後漢書－60－1956－2）照、條、鳥（後漢書－60－1964－4）

侯獨用：儒、數（後漢書－60－1972－3）

屋獨用：曲、屬、局（後漢書－60－1962－4）

東獨用：龍、橦（後漢書－60－1960－1）同、通、鍾、縱、叢（後漢書－60－1960－4）充、攻、功、重、空（後漢書－60－1967－1）貢、同（後漢書－60－1967－5）功、龍（後漢書－60－1969－4）

魚獨用：紆、阻、御（後漢書－60－1962－1）蠱、狐（後漢書－60－1964－8）俎、衢（後漢書－60－1969－5）梧、羽（後漢書－60－1969－7）

鐸獨用：作、落（後漢書－60－1959－1）朔、路（後漢書－60－1960－1）縸、作、落（後漢書－60－1962－5）

陽獨用：荒、藏、疆（後漢書－60－1954－6）蕩、罔、泱、莽（後漢書－60－1956－5）常、狼、岡、光（後漢書－60－1960－2）場、良（後漢書－60－1960－4）方、芒、陽、潢（後漢書－60－1963－1）場、相、祥、兩、光、羊（後漢書－60－1964－1）行、將、觴（後漢書－60－1967－2）享、王（後漢書－60－1967－5）藏、常、章（後漢書－60－1969－2）陽、良、荒（後漢書－60－1969－3）

支獨用：池、陂（後漢書－60－1956－7）螭、鯢（後漢書－60－1964－8）

耕獨用：榮、熒、形（後漢書－60－1956－10）

質獨用：質、殪（後漢書－60－1960－9）

元獨用：淵、佃（後漢書－60－1969－1）悍、彎、橫、端、猨、單（後漢書－60－1962－3）園、環（後漢書－60－1969－7）幹、原（後漢書－60－1969－7）

微獨用：磑、回、崔（後漢書－60－1956－6）

文獨用：奔、舛（後漢書－60－1960－5）

【合韻】

踶（支）秖（脂）（後漢書－60－1960－1）苑（元）懸（元）年（眞）（後漢書－60－1954－8）桀（薛）滯（祭）（後漢書－60－1969－3）步（鐸）籲（魚）虞（魚）罟（魚）（後漢書－60－1964－2）

3・6 杜　篤

【合韻】

麗（支）來（之）（後漢書－80－2600－13）敬（耕）陵（蒸）（後漢書－80－2596－4）殊（侯）誅（侯）餘（魚）（後漢書－80－2603－1）師（脂）維（微）眉（脂）微（微）非（微）威（微）姿（脂）（後漢書－80－2605－1）越（月）血（質）（後漢書－80－2600－7）君（文）鄰（眞）臣（眞）（後漢書－80－2607－3）民（眞）淵（眞）存（文）（後漢書－80－2607－4）衰（微）違（微）危（歌）（後漢書－80－2605－1）害（泰）帶（泰）滯（祭）敗（夬）（後漢書－80－2603－8）伐（月）裔（祭）（後漢書－80－2607－2）

【獨用】

職獨用：國、北、域、國、伏（後漢書－80－2600－5）

幽獨用：遊、流（後漢書－80－2597－1）流、艘（後漢書－80－2603－7）

東獨用：窮、隴、戎、通、從（後漢書－80－2603－5）

魚獨用：胡、都（後漢書－80－2606－4）

陽獨用：央、章（後漢書－80－2597－2）荒、煌、方、羌（後漢書－80－2600－5）上、望、暢（後漢書－80－2603－1）

支獨用：崖、支（後漢書－80－2600－7）奇、螭、披、斯（後漢書－80－2606－2）移、虧、危、義（後漢書－80－2607－7）

錫獨用：阨、易（後漢書－80－2595－7）

耕獨用：明、平（後漢書－80－2597－3）青、星（後漢書－80－2600－2）景、平（後漢書－80－2600－13）榮、明（後漢書－80－2600－13）

物獨用：出、卒（後漢書－80－2596－8）渭、類、漑、遂（後漢書－80－2603－2）

文獨用：侖、軍（後漢書－80－2599－1）損、運（後漢書－80－2607－7）

歌獨用：羅、河（後漢書－80－2597－1）河、過、紗、和（後漢書－80－2603－7）

月獨用：劣、絕（後漢書－80－2595－6）

元獨用：畔、衍、亂（後漢書－80－2598－5）連、蠻（後漢書－80－2600－2）悍、遠（後漢書－80－2604－1）

侵獨用：金、林、深（後漢書－80－2603－4）

3・7傅　毅

【合韻】

逮（月）墜（物）漑（物）昧（物）（後漢書－80－2612－1）肱（蒸）紀（之）（後漢書－80－2611－1）

【獨用】

職獨用：國、則（後漢書－80－2611－4）則、忒（後漢書－80－2612－2）式、測、稷、息、力、極（後漢書－80－2612－4）

覺獨用：誥、學（後漢書－80－2612－2）

幽獨用：考、道（後漢書－80－2611－2）

魚獨用：序、緒（後漢書－80－2611－2）

耕獨用：成、聽（後漢書－80－2612－5）

質獨用：逸、日（後漢書－80－2612－7）

侵獨用：及、立（後漢書－80－2610－8）心、音（後漢書－80－2612－5）

3・8班　昭

【獨用】

之獨用：己、辭（後漢書－84－2787－3）之、止、之（後漢書－84－2789

−5）

宵獨用：操、笑（後漢書−84−2787−4）

東獨用：容、功（後漢書−84−2789−8）

魚獨用：鼠、虎（後漢書−84−2788−8）

鐸獨用：作、夜（後漢書−84−2787−4）

陽獨用：常、悵（後漢書−84−2786−6）陽、明（後漢書−84−2788−1）響、賞（後漢書−84−2790−10）柄、行（後漢書−84−2791−12）

耕獨用：敬、名（後漢書−84−2787−3）行、性、（後漢書−84−2791−5）令、命（後漢書−84−2790−9）

歌獨用：下、也（後漢書−84−2787−1）

月獨用：缺、闕（後漢書−84−2788−3）

元獨用：言、蘭（後漢書−84−2791−6）

【合韻】

婦（之）夫（魚）（後漢書−84−2788−2）祇（支）之（之）（後漢書−84−2790−2）過（歌）作（鐸）（後漢書−84−2789−3）親（眞）存（文）（後漢書−84−2788−6）尊（文）親（眞）（後漢書−84−2791−7）畢（質）訖（物）（後漢書−84−2790−7）辱（屋）容（東）（後漢書−84−2789−11）易（錫）成（耕）（後漢書−84−2787−4）

3・9梁　鴻

【獨用】

之獨用：期、思、茲（後漢書−83−2768−6）

幽獨用：流、浮、休、阜、秀、臭、究、留（後漢書−83−2767−5）

【合韻】

建（元）賢（眞）（後漢書−83−2767−4）

三、周洛方音語料

1・先秦穎川兒歌

耕獨用：（史記−107−2847−4）清寧

侯獨用：（史記−107−2847−4）濁族

2．西漢周洛

2．1晁　錯

【獨用】

之獨用：（漢書－24－1131－4）旨恥

緝獨用：（漢書－49－2279－10）習集及十

質獨用：（漢書－49－2280－1）利密（漢書－49－2290－12）密閉

陽獨用：（漢書－49－2288－2）鄉往

東獨用：（漢書－49－2289－5）用功（漢書－49－2295－5）眾重

元獨用：（漢書－49－2292－4）覽版

冬獨用：（漢書－49－2292－5）宗終

眞獨用：（漢書－49－2294－3）人民

耕獨用：（漢書－49－2296－1）平寧

【合韻】

　　（漢書－24－1138－1）務（侯遇合三去）農（冬冬合一平）（漢書－24－1217－1）人（眞眞開三平）隱（文隱開三上）（漢書－24－1226－1）庭（耕青開四平）應（蒸蒸開三平）（漢書－49－2278－4）威（微微合三平）倍（之海開一上）（漢書－49－2278－4）卒（物沒合一入）復（覺屋合三入）（漢書－49－2279－10）畢（質質開三入）解（錫蟹開二上）失（質質開三入）（漢書－49－2280－2）中（冬東合三平）同（東東合一平）（漢書－49－2294－3）惡（鐸鐸開一入）欲（屋燭合三入）（漢書－49－2295－2）失（質質開三入）過（歌過合一去）美（脂旨開三上）（漢書－49－2295－2）功（東東合一平）行（陽唐開一平）名（耕清開三平）（漢書－49－2296－5）賊（職德開一入）極（職職開三入）節（質屑開四入）（漢書－49－2296－6）諛（侯虞合三平）禍（歌果合一上）酷（覺沃合一入）殺（月黠開二入）處（魚語開三上）（漢書－49－2296－6）意（職志開三去）心（侵侵開三平）（漢書－49－2296－8）威（微微合三平）恣（脂至開三去）（漢書－49－2296－8）解（錫蟹開二上）制（月祭開三去）（漢書－49－2296－12）法（葉乏合三入）末（月沒合一入）（漢書－49－2296－13）帑（魚）除（魚）侯（侯）孤（魚）嫁（魚）租（魚）華（魚）邪（魚）誅（侯）都（魚）奢（魚）（漢書－49－2297－1）正（耕勁開三去）

刑（耕青開四平）姓（耕勁開三去）用（東用合三去）（漢書－49－2298－5）
地（歌至開三去）業（葉業開三入）（漢書－49－2301－4）有（之有開三上）
誘（幽有開三上）

2．2 息夫躬

【獨用】

微獨用：（漢書－45－2187－6）歸徊（漢書－45－2188－1）微開

陽獨用：（漢書－45－2188－7）罔往

元獨用：（漢書－45－2188－1）蘭肝

魚獨用：（漢書－45－2188－2）呼語

月獨用：（漢書－45－2188－2）列察

侵獨用：（漢書－45－2188－3）唫陰

之獨用：（漢書－45－2188－3）期思

【合韻】

（漢書－45－2187－7）機（微微開三平）棲（脂齊開四平）（漢書－45－
2188－3）留（幽尤開三平）須（侯虞合三平）

3．東　漢

3．1 張　衡

【獨用】

之獨用：之、志（後漢書－59－1901－4）子、理、史、止（後漢書－59
－1908－3）事、時（後漢書－59－1912－1）已、理、改、止、已（後漢書－
59－1916－2）嬉、旗（後漢書－59－1922－1）來、哉（後漢書－59－1933－9）
諆、思（後漢書－59－1938－6）

職獨用：食、國（後漢書－59－1910－12）服、勑、惡（後漢書－59－1938
－1）

幽獨用：疇、遊、流、騷、糾、條、愁、幽、瘳、周（後漢書－59－1929
－1）浮、由、休、劉（後漢書－59－1930－1）留、憂（後漢書－59－1938－4）

覺獨用：六、毓、復、蓄（後漢書－59－1924－8）

冬獨用：宮、彤、終（後漢書－59－1933－9）

宵獨用：敖、陶、濤、聊（後漢書－59－1921－2）搖、勞（後漢書－59

－1938－1）

　　屋獨用：俗、欲（後漢書－59－1938－5）

　　魚獨用：躇、魚、餘（後漢書－59－1922－1）徂、徒、野、渚、予、佇、女、如、書、諸（後漢書－59－1923－1）塗、無、旟、閭（後漢書－59－1937－2）

　　陽獨用：方、香、箱、殃、常、航、嘗、裳、珩、長、藏、芳、霜、伉、亡、章（後漢書－59－1916－4）裝、陽、英、荒、芒、桑、糧、岡（後漢書－59－1919－1）光、黃（後漢書－59－1930－5）行、洋、梁、床、漿（後漢書－59－1932－1）昂、煌、驤、揚、湯、忘（後漢書－59－1933－3）翔、閬、鏘、芒、狼、硠、湯、皇、驤（後漢書－59－1934－1）

　　支獨用：枝、籬、虧（後漢書－59－1914－7）離、攜（後漢書－59－1938－6）儀、智（後漢書－59－1940－9）

　　耕獨用：令、行（後漢書－59－1899－4）名、正（後漢書－59－1903－3）銘、城、貞、精、聲（後漢書－59－1908－1）情、名、聲、營、平、崢、禎、逞、鳴、榮、寧（後漢書－59－1918－1）輕、傾、生（後漢書－59－1920－2）鉦、冥、清、謦、徵、靈（後漢書－59－1933－6）

　　質獨用：節、跌、結（後漢書－59－1914－5）

　　眞獨用：信、吝（後漢書－59－1906－5）眞、信、身（後漢書－59－1916－1）刃、信、疢、仁、人、辰、秦（後漢書－59－1924－4）

　　微獨用：違、追、衰（後漢書－59－1914－4）回、懷（後漢書－59－1937－1）希、飛（後漢書－59－1938－5）

　　物獨用：內、對、誶（後漢書－59－1924－3）

　　文獨用：勳、吝、靳（後漢書－59－1899－12）墳、魂（後漢書－59－1921－1）

　　歌獨用：嘉、歌、和、多（後漢書－59－1930－5）地、化（後漢書－59－1940－8）

　　月獨用：制、際（後漢書－59－1909－3）裔、厲、外、藹（後漢書－59－1934－5）

　　元獨用：見、遠（後漢書－59－1910－4）遠、見、慢（後漢書－59－1910－4）反、然（後漢書－59－1910－6）前、焉（後漢書－59－1912－1）山、言

（後漢書－59－1920－4）

緝獨用：及、立、合（後漢書－59－1914－9）

侵獨用：禁、深（後漢書－59－1929－5）心、參、林、禽、音（後漢書－59－1937－5）

合韻：剖（之）後（幽）（後漢書－59－1923－3）機（微）熙（之）（後漢書－59－1910－3）已（之）威（微）（後漢書－59－1910－12）後（侯）剖（之）（後漢書－59－1923－3）淫（侵）應（蒸）（後漢書－59－1910－4）孝（宵）道（宵）休（幽）咎（幽）（後漢書－59－1910－1）廡（魚）緒（魚）武（魚）處（魚）所（魚）主（侯）（後漢書－59－1923－5）符（侯）敷（魚）居（魚）盧（魚）（後漢書－59－1932－3）娛（魚）區（侯）（後漢書－59－1938－4）姓（耕）禽（侵）（後漢書－59－1939－1）饑（微）遲（脂）妃（微）眉（脂）徽（微）（後漢書－59－1930－2）珍（眞）聞（文）勤（文）（後漢書－59－1914－8）噬（祭）世（祭）晰（薛）（後漢書－59－1923－7）裔（祭）屬（祭）外（泰）藹（泰）（後漢書－59－1934－5）篤（覺）休（幽）（後漢書－59－1906－5）迂（魚）夜（鐸）塗（魚）輅（鐸）布（魚）（後漢書－59－1933－1）倦（元）割（月）（後漢書－59－1910－11）

3・2 蔡　邕

【獨用】

之獨用：基、時、熙、之（後漢書－60－1982－3）災、基（後漢書－60－1984－2）吏、哉（後漢書－60－2001－11）思、之（後漢書－90－2993－1）

職獨用：副、踣（後漢書－60－1986－3）直、食、匿（後漢書－60－1987－3）

蒸獨用：興、承（後漢書－60－1984－2）

幽獨用：藪、友（後漢書－60－1987－6）牛、輈、騮、囚、流、憂、籌（後漢書－60－1987－12）牛、輈、騮、囚、流、憂、籌（後漢書－60－1987－2）漏、有（後漢書－90－2991－6）

覺獨用：謬、學（後漢書－60－1990－2）

屋獨用：轂、屋（後漢書－60－1982－9）族、祿（後漢書－60－1985－1）

東獨用：容、功、蹤（後漢書－60－1981－4）

魚獨用：枯、辜、邪（後漢書－60－1982－7）蠱、斧、戶、旅（後漢書－60－1964－2）驅、譽、辜（後漢書－60－1986－3）塗、宇（後漢書－60－1987 6）者、迁（後漢書－60－1987－10）懼、互、邪（後漢書－60－1991－1）書、故（後漢書－60－1994－2）所、署（後漢書－60－1992－2）怒、豫（後漢書－60－1999－11）

鐸獨用：詐、略（後漢書－60－1982－5）

陽獨用：明、競（後漢書－60－1986－5）行、藏、防、抗（後漢書－60－1987－1）

支獨用：馳、披、詭、宜（後漢書－60－1982－5）離、崖、危（後漢書－60－1982－7）此、僞（後漢書－60－1997－6）

耕獨用：靈、經、營、冥、形（後漢書－60－1980－10）形、耕、生、徵、輕（後漢書－60－1982－9）平、綖、庭（後漢書－60－1984－4）成、生、盈、榮、寧、情（後漢書－60－1985－3）清、靈、寧、亭、生、徵（後漢書－60－1989－1）政、情（後漢書－60－1994－6）盛、生（後漢書－90－2991－6）

質獨用：至、利（後漢書－60－1981－4）

微獨用：違、諱（後漢書－60－1998－12）

文獨用：門、典（後漢書－60－1999－12）

歌獨用：加、家（後漢書－60－1982－8）坐、也（後漢書－60－2002－6）

月獨用：害、敗（後漢書－60－1982－1）

元獨用：漢、變、安（後漢書－60－1999－1）肩、鮮（後漢書－60－1960－8）權、煩（後漢書－60－1986－2）館、前（後漢書－60－2001－7）宛、鮮（後漢書－90－2990－11）遠、焉（後漢書－90－2991－4）萬、健（後漢書－90－2991－6）

緝獨用：集、戢、入（後漢書－60－1984－6）

【合韻】

是（之）之（之）思（之）尤（幽）（後漢書－60－1986－4）止（之）紀（之）否（幽）己（之）（後漢書－60－1987－4）類（物）矣（之）（後漢書－90－2990－9）師（脂）事（之）（後漢書－90－2990－9）藪（侯）友（之）（後漢書－60－1987－1）漏（侯）有（之）（後漢書－90－2991－6）祀（之）議（歌）

（後漢書－60－1993－9）戒（職）切（質）（後漢書－60－1999－2）應（蒸）冰（蒸）萌（陽）凝（蒸）（後漢書－60－1984－1）奧（覺）要（宵）（後漢書－60－1998－12）鷙（侯）懼（魚）（後漢書－60－1986－3）如（魚）渝（侯）居（魚）（後漢書－60－1987－9）符（侯）衢（魚）樞（侯）區（侯）（後漢書－60－1987－8）主（侯）奴（魚）（後漢書－90－2991－6）禁（侵）靈（耕）令（耕）（後漢書－60－1991－1）文（文）倫（文）塵（眞）雲（文）聞（文）雲（文）（後漢書－60－1981－1）分（文）臣（眞）（後漢書－60－1999－9）賤（元）淵（眞）（後漢書－60－1980－10）戰（元）年（眞）（後漢書－90－2991－7）說（薛）銳（祭）（後漢書－60－1982－5）厭（談）言（元）（後漢書－60－1999－12）諱（微）對（物）（後漢書－60－1998－12）術（物）論（文）（後漢書－90－2993－4）

3·3 邊 讓

【獨用】

之獨用：熙、期、基（後漢書－80－2644－4）

幽獨用：仇、丘、流（後漢書－80－2642－1）舟、憂（後漢書－80－2642－1）

鐸獨用：澤、伯、虢、赫（後漢書－80－2641－2）

耕獨用：成、聲（後漢書－80－2640－7）明、京、平（後漢書－80－2645－1）

質獨用：節、跌、結（後漢書－80－2642－7）

微獨用：開、龜（後漢書－80－2646－1）

文獨用：分、群、雲（後漢書－80－2642－4）論、分（後漢書－80－2646－4）

歌獨用：波、阿（後漢書－80－2640－5）娥、羅、歌、阿（後漢書－80－2642－2）加、化（後漢書－80－2642－8）

元獨用：斷、亂、館、婉、玩（後漢書－80－2641－3）半、彈、散、幹、漢（後漢書－80－2642－5）單、盤、難、桓、歡（後漢書－80－2644－11）

【合韻】

終（冬）徵（蒸）風（冬）（後漢書－80－2642－9）道（宵）肘（幽）草（宵）老（宵）（後漢書－80－2643－3）

3・4 蔡文姬

【獨用】

之獨用：異、理、起、耳、母、來、已、喜、里、己、子、期、辭、之、時、慈、思、癡、疑（後漢書－84－2801－12）

陽獨用：常、良、邦、強、祥、光、羌、亡（後漢書－84－2801－5）

耕獨用：精、零、冥、榮、腥、停、徵、扃、營、庭、星、泠、鳴、嚶、箏、清、盈、驚、頸、寧、生、聲、聽、縈、形、情、生（後漢書－84－2802－13）

歌獨用：坐、可、禍（後漢書－84－2801－11）

月獨用：別、裂、轍、邁、會、敗、外、艾、蓋、吠、肺、逝、大、厲、廢、歲（後漢書－84－2802－3）

元獨用：患、單、關、蠻、曼、歎、安、餐、幹、難、顏（後漢書－84－2802－11）

【合韻】

拒（魚）女（魚）阻（魚）腐（侯）聚（侯）俱（侯）語（魚）虜（魚）汝（魚）罵（魚）下（魚）（後漢書－84－2801－8）別（薛）裂（薛）邁（夬）會（泰）敗（夬）外（泰）艾（泰）蓋（泰）吠（廢）肺（廢）逝（祭）大（泰）厲（祭）廢（廢）歲（祭）（後漢書－84－2802－3）

4・三　國

4・1 陸　凱

【獨用】

文獨用：（三國－61－1401－14）孫、君

微獨用：（三國－61－1403－12）惟、禕

魚獨用：（三國－61－1403－11）下、都、顧

【合韻】

魚歌合韻：（三國－61－1403－11）固（魚暮合一去）過（歌過合一去）

物質合韻：（三國－61－1403－11）毅（物未開三去）節（質屑開四入）（三國－61－1401－14）節（質屑開四入）術（物術合三入）計（質霽開四去）

魚屋合韻：（三國－61－1401－14）儲（魚魚開三平）畜（覺屋合三入）

德錫合韻：（三國－61－1401－14）國（職德合一入）責（錫麥開二入）

幽宵合韻：（三國－61－1407－2）稻（幽皓開一上）效（宵效開二去）

4・2 胡　綜

【獨用】

耕獨用：（三國－62－1414－4）生、精、營、成

之獨用：（三國－62－1414－5）基、災

文獨用：（三國－62－1414－8）軍、門、雲

陽獨用：（三國－62－1414－9）常、望、上、方、祥

魚獨用：（三國－62－1414－11）書、吳（三國－62－1414－7）祖、下、土、夏（三國－62－1414－6）野、下、緒

侯獨用：（三國－62－1414－11）符、俱

歌獨用：（三國－62－1415－6）戈、歌（三國－62－1414－10）移、施、奇

【合韻】

幽宵合韻：（三國－62－1414－5）苗（宵宵開三平）條（幽蕭開四平）

職德合韻：（三國－62－1414－6）德（職德開已入）極（職職開三入）

之質合韻：（三國－62－1414－8）時（之之開三平）一（質質開三入）

四、海岱方音語料

1・先秦齊人歌

之獨用：（史記－46－1883－4）芑子

鐸獨用：（史記－46－1903－3）柏客

2・西漢海岱

2・1 鄒　陽

【獨用】

鐸獨用：（漢書－51－2340－5）百鸚

陽獨用：（漢書－51－2351－1）亡王

【合韻】

（漢書－51－2346－1）惡（鐸暮合一去）妒（魚暮合一去）肖（宵笑開三去）嫉（質質開三入）（漢書－51－2346－7）子（之止開三上）翟（藥陌開二入）（漢書－51－2347－2）明（陽庚開三平）聽（耕青開四平）（漢書－51－2347－2）倕（幽尤開三平）為（歌支合三平）（漢書－51－2348－1）寢（魚暮合一去）後（侯厚開一上）墓（鐸暮合一去）下（魚禡開二去）侯（侯侯開一平）下（魚禡開二去）（漢書－51－2348－2）勤（文欣開三平）心（侵侵開三平）（漢書－51－2351－1）俗（屋燭合三入）語（魚語開三上）口（侯厚開一上）

2・2東方朔

【獨用】

鐸獨用：（漢書－65－2844－2）百帛（漢書－65－2866－7）度索

歌獨用：（漢書－65－2872－8）為過（漢書－66－2884－2）我佐（漢書－65－2872－7）義賀（漢書－65－2867－1）宜我

宵獨用：（漢書－65－2844－4）毛謷高（漢書－65－2844－6）毛謷高

屋獨用：（漢書－65－2844－6）竇毂啄

耕獨用：（漢書－65－2844－8）盛正敬廷逕定爭（漢書－65－2844－8）令命

職獨用：（漢書－65－2849－1）福異（漢書－65－2865－2）德服異（漢書－65－2866－6）值得

元獨用：（漢書－65－2851－1）畔散亂（漢書－65－2872－7）端見

陽獨用：（漢書－65－2865－1）強亡行倉享（漢書－65－2868－6）行明（漢書－65－2871－4）湯王

物獨用：（漢書－65－2865－1）位內

魚獨用：（漢書－65－2865－3）所苦虜下虎鼠（漢書－65－2867－1）徒居輿胥扶徒（漢書－65－2872－6）餘虛牙

東獨用：（漢書－65－2872－2）功用

幽獨用：（漢書－65－2866－6）柔求

【合韻】

（漢書－65－2844－3）脯（魚）數（侯）（漢書－65－2844－8）齟（魚）塗（魚）亞（鐸）牙（魚）（漢書－65－2844－8）壺（魚）齟（魚）老（幽）柏（鐸）塗（魚）亞（鐸）牙（魚）（漢書－65－2858－3）刃（文）文（文）帷（微）準（文）（漢書－65－2850－1）盧（魚）墓（鐸）廬（魚）（漢書－65－2871－5）同（東）成（耕）從（東）君（文）（漢書－65－2870－3）戮（覺）盧（魚）華（魚）

2・3韋 賢

【合韻】

（漢書－73－3101－3）韋（微微合三平）旂（文微開三平）（漢書－73－3101－3）荒（陽唐合一平）邦（東江開二平）商（陽陽開三平）彭（陽庚開二平）光（陽唐合一平）同（東東合一平）邦（東江開二平）（漢書－73－3102－2）一（質質開三入）弼（物質開三入）（漢書－73－3102－2）後（侯厚開一上）緒（魚語開三上）（漢書－73－3101－5）衛（月祭合三去）隊（物隊合一去）（漢書－73－3101－6）城（耕清開三平）生（耕庚開二平）耕寧（耕青開四平）京（陽庚開三平）（漢書－73－3013－2）娛（魚虞合三平）驅（侯虞合三平）（漢書－73－3013－3）苗（宵宵開三平）愉（侯虞合三平）（漢書－73－3013－3）悛（文仙合三平）信（眞震開三去）（漢書－73－3013－4）逸（質質開三入）黜（物術合三入）（漢書－73－3014－1）親（眞眞開三平）聞（文文合三平）（漢書－73－3014－4）發（月月合三入）霸（鐸禡開二去）（漢書－73－3014－5）何（歌歌開一平）覺（覺覺開二入）（漢書－73－3014－5）近（文隱開三上）監（談銜開二平）（漢書－73－3015－2）陋（侯候開一去）朝（宵宵開三平）（漢書－73－3016－1）祖（魚姥合一上）顧（魚暮合一去）徒（魚模合一平）路（鐸暮合一去）（漢書－73－3016－3）舊（之宥開三去）朝（宵宵開三平）（漢書－73－3016－3）室（質質開三入）弼（物質開三入）（漢書－73－3016－5）好（幽皓開一上）在（之海開一上）

【獨用】

東獨用：（漢書－73－3016－5）恭邦

質獨用：（漢書－73－3101－5）逸室

耕獨用：（漢書－73－3102－1）徵平（漢書－73－3015－2）清庭徵（漢書

－73－3107－9）籤經

　　眞獨用：（漢書－73－3015－4）仁臣

　　魚獨用：（漢書－73－3102－1）楚輔（漢書－73－3014－1）土顧（漢書－73－3015－5）土寙魯

　　之獨用：（漢書－73－3103－1）祀士（漢書－73－3014－1）子司（漢書－73－3014－2）茲思（漢書－73－3015－4）子齒

　　職獨用：（漢書－73－3014－3）則國

　　陽獨用：（漢書－73－3014－3）霜王（漢書－73－3016－1）堂牆

　　元獨用：（漢書－73－3014－3）嫚練（漢書－73－3016－4）然漣

　　幽獨用：（漢書－73－3013－2）保考

　　月獨用：（漢書－73－3013－4）發察（漢書－73－3016－4）絕烈

　　侯獨用：（漢書－73－3014－4）耇後

2·4 王　吉

【獨用】

　　月獨用：（漢書－72－3058－6）發揭

　　冬獨用：（漢書－72－3059－1）宗隆

　　職獨用：（漢書－72－3060－2）食德（漢書－72－3063－9）服極

　　耕獨用：（漢書－72－3060－3）形生（漢書－72－3063－9）政生

　　陽獨用：（漢書－72－3060－3）長臧

【合韻】

　　（漢書－72－3063－9）鉛（宵宵開三平）薄（鐸鐸開一入）（漢書－72－3065－1）冥（耕青開四平）萌（陽耕開二平）（漢書－72－3060－1）盛（耕清開三平）風（冬東合三平）（漢書－72－3059－1）吒（鐸）輿（魚）露（鐸）炙（鐸）薄（鐸）

2·5 公孫弘

【獨用】

　　歌獨用：（漢書－58－2614－4）宜施化（漢書－58－2615－7）義離

　　文獨用：（漢書－58－2615－5）尊逡

魚獨用：（漢書－58－2616－4）圖書

【合韻】

（漢書－58－2613－7）和（歌過合一去）涸（鐸鐸開一入）（漢書－58－2613－7）登（蒸登開一平）降（冬絳開二去）興（蒸蒸開三平）生（耕庚開二平）童（東東合一平）（漢書－58－2613－7）冠（元換合一去）犯（談範合三上）（漢書－58－2614－3）道（幽皓開一上）效（宵效開二去）（漢書－58－2614－3）始（之止開三上）期（之之開三平）油（幽尤開三平）（漢書－58－2614－5）符（侯虞合三平）如（魚魚開三平）（漢書－58－2615－1）善（元獮開三上）犯（談範合三上）信（眞震開三去）勤（文欣開三平）信（眞震開三去）（漢書－58－2615－3）治（之志開三去）得（職德開已入）力（職職開三入）富（職宥開三去）（漢書－58－2615－7）禮（脂薺開四上）暴（藥號開一去）（漢書－58－2615－8）去（魚御開三去）取（侯虞合三上）（漢書－58－2616－1）從（東鍾合三平）應（蒸蒸開三平）（漢書－58－2616－2）和（歌過合一去）涸（鐸鐸開一入）（漢書－58－2616－2）降（冬絳開二去）登（蒸登開一平）興（蒸蒸開三平）生（耕庚開二平）童（東東合一平）（漢書－58－2617－7）行（陽唐開一平）聽（耕青開四平）

2·6 韋玄成

【獨用】

微獨用：（漢書－73－3110－4）韋綏

陽獨用：（漢書－73－3110－4）常翔（漢書－73－3114－4）常荒

侯獨用：（漢書－73－3110－6）鄒侯

文獨用：（漢書－73－3111－1）聞訓

元獨用：（漢書－73－3111－1）奐館（漢書－73－3112－1）顏蠻

東獨用：（漢書－73－3111－2）東從（漢書－73－3111－5）同庸

之獨用：（漢書－73－3111－2）理子（漢書－73－3112－3）子尤辭（漢書－73－3113－9）事舊

鐸獨用：（漢書－73－3112－2）作度

脂獨用：（漢書－73－3112－3）視履

職獨用：（漢書－73－3113－6）德則（漢書－73－3114－4）服域

物獨用：（漢書－73－3113－6）逮隊

月獨用：（漢書－73－3113－8）烈列

質獨用：（漢書－73－3114－2）畢日（漢書－73－3114－5）栗室

魚獨用：（漢書－73－3114－3）居懼（漢書－73－3114－5）整幸

【合韻】

（漢書－73－3110－5）裔（月祭開三去）世（月祭開三去）（漢書－73－3110－6）夷（脂脂開三平）祇（支支開三平）（漢書－73－3111－3）師（脂脂開三平）爾（脂紙開三上）輝（微微合三平）（漢書－73－3111－4）兄（陽庚合三平）兄（陽庚合三平）形（耕青開四平）聲（耕清開三平）京（陽庚開三平）（漢書－73－3112－2）齊（脂齊開四平）庶（鐸御開三去）（漢書－73－3113－8）夜（鐸禡開三去）惰（歌過合一去）（漢書－73－3114－1）階（脂皆開二平）懷（微皆合二平）（漢書－73－3114－1）盛（耕勁開三去）慶（陽映開三去）（漢書－73－3114－2）心（侵侵開三平）矜（眞蒸開三平）（漢書－73－3115－2）骨（物末合一入）墓（鐸暮合一去）

3・東　漢

3・1禰　衡

鐸獨用：伯、鶪（後漢書－80－2653－11）

3・2劉　梁

【獨用】

職獨用：德、稷（後漢書－80－2636－5）稷、墨（後漢書－80－2639－3）

東獨用：同、忠（後漢書－80－2636－3）

物獨用：愛、貴（後漢書－80－2638－7）

月獨用：害、敗（後漢書－80－2638－5）

【合韻】

宰（之）會（月）（後漢書－80－2639－3）

3・3仲長統

【獨用】

屋獨用：殼、角、俗、足、幄、燭、玉、欲、促（後漢書－49－1645－1）

東獨用：風、鴻（後漢書－49－1644－10）

鐸獨用：石、袚（後漢書－49－1643－5）

錫獨用：役、賜（後漢書－49－1656－2）

耕獨用：境、姓（後漢書－49－1657－7）姓、情（後漢書－49－1650－7）
清、性、名（後漢書－49－1654－5）鼎、令（後漢書－49－1659－8）

質獨用：實、結（後漢書－49－1642－1）室、計（後漢書－49－1648－3）

眞獨用：人、賢（後漢書－49－1658－7）

歌獨用：家、也（後漢書－49－1656－5）

魚獨用：寡、下、雅（後漢書－49－1645－5）

葉獨用：乏、業（後漢書－49－1655－9）

【合韻】

生（耕）人（眞）（後漢書－49－1652－1）水（微）鯉（之）（後漢書－
49－1644－9）膳（元）勞（宵）（後漢書－49－1644－8）愚（侯）舉（魚）（後
漢書－49－1657－7）主（侯）悟（魚）（後漢書－49－1658－2）人（眞）郡
（文）（後漢書－49－1657－7）年（眞）亂（元）焉（元）（後漢書－49－1649
－9）田（眞）戰（元）勸（元）（後漢書－49－1653－7）非（微）可（歌）
瑣（歌）爲（歌）我（歌）火（微）左（歌）（後漢書－49－1645－5）肉（覺）
酎（幽）（後漢書－49－1648－6）積（錫）性（耕）（後漢書－49－1653－7）

五、楚方音語料

1・先秦楚歌：（包括屈原的《懷沙之賦》等篇章）

【獨用】

職獨用：（史記－84－2485－6）食惻福

耕獨用：（史記－84－2486－2）清醒（史記－84－2487－4）盛正

物獨用：（史記－84－2489－4）慨謂（史記－84－2490－2）喟謂（史記－
84－2490－3）愛類

質獨用：（史記－84－2490－1）質匹

歌獨用：（史記－84－2486－4）移波醨爲

元獨用：（漢書－53－2429－5）患怨

陽獨用：（史記－84－2487－4）章明（史記－84－2487－5）量臧（史記－84－2489－1）強象

魚獨用：（史記－84－2487－5）下舞

之獨用：（史記－84－2487－5）鄙改（史記－84－2488－2）態探有

脂獨用：（史記－84－2488－1）濟示

【合韻】

（漢書－53－2429－5）忽（物沒合一入）絕（月薛合三入）（史記－84－2487－1）夏（魚馬開二上）莽（陽陽開一上）土（魚姥合一上）（史記－84－2487－1）墨（職德開一入）鞠（覺屋合三入）抑（質職開三入）（史記－84－2487－3）替（質霽開四入）鄙（之止開三上）（史記－84－2488－1）吠（月廢合三去）怪（之怪合二去）（史記－84－2488－3）豐（冬東合三平）容（東鍾合三平）（史記－84－2488－3）故（魚暮合一去）慕（鐸暮合一去）（史記－84－2489－2）暮（鐸暮合一去）故（魚暮合一去）（史記－84－2489－4）汨（質沒合一入）忽（物沒合一入）（史記－84－2490－2）錯（鐸暮開一去）懼（魚遇合三去）

2・前漢楚歌

2・1 包括諺語、李陵楚歌、瓠子歌、安世房中歌等作品

【合韻】

（漢書－63－2762－6）與（侯虞合三平）路（鐸暮合一去）（漢書－63－2762－7）閱（月薛合三入）逝（月祭開三去）（漢書－63－2757－8）廣（陽蕩合一上）人（眞眞開三平）（漢書－54－2466－7）幕（鐸鐸開一入）奴（魚模合一平）（漢書－54－2466－8）死（脂旨開三上）歸（微微合三平）（漢書－63－2762－7）喜（之）亟（職）（漢書－54－2466－8）摧（微）聵（物）（史記－9－403－11）妃（微）危（歌）（史記－9－404－1）妒（魚）惡（鐸）寙（魚）（史記－9－404－2）悔（之）財（之）之（之）理（之）仇（幽）（史記－29－1413－4）溢（錫）日（質）（漢書－97－3937－10）虜（魚）幕（鐸）伍（魚）（漢書－97－3937－10）裏（之）女（魚）（漢書－29－1685－6）所（魚語合三上）口（侯厚開一上）後（侯厚開一上）雨（魚虞合三上）鬥（侯候開一去）黍（魚語開三上）口（侯厚開一上）（漢書－29－1692－4）澤（鐸陌開二入）多（歌歌開一平）波（歌戈合一平）迫（鐸陌開二入）（漢書－29－1692－6）

川（文仙合三平）民（眞眞開三平）言（元元開三平）（漢書－22－1047－1）
心（侵侵開三平）申（眞眞開三平）親（眞眞開三平）轃（眞臻開三平）（漢書
－22－1048－1）歸（微微合三平）懷（微皆合二平）崔（微灰合一平）貴（物
未合三去）（漢書－22－1048－2）所（魚語合三上）緒（魚語開三上）愉（侯
虞合三平）（漢書－22－1048－2）產（元產開二上）產（元產開二上）天（眞
先開四平）人（眞眞開三平）（漢書－22－1048－3）施（歌支開三平）回（微
灰合一平）（漢書－22－1049－1）耀（藥笑開三去）約（藥藥開三入）約（藥
藥開三入）大（月泰開一去）（漢書－22－1049－3）華（魚麻合二平）儀（歌
支開三平）（漢書－22－1049－3）龍（東鍾合三平）盛（耕清開三平）

【獨用】

冬獨用：（漢書－63－2762－5）終窮

侵獨用：（漢書－63－2762－6）深心

耕獨用：（漢書－63－2757－8）城鳴（史記－29－1413－4）寧平（漢書－
29－1682－5）寧平（漢書－22－1046－2）清庭冥旌（漢書－22－1046－4）聲
聽情成冥

祭獨用：（史記－7－3－5）世逝

陽獨用：（史記－8－389－8）揚鄉方（漢書－22－1049－3）芳光行芒章（漢
書－22－1050－5）芳饗饗臧臧常忘（漢書－22－1051－3）常明光良光芳忘（漢
書－22－1051－4）常明疆

職獨用：（史記－9－404－1）國直（史記－24－1178－6）極德國服（漢書
－22－1047－1）德翼式德極北德慝國（漢書－22－1048－1）殖德（漢書－22
－1048－3）德極（漢書－22－1050－1）翼則極德福則國福革（漢書－22－1051
－4）德則福（漢書－22－1051－1）德福則德殖翼

魚獨用：（史記－24－1178－4）下赭

之獨用：（史記－24－1178－4）裏友（史記－29－1413－8）蓄來（史記－
55－2047－6）裏海

歌獨用：（史記－29－1413－3）何河（史記－55－2047－6）何施（漢書－
29－1682－5）何河

幽獨用：（史記－29－1413－5）流遊（漢書－29－1682－6）流遊（漢書－

22－1049－1）保壽

月獨用：（史記－29－1413－5）沛外（漢書－29－1682－7）沛外

眞獨用：（史記－29－1413－6）仁人（漢書－29－1682－7）仁人

元獨用：（史記－29－1413－6）滿緩（史記－29－1413－7）湲難（漢書－29－1682－8）滿緩

微獨用：（史記－29－1413－7）罪水

屋獨用：（史記－29－1413－7）玉屬

鐸獨用：（史記－100－2731－11）百諾（漢書－37－1978－4）百諾

質獨用：（漢書－29－1682－6）溢日

2・2前漢賈誼楚歌（包括《弔屈原賦》《鵩鳥賦》等篇章）

【獨用】

歌獨用：漢書－48－2223－1）沙羅（漢書－48－2228－2）我可（史記－84－2493－1）沙羅（史記－84－2500－2）我可

陽獨用：（漢書－48－2223－2）祥翔（漢書－48－2224－3）臧羊（史記－84－2493－2）祥翔（史記－84－2494－3）藏羊（漢書－24－1129－1）穰行（史記－84－2500－5）喪荒翔

談獨用：（漢書－48－2223－3）廉銛（史記－84－2493－3）廉銛

魚獨用：（漢書－48－2223－4）故瓠轤車（漢書－48－2224－1）語去（史記－84－2493－4）故瓠轤車（史記－84－2494－1）語去（漢書－24－1128－6）雨顧（漢書－24－1130－1）貯餘固

之獨用：（漢書　48－2226－5）災之期（漢書－48－2227－6）謀時（漢書－48－2228－6）止已（漢書－48－2251－5）吏事（史記－84－2498－6）謀時（史記－84－2500－6）止已

職獨用：（漢書－48－2227－1）息翼意息（漢書－48－2227－2）伏域（漢書－48－2227－4）福縲極（漢書－48－2228－1）息則極（漢書－48－2228－4）惑意息（漢書－48－2231－2）服息得德極（史記－84－2498－2）伏域（史記－84－2498－4）福縲極（史記－84－2499－1）息則極（史記－84－2500－4）或意息

元獨用：（漢書－48－2227－1）遷還嬗間言（漢書－48－2227－5）旱遠轉

（史記－84－2498－1）遷還嬗言（史記－84－2498－4）旱遠轉

耕獨用：（漢書－48－2227－3）成刑丁（漢書－48－2228－3）名生（漢書－48－2252－6）政令（史記－84－2498－3）成刑丁（史記－84－2500－2）名生

文獨用：（漢書－48－2227－5）紛垠（史記－84－2498－5）紛垠

東獨用：（漢書－48－2228－1）工銅（漢書－48－2228－3）東同（漢書－48－2252－6）公用（史記－84－2499－1）工銅（史記－84－2500－3）東同

支獨用：（漢書－48－2251－5）知智

【合韻】

（漢書－48－2223－1）生（耕庚開二平）身（眞眞開三平）（漢書－48－2223－3）志（之志開三去）植（職職開三入）（漢書－48－2223－5）久（之有開三上）咎（幽有開三上）（漢書－48－2224－2）珍（文眞開三平）蠙（眞眞開三平）（漢書－48－2224－4）故（魚）都（魚）下（魚）去（魚）魚（魚）蟻（歌）（漢書－48－2226－3）夏（魚禡開二去）舍（魚馬開三上）隅（侯虞合三平）暇（魚禡開二去）故（魚暮合一去）度（鐸暮合一去）去（魚御開三去）（漢書－48－2226－5）我（歌哿開一上）度（鐸暮合一去）（漢書－48－2227－3）大（月泰開一去）敗（月夬開二去）世（月祭開三去）（漢書－48－2228－2）揣（歌紙合三上）患（元諫合二去）（漢書－48－2228－5）形（耕青開四平）喪（陽唐開一平）荒（陽唐合一平）翔（陽陽開三平）（漢書－48－2228－6）浮（幽虞合三平）休（幽尤開三平）舟（幽尤開三平）浮（幽虞合三平）憂（幽尤開三平）疑（之之開三平）（漢書－48－2244－5）寡（魚馬合二上）愚（侯虞合三平）怯（魚魚開三平）（漢書－48－2244－5）衰（微脂合三平）至（質至開三去）（漢書－48－2249－3）木（屋屋合一入）鼓（魚姥合一上）（漢書－48－2251－5）覆（覺屋合三入）誠（職怪開二去）（史記－84－2493－1）生（耕庚開二平）身（眞眞開三平）（史記－84－2493－2）志（之志開三去）植（職職開三入）（史記－84－2493－5）久（之有開三上）咎（幽有開三上）（史記－84－2494－1）己（之止開三上）知（支支開三平）（史記－84－2494－2）珍（文眞開三平）蠙（眞眞開三平）（史記－84－2494－4）辜（魚模合一平）都（魚模合一平）下（魚禡開二去）去（魚御開三去）魚（魚魚開三平）蔞（侯侯開一平）（漢書－24－1130－1）命（耕）成（耕）勝（蒸）（漢書－24

－1128－6）入（緝）子（之）（史記－84－2497－1）夏（魚馬開二上）舍（魚馬開三上）暇（魚禡開二去）故（魚暮合一去）處（魚語開三上）去（魚御開三去）、度（鐸暮合一去）（史記－84－2497－2）服（職屋合三入）息（職職開三入）翼（職職開三入）意（職志開三去）息（職職開三入）之（之之開三平）西（幽有開三上）期（之之開三平）（漢書－48－2228－4）拘（侯虞合三平）俱（魚遇合三去）（史記－84－2500－3）拘（侯虞合三平）懼（魚遇合三去）（史記－84－2498－3）敗（月夬開二去）大（月泰開一去）世（月祭開三去）（史記－84－2500－1）搏（鐸鐸開一入）患（元諫合二去）（史記－84－2500－6）浮（幽虞合三平）休（幽尤開三平）舟（幽尤開三平）寶（幽皓開一上）浮（幽虞合三平）憂（幽尤開三平）疑（之之開三平）

2・3《漢書》中的西漢楚方音

（漢書－100－4197－1）楚人謂乳「谷」；（漢書－100－4197－1）謂虎「於檡」是說令尹子文原名爲鬥穀於菟。楚國人把吃奶叫『谷』，把老虎叫『菟』。谷，見屋見屋合一入；乳，日侯日虞三上；虎，曉魚曉姥合一上；於，影魚影魚開三平

2・4 劉　向

【合韻】

（漢書－36－1933－2）風（冬東合三平）訟（東用合三去）（漢書－36－1948－3）明（陽庚開三平）常（陽陽開三平）心（侵侵開三平）（漢書－36－1948－3）直（職職開三入）愊（職開三入）之（之之開三平）（漢書－36－1963－5）敖（宵豪開一平）糾（幽有開三上）

【獨用】

眞獨用：（漢書－36－1948－5）天人

之獨用：（漢書－36－1948－6）已之材

2・5 中山靖王勝

【獨用】

職獨用：（漢書－53－2422－8）息食

緝獨用：（漢書－53－2422－8）邑集

微獨用：（漢書－53－2423－3）雷椎

覺獨用：（漢書－53－2423－5）軸肉

錫獨用：（漢書－53－2431－3）積益

之獨用：（漢書－53－2431－3）再悔

【合韻】

（漢書－53－2423－3）里（之止開三上）蔡（月泰開一去）（漢書－53－2423－4）寡（魚馬合二上）骨（物末合一入）（漢書－53－2423－4）先（文先開四平）金（侵侵開三平）（漢書－53－2423－5）羅（歌歌開一平）涕（脂霽開四去）（漢書－53－2431－3）聊（幽蕭開四平）舒（魚魚開三平）

3・東　漢

3・1童　謠

微獨用：衰、遺（後漢書－13－3285－4）

3・2黃　香

【獨用】

之獨用：事、志（後漢書－80－2614－12）

耕獨用：生、政（後漢書－80－2614－10）

【合韻】

頓（文）恩（眞）（後漢書－80－2614－10）

4・三國

曹植

【獨用】

陽獨用：（三國－19－563－7）皇、方、攘、王、皇（三國－19－563－13）方、殃

東獨用：（三國－19－563－8）蹤、聰、雍、邦（三國－19－564－9）墉、從

德獨用：（三國－19－563－9）則、國

魚獨用：（三國－19－563－9）土、魯、敍、輔（三國－19－564－4）車、旅、渚、女、黍

耕獨用：（三國－19－563－10）盈、經（三國－19－563－15）嬰、廷（三國－19－564－8）寧、徵（三國－19－564－9）旌、聲（三國－19－564－10）廷、醒

歌獨用：（三國－19－563－11）墮、儀

物獨用：（三國－19－563－11）紲、率（三國－19－563－14）物、紱

至獨用：（三國－19－563－12）類、肆

真獨用：（三國－19－563－13）濱、臣、身

麻獨用：（三國－19－563－14）華、加

錫獨用：（三國－19－563－15）策、惕

之獨用：（三國－19－564－1）恃、齒

模獨用：（三國－19－564－1）圖、壚（三國－19－564－4）都、徒

屋獨用：（三國－19－564－2）嶽、贖

微獨用：（三國－19－564－3）悲、微

職獨用：（三國－19－564－6）息、食

幽獨用：（三國－19－564－6）游、油（三國－19－565－5）授、受

月獨用：（三國－19－564－7）藹、沫、蓋

蒸獨用：（三國－19－564－8）升、興

元獨用：（三國－19－571－5）怨、歎（三國－19－572－2）相、將

【合韻】

質月合韻：（三國－19－564－2）戾（質霽開四去）越（月月合三入）

脂微合韻：（三國－19－564－3）幾（微微開三平）饑（脂脂開三平）（三國－19－564－7）隄（微灰合一平）階（脂皆開二平）

錫質合韻：（三國－19－564－9）室（質質開三入）賜（錫寘開三去）

真文合韻：（三國－19－565－4）君（文文合三平）臣（真真開三平）

魚屋合韻：（三國－19－565－5）舉（魚語開三上）祿（屋屋合一入）

東侵合韻：（三國－19－566－1）任（侵侵開三平）封（東鍾合三平）

侯月合韻：（三國－19－566－1）厚（侯厚開一上）大（月泰開一去）

微物合韻：（三國－19－571－5）物（物物合三入）懷（微皆合二平）

六、吳越方音語料

1．西漢吳越

枚乘

【獨用】

陽獨用：（漢書－51－2359－2）昌亡

之獨用：（漢書－51－2360－6）基胎基胎來

歌獨用：（漢書－51－2360－7）差過

月獨用：（漢書－51－2360－8）蘗絕拔

耕獨用：（漢書－51－2361－1）生形

魚獨用：（漢書－51－2364－1）怒下都

【合韻】

（漢書－51－2359－2）下（魚馬開二上）聚（侯虞合三上）侯（侯侯開一平）（漢書－51－2360－2）聞（文文合三平）言（元元開三平）（漢書－51－2360－2）知（支支開三平）為（歌支合三平）（漢書－51－2364－5）國（職德合一入）內（物隊合一去）

2．東漢吳越

高　彪

【獨用】

眞獨用：臣、親、身、人、眞（後漢書－80－2650－9）

【合韻】

臣（眞）虔（元）身（眞）桓（元）（後漢書－80－2650－5）門（文）變（元）川（文）開（元）（後漢書－80－2650－6）疾（質）啓（脂）（後漢書－80－2649－8）

3．三國吳越

華核

【獨用】

侯獨用：（三國－65－1469－12）愚、誅

【合韻】

東冬合韻：（三國－65－1469－9）庸（東鍾合三平）隆（冬東合三平）中（冬東合三平）憑（蒸蒸開二平）風（冬東合三平）崇（冬東合三平）重（東鍾合三平）融（冬東合三平）

之幽合韻：（三國－65－1469－12）尤（之尤開三平）留（幽尤開三平）

七、趙魏方音語料

1・西漢趙魏

董仲舒

【獨用】

職獨用：（漢書－56－2495－4）德極（漢書－56－2498－2）直極（漢書－56－2508－2）德職

真獨用：（漢書－56－2516－1）天親

幽獨用：（漢書－56－2517－5）道孝道

之獨用：（漢書－56－2496－6）在起鄙理

物獨用：（漢書－56－2498－2）術出（漢書－56－2516－2）愛貴

耕獨用：（漢書－56－2502－2）刑生（漢書－56－2515－10）命性情（漢書－56－2515－12）命性

陽獨用：（漢書－56－2515－5）長養

月獨用：（漢書－56－2515－5）殺罰

歌獨用：（漢書－56－2515－7）加施

祭獨用：（漢書－56－2502－6）世歲

【合韻】

（漢書－56－2495－4）窮（冬東合三平）重（東鍾合三平）寧（耕青開四平）統（冬宋合一去）（漢書－56－2496－1）韶（宵宵開三平）勺（藥藥開三入）（漢書－56－2496－6）壽（幽宥開三去）號（宵號開一去）（漢書－56－2498－2）泄（魚禡開三去）害（月泰開一去）（漢書－56－2508－2）誼（歌寘開三去）宜（歌支開三平）道（幽皓開一上）（漢書－56－2513－9）人（真真開三平）今（侵侵開三平）（漢書－56－2515－1）人（真真開三平）今（侵侵開三

平）（漢書－56－2515－3）厚（侯厚開一上）導（幽號開一去）（漢書－56－2515－6）情（耕清開三平）今（侵侵開三平）（漢書－56－2515－9）後（侯厚開一上）獄（屋燭合三入）（漢書－56－2515－11）行（陽唐開一平）成（耕清開三平）節（質屑開四入）（漢書－56－2515－13）序（魚語開三上）欲（屋燭合三入）舉（魚語開三上）（漢書－56－2517－5）顯（元銑開四上）尊（文魂合一平）（漢書－56－2520－1）盛（耕清開三平）行（陽唐開一平）（漢書－56－2520－1）睦（覺屋合三入）邪（魚麻開三平）虛（魚魚開三平）木（屋屋合一入）（漢書－56－2520－2）集（緝緝開三入）今（侵侵開三平）遠（元阮合三上）

2．後漢趙魏

2．1 崔 駰

【獨用】

職獨用：極、得（後漢書－52－1714－5）

幽獨用：流、憂、求（後漢書－52－1711－4）流、浮（後漢書－52－1714－3）

東獨用：蹤、容、從（後漢書－52－1706－4）從、沖、功、鍾（後漢書－52－1711－1）

魚獨用：舉、處（後漢書－52－1715－1）

鐸獨用：庶、路（後漢書－52－1714－1）

陽獨用：暢、臧（後漢書－52－1714－2）

歌獨用：義、智（後漢書－52－1709－8）弛、是（後漢書－52－1711－1）虧、隨（後漢書－52－1715－3）

錫獨用：策、績、適（後漢書－52－1705－5）

脂獨用：遲、睢、機、咨、威、夷、譏、維（後漢書－52－1705－8）禮、體（後漢書－52－1711－10）

質獨用：實、質（後漢書－52－1709－1）

微獨用：乖、違（後漢書－52－1710－2）

文獨用：訓、順（後漢書－52－1715－4）耘、存（後漢書－52－1715－5）

月獨用：闥、闕、發（後漢書－52－1709－8）

緝獨用：縶、入（後漢書－52－1714－2）

侵獨用：陰、林、凡（後漢書－52－1709－6）

【合韻】

軌（幽）齒（之）子（之）（後漢書－52－1706－8）己（之）時（之）友（幽）（後漢書－52－1715－2）許（魚）處（魚）府（侯）武（魚）宇（魚）舞（魚）舉（魚）（後漢書－52－1706－4）緒（魚）數（侯）（後漢書－52－1710－1）谷（屋）杼（魚）御（魚）舉（魚）楚（魚）脯（魚）木（屋）女（魚）穀（屋）武（魚）（後漢書－52－1715－6）門（文）人（眞）（後漢書－52－1709－3）眞（眞）群（文）（後漢書－52－1709－4）淵（眞）幹（元）源（元）（後漢書－52－1709－3）官（元）賢（眞）（後漢書－52－1709－6）制（祭）設（薛）滅（薛）（後漢書－52－1710－2）厲（祭）蔡（泰）（後漢書－52－1714－2）布（魚）厝（鐸）（後漢書－52－1714－1）

2・2崔　寔

【獨用】

魚獨用：悟、覩（後漢書－52－1725－7）

【合韻】

制（祭）設（薛）（後漢書－52－1726－3）敝（祭）會（泰）（後漢書－52－1728－6）從（東）祿（屋）（後漢書－52－1725－9）

2・3崔　琦

【獨用】

幽獨用：周、丘（後漢書－80－2621－2）

魚獨用：徒、都、孤、辜、剟、圖（後漢書－80－2620－2）

陽獨用：煌、皇、湯（後漢書－80－2619－4）

支獨用：虧、池、麗（後漢書－80－2619－7）虧、危、斯（後漢書－80－2622－2）

眞獨用：仁、身（後漢書－80－2619－5）晨、人、親、陳（後漢書－80－2619－7）

歌獨用：離、螭（後漢書－80－2620－4）

月獨用：敗、外、廢（後漢書－80－2621－2）

元獨用：然、權、殘、燔（後漢書－80－2621－1）

【合韻】

摧（微）微（微）遲（脂）違（微）機（微）（後漢書－80－2622－1）

2‧4酈　炎

【獨用】

之獨用：宰、載（後漢書－80－2648－2）

屋獨用：促、局、足、濁、錄、卜、曲、祿、嶽（後漢書－80－2647－6）

歌獨用：波、柯、阿、嘉、華、沙、和、科（後漢書－80－2648－4）

參考文獻

古籍類

《史記》，西漢・司馬遷撰，中華書局，2002。

《鹽鐵論校注》，西漢・桓寬著，王利器校注，中華書局，1992。

《孟子》，東漢・趙岐注，上海古籍出版社，2003。

《漢書》，東漢・班固撰，中華書局，1996。

《三國志》，晉・陳壽撰，中華書局，1982。

《後漢書》，南朝宋・范曄撰，中華書局，2001。

《文選》，梁・蕭統，中華書局，1995。

《顏氏家訓・音辭篇》，北齊・顏之推，中華書局，1985。

《晉書》，唐・令狐德棻等編，中華書局，1996。

《毛詩古音考》，明・陳第，中華書局，1988。

《音學五書》，清・顧炎武，中華書局，1982。

《古韻標準》，清・江永，中華書局，1982。

《答段若膺論韻書》，清・戴震，《戴震文集》，中華書局，1980。

《六書音均表》，清・段玉裁，中華書局，1983。

《詩聲類》，清・孔廣森，中華書局，1983。

《十駕齋養新錄》，清・錢大昕，陳文和主編，江蘇古籍出版，2000。

《陔餘叢考》，清・趙翼，石家莊：河北人民出版社，1990。

《切韻考》，清・陳澧，廣東高等教育出版社，2004。

工具書

《中國語言學論文索引》（甲編），商務印書館，1983 年。

《中國語言學論文索引》（乙編），商務印書館，1983 年。

《中國大百科全書·語言文字卷》，北京：中國大百科全書出版社，1988。

《中國語言學大詞典·音韻卷》，馮蒸、丁鋒主編，江西教育出版社，1991。

《中國語言學論文索引》，中國社會科學院語言研究所編，商務印書館，1996。

尚恒元，彭善俊編，二十五史謠諺通檢，太原：山西人民出版社，1986。

王力，同源字典，王力商務印書館，2002。

王力，王力古漢語字典，中華書局，2002。

張忱石，吳樹平等編，二十四史紀傳人名索引，北京：中華書局，1980。

郭錫良，漢字古音手冊，北京大學出版社，1986。

曹道衡，沈玉成，中國文學家大辭典——先秦漢魏晉南北朝卷，中華書局，1996。

高本漢，漢文典，潘悟云等譯，上海辭書出版社，1997。

專著類〔註1〕

B

包擬古，原始漢語和漢藏語，潘悟云、馮蒸譯本，北京：中華書局，1995。

C

陳復華、何九盈，古韻通曉，中國社會科學出版社，1987。

陳振寰，音韻學，湖南人民出版社，1986。

陳保亞，20 世紀中國語言學方法論：1898～1998，濟南：山東教育出版社，1999。

柴德庚，史籍舉要，北京出版社，1982。

D

丁邦新，丁邦新語言學論文集，商務印書館，1998。

丁啓陣，秦漢方言，東方出版社，1991。

董琨、馮蒸主編，音史新論，學苑出版社，2005。

董同龢，上古音韻表稿，中央研究院史語所集刊，1948。

董同龢，漢語音韻學，中華書局，2001。

F

馮蒸，馮蒸音韻論集，北京：學苑出版社，2006。

〔註1〕按作者音序排列。

方一新，東漢魏晉南北朝史書辭語箋釋，安徽：黃山書社，1997。

方一新、王云路，中古漢語研究，北京：商務印書館，2000。

范新幹，東晉劉昌宗音研究，武漢：崇文書局，2002。

G

龔克昌，漢賦研究，山東文藝出版社，1990。

龔克昌，《全漢賦》評注，花山文藝出版社，2003。

顧義生、楊亦鳴，音韻易通，中國礦業大學，1989。

葛毅卿，隋唐音研究，南京師範大學出版社，2003。

高本漢，中國音韻學研究，趙元任、羅常培、李方桂合譯，商務印書館，2003。

高本漢，中上古漢語音韻綱要，聶鴻音譯本，齊魯書社，1987。

耿振生，20世紀漢語音韻學方法論，北京大學出版社，2004。

郭在貽，郭在貽語言文學論稿，浙江古籍出版社，1992。

H

何九盈，上古音，商務印書館，1991。

何九盈，中國古代語言學史，廣東教育出版社，2000。

何九盈，音韻叢稿，商務印書館，2002。

何耿鏞，漢語方言研究小史，山西人民出版社，1984。

華林甫，中國地名學源流，湖南人民出版社，2002。

黃典誠，切韻綜合研究，廈大出版社，1994。

黃伯思，東觀餘論，天津：百花文藝出版社，1996。

J

簡啓賢，《字林》音注研究，成都：巴蜀書社，2003。

金德建，司馬遷所見書考，上海人民出版社，1963。

金理新，上古漢語音系，黃山書社，2002。

姜亮夫，楚辭學論文集，上海古籍出版社，1984。

L

李方桂，上古音研究，商務印書館，2001。

李方桂，李方桂先生口述史著，王啓龍，鄧小詠譯，清華大學出版社，2003。

李如龍，漢語方言的比較研究，商務印書館，2001。

李新魁，古音概說，廣東人民出版社，1979。

李新魁，漢語音韻學，北京出版社，1986。

李新魁，李新魁自選集，河南教育出版社，1993。

李新魁，李新魁語言學論集，中華書局，1994。

李新魁，中古音，商務印書館，2000。

李新魁教授紀念文集，李新魁教授紀念文集編輯委員會，中華書局，1998。

李榮，切韻音系，科學出版社，1956。

李恕豪，揚雄《方言》與方言地理學研究，成都：巴蜀書社，2003。

李無未，音韻文獻與音韻學史，長春：吉林文史出版社，2005，5。

李思敬，音韻，商務印書館，2001。

李葆嘉，當代中國音韻學，廣東教育出版社，1998。

李葆嘉，漢語起源演化模式研究，黑龍江教育出版社，2002。

李藍，湖南城步青衣苗人話，中國社會科學出版社，2004。

李玉，秦漢簡牘帛書音韻研究，當代中國出版社，1994。

逯欽立，漢魏六朝文學論集，陝西人民出版社，1984。

羅常培，漢語音韻學導論，中華書局，1980。

羅常培、周祖謨，漢魏晉南北朝韻部演變研究（第一分冊），科學出版社，1985。

陸志韋，陸志韋語言學著作集（一），中華書局，1985。

陸志韋，陸志韋語言學著作集（二），中華書局，1999。

劉堅，侯精一主編，中國語文研究四十年紀念文集，北京語言學院出版社，1993。

劉堅主編，二十世紀的中國語言學，北大出版社，1998。

劉志成，漢語音韻學研究導論，成都：巴蜀書社，2004。

劉賾，聲韻學表解，北京大學出版社，1935。

林劍鳴，秦漢史，上海：上海人民出版社，2003。

林燾，耿振生，音韻學概要，商務印書館，2004。

林蓮仙，楚辭音韻，臺灣：昭明出版社有限公司，1979。

林亦，百年來的東南方音史研究，南京大學出版社，2004。

金理新，上古漢語音系，黃山書社，2002。

柳士鎮，魏晉南北朝歷史語法，南京大學出版社，1992。

M

馬積高，歷代辭賦研究史料概述，北京：中華書局，2001。

馬積高，賦史，上海古籍出版社，1998。

梅祖麟，梅祖麟語言學論文集，商務印書館，2000。

N

倪其心，漢代詩歌新論，南昌：百花洲文藝出版社，1992。

P

樸宰雨，《史記》《漢書》比較研究，中國文學出版社出版發行，1994。

潘悟云，漢語歷史音韻學，上海教育出版社，2000。

S

邵榮芬，切韻研究，中國社會科學出版社，1982。

邵榮芬，邵榮芬音韻學論集，首都師範大學，1997。

沈兼士，廣韻聲係，中華書局，1985。

斯塔羅斯金，古代漢語音系的構擬，莫斯科，1989。

史存直，漢語語音史綱要，商務印書館，1981。

史存直，漢語音韻學綱要，安徽教育出版社，1985。

T

唐作藩、耿振生，20 世紀的漢語音韻研究，北京大學出版社，1998。

唐作藩，音韻學教程，北京大學出版社，2001。

太田辰夫，中國語歷史文法，北京大學出版社，1987。

W

王力，漢語史稿，中華書局，2003。

王力，漢語音韻學，中華書局，1956。

王力，漢語音韻，中華書局，2003。

王力，詩經韻讀，上海古籍出版，1980。

王力，漢語語音史，中國社會科學出版社，1997。

王力，楚辭韻讀，上海古籍出版社，1980。

王力，王力文集——漢語詩律學（第十四卷），山東教育出版社，1989。

王力，詩經韻讀／楚辭韻讀，北京：中國人民大學出版社，2004。

王力，清代古音學，中華書局，1992。

王力，王力語言學論文集，商務印書館，2001。

王仲犖，魏晉南北朝史，上海：上海人民出版社，2003。

王兆鵬，唐代科舉考試詩賦用韻研究，齊魯書社，2004。

王運熙，漢魏六朝唐代文學論叢，上海：復旦大學出版社，2002。

王士元，王士元語言學論文集，商務印書館，2002。

衛紹生，魏晉文學與中原文化，北京：學苑出版社，2004。

汪啓明，漢小學文獻語言研究叢稿，成都：巴蜀書社，2003。

汪啓明，先秦兩漢齊語研究，巴蜀書社，1999。

魏建功，古音系研究，北京大學出版組，1935。。

萬光治，漢賦通論，巴蜀書社，1989。

X

徐通鏘，歷史語言學，商務印書館，2001。

Y

遊汝傑，漢語方言學導論，上海教育出版社，2000。

遊汝傑，漢語方言學教程，上海教育出版社，2004。

楊劍橋，漢語現代音韻學，復旦大學，1996。

楊小平，《後漢書》語言研究，巴蜀書社，2004。

袁行霈主編，中國文學史，第一卷，北京：高等教育出版社，1999。

俞敏，俞敏語言學論文集，商務印書館，1999。

余嘉錫，劉義慶《世說新語》箋疏，周祖謨、餘淑宜整理，中華書局，1983。

雅洪托夫，漢語史論集，唐作藩、胡雙寶編，北京大學出版社，1986。

于安瀾，暴拯群校改，漢魏六朝韻譜，河南人民出版社，1989。

Z

鄭張尚芳，上古音系，上海教育出版社，2003。

朱曉農，北宋中原韻轍考，語文出版社，1989。

朱慶之，佛典與中古漢語詞彙研究，臺北：臺北文津出版社，1992年。

朱東潤，後漢書考索，華東師範大學出版社，1996。

周斌武，漢語音韻學史，安徽教育出版社，1987。

周祖庠，新著音韻學，上海辭書出版社，2003。

周祖謨，問學集，中華書局，1981。

周祖謨，周祖謨語言學論文集，商務印書館，2001。

周一良，魏晉南北朝史札記，中華書局，1985。

張維佳，演化與競爭：關中方言音韻結構的變遷，西安：陝西人民出版社，2005。

張松如主編，中國詩歌史——先秦兩漢部分，吉林大學出版社，1988。

張琨，漢語音韻史論文集，華中工學院出版社，1987。

張世祿，中國音韻學史，商務印書館，1938。

鄒逸麟，中國歷史地理概述，福建人民出版社，1999。

張大可，史記研究，甘肅人民出版社，1985年。

張正明，楚文化史，上海人民出版社，1987。

趙誠，中國古代韻書，中華書局，1979。

趙振鐸，音韻學綱要，巴蜀書社，1990。

曾運乾，音韻學講義，中華書局，1996。

中國音韻學研究會編，音韻學研究（第一輯），中華書局，1984。

中國音韻學研究會編，音韻學研究（第三輯），中華書局，1994。

論文類

B

鮑明煒，李白詩的韻係，南京大學學報，1957，1。

鮑明煒，白居易元稹詩的韻係，南京大學學報，1981，2。

白一平，漢語上古音的*-u和*-iw在《詩經》中的反映，馮蒸譯，漢語音韻學論文集，首都師範大學出版社，1997。

C

儲泰松，梵漢對音與上古音研究——兼評後漢三國梵漢對音研究，南京師大學報，1999，1。

儲泰松，《三國志》裴松之音注淺論，江蘇大學學報，2004，5。

程安，范曄，南都學壇，1992，1。

程金造，司馬遷與《史記》，「文史哲」叢刊第三輯，中華書局，1957。

曹煒，南北朝至明代的音韻學史料概論，吳中學刊，1994，2。

陳振寰，關於古調類調值的一種假設，音韻學研究第二輯，中國音韻學研究會編，中華書局，1986。

陳衛恒，古韻之幽交涉與今方言子變韻現象音變原理的一致性，安陽：殷都學刊，2004，2。

陳寅恪，東晉南朝之吳語，國立中央研究院歷史語言研究所集刊，商務印書館，中華民國二十四年十月初版第七本第四分。

陳寅恪，從史實論切韻，嶺南學報，1949，3卷2期。

陳新雄，《廣韻》二百零六韻擬音之我見，語言研究，1994，2。

陳燕，從方音說到合韻說，荊門大學學報，1998，1。

陳以信，一個全新的切韻構擬，中國語言學會第十屆學術年會暨國際中國語文研討會論文，1999。

陳雪竹，簡評顧炎武關於上古聲調的認識，內蒙古大學學報，2004，2。

陳鴻，韓偓詩韻研究，福建師範大學學報，2004，1。

陳順智，漢語「四聲」之形成與佛經「轉讀」無關論，西南師範大學學報，2005，1。

陳海波，尉遲治平，五代詩韻係略說，語言研究，1998，2。

陳廣忠，帛書《老子》的用韻問題，復旦學報，1985，6。

D

丁治民，沈約詩文用韻概況，鎮江師專學報，1998，2。

丁治民，《漢魏六朝韻譜》沈約之部補校，古籍整理研究學刊，2000，3。

丁治民，李俊民、段氏二妙詩詞文用韻考，東南大學學報，2003，2。

丁治民，濁上變去見於北宋考，中國語文，2005，2。

丁邦新，重建漢語中古音系的一些想法，中國語文，1994，6。

丁邦新，上古漢語的音節結構，丁邦新語言學論文集，商務印書館，1998。

丁邦新，漢語上古音的元音問題，丁邦新語言學論文集，商務印書館，1998。

丁邦新，上古陰聲字具輔音韻尾説補證，丁邦新語言學論文集，商務印書館，1998。

丁邦新，漢語方言史和方言區域史的研究，語言研究（增刊），1998。

丁宏武，魏晉詩賦結構與用韻關係初論，甘肅理論學刊，2005，3。

董作賓，歌謠與方音問題，歌謠周刊 32 期，1923。

董達武，南北朝人的正音觀念及其它，語文論叢，上海市語文學會編，上海教育出版社，1996，6。

董育寧，阮籍詩用韻考，太原師範學院學報，2002，2。

董同龢，與高本漢先生商榷「自由押韻」說兼論上古楚方音特色，國立中央研究院歷史語言研究所集刊，商務印書館，中華民國二十四年十月初版第十三本。

戴偉，入聲從韻類到調類的變化過程，南昌師專學報，1985，1。

杜愛英，「新喻三劉」古體詩韻所反映的方音現象，南京大學學報，2001，2。

鄧文彬，中國古代古音研究的興起和發展，西南民族大學學報，2004，12。

鄧琳，西漢詩文韻部的數理統計分析，碩士論文，未刊。

F

馮蒸，論《切韻》的分韻原則：按主要元音和韻尾分韻，不按介音分韻──《切韻》有十二個主要元音說，中古漢語研究（二），北京：商務印書館，2005。

馮蒸，近十年中國漢語音韻研究述評（上、下），北京師院研究生學刊，1987，1。

馮蒸，高本漢、董同龢、王力、李方桂擬測漢語中古和上古元音系統方法管窺：元音類型說──歷史語言學札記之一，首都師範大學學報，2004，5。

馮蒸，中國大陸近三年（1996～1998）漢語音韻研究述評，無錫教育學院學報，1999，1。

馮蒸，《切韻》祭泰夬廢四韻帶輔音韻尾說，馮蒸音韻論集，學苑出版社，2006。

馮蒸，王力、李方桂漢語上古音韻部構擬體系中的「重韻」考論──兼論上古音冬部不宜併入侵部和去聲韻「至、隊、祭」三部獨立說，馮蒸音韻論集，學苑出版社，2006。

馮蒸，漢語音韻札記四則，漢語音韻學論文集，首都師範大學出版社，1997。

馮蒸，上古漢語的宵談對轉與古代印度語言中的-am＞-o，-u 型音變──附論上古漢語的宵陽對轉和宵元對轉以及宵葉對轉，漢語音韻學論文集。

馮志白，陸游古體詩的用韻系統，語言研究（增刊），1994。

馮志白，劉禹錫詩文用韻考，語言研究（增刊），1996，3。

馮家鴻，關於《後漢書》及後漢歷史的評述，金陵職業大學學報，1999，9。

馮芝生，李賀詩韻考，重慶師範學院學報哲社版，1994，4。

馮玉，古韻「東」、「冬」、「侵」三部分合說述略，甘肅聯合大學學報，2005，2。

封家騫，論上古漢語雅言、方言的今音對應現象，廣西大學學報，1996，2。

方孝岳，關於先秦韻部的「合韻」問題，中山大學學報，1956，4。

傅定淼，「兩周金文押韻方式」志疑，古漢語研究，2004，1。

傅定淼，先秦兩漢反切語考，黔南民族師專學報，1999，1。

傅定淼，合音韻探源，中國韻文學刊，2001，1。

傅海波，論脂微兩部在兩漢時代的關係，遼寧工程技術大學學報，2002，4。

范新幹，漢語古音研究方法說略，華中師範大學學報，2000，2。

G

郭令原，論東漢詩體的流變，西北師大學報，2002，11。

郭必之，論段玉裁對《說文》斥聲諸字歸部處理，漢語史研究集刊，第三輯，四川大
學漢語史研究所編，成都：巴蜀書社，2000，10。

郭力，孟郊詩韻考，語言研究（增刊），1996，3。

郭麗娟，韻讀《老子》第六章，吉林廣播電視大學學報，2005，1。

高元白，張竹梅，試論《老子》韻語及其特點，語言研究（增刊），1998。

國赫彤，從白居易詩文用韻看濁上變去，語言研究，1994，5。

H

郝志倫，兩漢蜀郡辭賦韻文中鼻音韻尾問題初探：兼論漢語鼻音韻尾的演變，川東學
刊，1995，1。

黃笑山，中古音研究的回顧與展望，古漢語研究，1998，4。

黃笑山，漢語中古語音研究述評，古漢語研究，1999，3。

黃笑山，語音史研究中的音位原則，音韻論叢，中國音韻學研究會，石家莊師範專科
學校編，濟南：齊魯書社，2004。

黃懿陸，東漢《白狼謠》是越人歌謠，壯學研究，2001，2。

黃耀堃，「兩漢詩文韻譜」訂補，中國語音研究第三期，香港：香港中文大學中國文
化研究所吳多泰中國語文研究中心，1981，10。

黃坤堯，《史記》三家注之開合現象，中國語文，1994，2。

黃英，段玉裁《詩經》「古合韻」考論，四川師範大學學報，2000，6。

胡傑、尉遲治平詩文用韻的計算機處理，語言研究（增刊），1998，。

胡先澤，詩經東漢齊音考，西南師範學院學報，1985，2。

胡安順，漢語輔音韻尾對韻腹的穩定作用，中國古典文獻論叢／黨懷興等主編──北
京：中國社會科學出版社，2004。

何九盈，古韻三十部歸字總論，音韻叢稿，北京：商務印書館，2002。

洪誠，關於漢語史材料運用的問題，洪誠文集，江蘇古籍出版社，2000。

J

江學旺，張衡賦韻考，四川師範大學學報，2000，6。

季雲起，陽唐庚耕清青的立韻根據，華中師範大學學報，2000，2。

季雲起，魏晉南北朝臻山二攝字特殊用韻研究，語言研究（增刊），1996，3。

季雲起，漢魏南北朝時脂之微用韻的幾個問題，語言研究（增刊）1998。

蔣希文，上古祭、月兩部祭、薛兩韻字在徐邈反切系統裏演變的情況，語言研究（增刊），1994，1。

蔣希文，徐邈反切韻類，音韻學論文集，中華書局，1994，2。

蔣長棟，中國古代韻文用韻特點概論，貴州教育學院學報，2000，6。

賈豔琛，「陰陽對轉」研究綜述，甘肅教育學苑，2003，1。

賈燕子，曹操詩歌用韻研究，大理學院學報，2002，10。

金志仁，古詩轉韻十法，浙江師大學報，1995，1。

金穎若，從兩周金文用韻看上古韻部陰入間的關係，語言研究（增刊），1994。

金慶淑，論侯厚候韻唇音字的上古音來源，首屆漢語言學國際研討會論文，1999。

金周生，《史記・太史公自序》韻語商榷，兩漢文學學術研討會論文集，臺北：華嚴出版社，1995。

簡啓賢，晉代音注中的魚部，古漢語研究，2003，1。

L

樂英傑，裴注《三國志》韻式研究，佳木斯大學社會科學學報，2005，3。

李新魁，上古音「之」部及其發展，李新魁音韻學論集，汕頭大學出版社，1996，10。

李新魁，論侯魚兩部的關係及其發展，李新魁音韻學論集，汕頭大學出版社，1996，10。

李新魁，漢語共同語的形成和發展，李新魁自選集，鄭州：大象出版社，1993。

李新魁，四十年來的漢語音韻研究，中國語文，1993，1。

李國華，韓詩用韻考，雲南民族學院報，1999，3。

李義活，庾信詩之用韻研究，古籍整理研究學刊，2000，3。

李恕豪，從郭璞注看晉代的方言區劃，天府新論，2000，1。

李恕豪，劉熙《釋名》中的東漢方言，西南民族學院學報，1995，6。

李開，論江永上古韻元部陰陽入之分配及其古韻學說，南京大學學報，2001，2。

李開，論上古韻眞、文兩部的考古和審音，南京師大學報，2004，4。

李開，論江永的審音方法及其在古韻分部中的應用，徐州師範大學學報，2004，1。

李開，論戴震古韻分部中的祭部獨立及其意義，語言研究（增刊），1996，1。

李文，江永古韻分部對祭部獨立的影響，江蘇大學學報，2004，3。

李瑞禾，論古今聲調的變化，四川理工學院學報，2005，2。

李露蕾，南北朝韻部研究方法論略，人大資料複印中心‧語言文字學，1991，5。

李露蕾，論南北朝語音研究的特殊性──對南北朝韻部研究的再思考，西華大學學報，2005，5。

李叢雲，詩經韻例，語言文字專刊1卷，1936，1。

李葆瑞，讀王力先生的《詩經韻讀》，中國語文，1984，4。

李葆嘉，中國當代的漢語音韻學研究，學術研究，1996，9。

李無未，王昌齡詩韻譜，延邊大學學報，1994，5。

李無未，韋應物詩韻係，延邊大學學報，1994，2。

李毅夫，上古韻宵部的歷史演變，齊魯學刊，1985，4。

李毅夫，周以來用韻五個階段的特點，語言研究（增刊），1994。

李毅夫，上古韻祭月是一個還是兩個韻部，音韻學研究第一輯，中國音韻學研究會編，中華書局，1984，3。

李仁安，《易傳》用韻考，懷化師專學報，1992，9。

李香，關於「去聲源於-s尾」的若干證據的商榷，語言學論叢第二十八輯，北京大學漢語語言學研究中心《語言學論叢》編委會編。

李方桂，上古漢語的音系，葉蜚聲譯，語言學動態，1979，5。

李方桂，東冬屋沃的上古音，史語所集刊3本3分，1948。

李裕民，楚方言初探，中國語文研究，香港吳多泰中國語文研究中心編，第九期。

李榮，庾信詩文用韻研究，音韻存稿，商務印書館，1982。

陸招英，《切韻》係韻書歌戈韻分合性質研究──歌戈韻在韻書中的反切比較，福建師範大學學報，2004，4。

陸志韋，陸志韋未刊上古音論稿二篇，語言（第四卷），首都師範大學出版社，2003。

呂玲娣，張喬詩歌用韻考，阜陽師範學院學報，2004，1。

林語堂，漢代方音考，語絲第31期，1925。

林語堂，陳宋淮楚歌寒對轉考，慶祝蔡元培先生六十五歲論文集，1925。

林語堂，前漢方音區域考，語言學論叢，1933。

林語堂，燕齊魯衛陽聲轉變考，語言學論叢，1933。

林語堂，周禮方音考，語言學論叢，1933。

林語堂，漢代方音考序，廈門大學季刊，1927，3。

林語堂，支脂之三部古讀考，語言學論叢，1933。

賴惟勤，關於上古韻母，余志紅譯，語言學動態，1978，5。

廖揚敏，《詩經》的韻式與偶句韻成因探索，廣西師院學報，2000，3。

勞干，兩漢戶籍與地理之關係，國立中央研究院歷史語言研究所集刊，商務印書館，

中華民國二十四年十月初版第七本第一分。

劉冠才，論祭部，古漢語研究，2004，2。

劉冠才，論兩漢陽聲韻中的去聲字，古籍整理研究學刊，2003，4。

劉冠才，論質物真文在兩漢時代的關係，語言研究，2002年特刊。

劉冠才、陳士功，王梵志詩用韻研究，錦州師範學院學報，1996，4。

劉冬冰，從梁詩用韻看其與《廣韻》音系的關係，重慶師院學報，1983，3。

劉冬冰，曹操詩歌用韻及其文化學考察，許昌師專學報，2000，1。

劉冬冰，從曹操詩歌看漢魏語音的演變，河南教育學院學報，2000，3。

劉綸鑫，中古通江二攝字在魏晉南北朝的押韻分析，古漢語研究，1991，3。

劉文錦，關中漢代方言之研究，語言歷史研究所周刊8集，1929。

劉英，《素問》用韻研究，古漢語研究，1988，4。

劉重來，不以瑜掩瑕，也不以瑕掩瑜——對南朝史家范曄的再認識，西南師範大學學報，1995，3。

劉寶俊，《秦漢帛書音系》概述，中南民族學院學報，1986，2。

劉志成，祭部和上古漢語方言，川東學刊，1994，1。

劉志成，兩周金文韻讀和詩經韻讀之比較，川東學刊，1996，7。

劉俐李，世紀漢語聲調演變研究綜述，南京師大學報，2003，3。

劉廣和，東晉譯經對音的晉語韻母系統，薪火編，謝紀峰、劉廣和主編，山西高校聯合出版社，1996，4。

劉廣和，介音問題的梵漢對音研究，古漢語研究，2002，2。

劉根輝，從詩歌用韻看古籍版本的校勘，語言研究（增刊），1999，4。

劉海章，楚語與荊楚方言，荊門大學學報，1998，1。

羅江文，《詩經》與兩周金文韻文押韻方式比較，古漢語研究，2001，3。

羅江文，《詩經》與兩周金文韻部比較，思想戰線，2003，5。

羅江文，從金文看上古鄰近韻的分立，古漢語研究，1996，3。

羅德真，王荊公詩用韻之研究，語言研究（增刊），1998。

羅培琛，陰陽對轉例證，湖南廣播電視大學學報，2004，3。

羅常培，切韻魚虞之音值及其所據方音考，國立中央研究院歷史語言研究所集刊，商務印書館，中華民國二十四年十月初版第五本第二分。

羅常培，中國方音研究小史，東方雜誌，31卷，1934，7。

梁啓超，要籍解題及其讀法——史記，史地學報第二卷，1923，第七期。

M

孟肇詠，《老子》韻讀淺汲，運城高專學報，1997，3。

梅祖麟，四聲別義中的時間層次，梅祖麟語言學論文集，北京：商務印書館，2000。

毛遠明，漢代碑銘用韻研究的回顧與前瞻，華中師範大學學報，2000，2。

苗昱，王梵志詩、寒山詩（附拾得詩）用韻比較研究，語言研究，2004，4。

馬重奇，顏師古《漢書注》反切考，人大資料複印中心・語言文字學，1990，9。

馬重奇，1994～1997 年漢語音韻學研究綜述，福建論壇，1999，5。

麥耘，漢語歷史音韻研究中若干問題之我見，古漢語研究，2003，4。

麥耘，隋代押韻材料和數理分析，語言研究，1999，2。

麥耘，《詩經》韻係，音韻與方言研究，廣東人民出版社，1995，1。

麥耘，《切韻》元音系統試擬，音韻與方言研究，廣東人民出版社，1994，4。

麥耘，小議漢語語音史上的「橄欖形」現象，語言研究（增刊），1996，4。

麥耘，用卡方計算分析隋代押韻材料，語言文字學論壇（第一輯），吉林大學編，中
  國社會科學出版社，2002 年 10 月。

O

歐陽宗書，《漢書・音注》的韻母系統及其語音基礎，人大資料複印中心・語言文字
  學，1989，3。

P

潘悟云，漢語上古複輔音及有關構擬的方言確證，東方語言學網，2005。

潘悟云，中古漢語方言的魚和虞，南京大學學報，1957，2。

潘悟云，高本漢以後漢語音韻學的進展，中國語文，1984，4。

潘悟云，漢語上古元音系統構擬評價，首屆漢語言學國際研討會論文。

彭金祥，兩漢西蜀方言的韻部音值，西華大學學報，2005，5。

裴宰士，服虔、應劭音切所反映的漢末語音，古漢語研究，1998，1。

Q

璩銀吉，陳與義詩用韻考，華南理工大學學報，2001，3。

秦似，論魚韻的等呼，音韻學研究第三輯，中國音韻學研究會編，中華書局出版，1994。

瞿靄堂，漢藏語言聲調起源研究中的幾個理論問題，中國人民大學書報資料中心，
  1999，11。

錢增怡，從漢語方言看漢語聲調的發展，中國人民大學書報資料中心・語言文字學，
  2000，11。

S

施向東，《史記》中的韻語，音韻學研究第一輯，中國音韻學研究會編，中華書局，
  1984。

施向東，試論上古音幽宵兩部與侵緝談盍四部的通轉，天津大學學報，1999，1。

孫雍長，《老子》韻讀失誤指例，中國語言學報第九期，中國語言學會《中國語言學

報》編委會編，商務印書館，1999。

孫雍長，《老子》韻讀研究，廣州大學學報，2002，1。

舒志武，《詩經》押韻與《說文》諧聲中的方音，人大資料複印中心·語言文字學，1992，9。

石鐸，陶淵明韻文韻譜，絲路學刊，1993，4。

邵文利，對《詩經》韻例的一點意見，漢字文化，2002，1。

蘇傑，《三國志》校詁拾零，古籍整理研究學刊，2001，5。

邵則遂，《楚辭》楚語今證，古漢語研究，1994，1。

宋秉儒，杜牧詩韻考，語言研究（增刊），1996，3。

史存直，古韻「之」「幽」兩部之間的交涉，音韻學研究第一輯，中華書局，1984。

史存直，關於周秦古音的聲調問題，漢語音韻學論文集，華東師範大學出版社，1996，9。

史存直，古音「祭」部是獨立的韻部嗎，漢語音韻學論文集，華東師範大學出版社，1996，9。

史存直，古音「侯」部是獨立韻部嗎，漢語音韻學論文集，華東師範大學出版社，1996，9。

史存直，關於古韻「脂、支、歌」三部之間的關係，漢語音韻學論文集，華東師範大學出版社，1996，9。

孫玉文，上古漢語侵部字向中古漢語通攝轉化舉例，語苑擷英——慶祝唐作藩先生七十壽辰學術論文集，北京語言文化大學出版社，1998，1。

孫玉文，李賢《後漢書音注》的音系研究（上），湖北大學學報，1993，5。

孫玉文，李賢《後漢書音注》的音系研究（下），湖北大學報，1993，6。

邵榮芬，古韻魚侯兩部在後漢時期的演變，中國語文，1982，6。

邵榮芬，古韻魚侯兩部在前漢時期的分合，中國語言學報，1983，1。

沈兼士，右文說在訓詁學上之沿革及其推闡，沈兼士學術論文集，中華書局，1986，12。

T

譚德興，史論先秦時期的「南音北傳」，貴州大學學報，2004，2。

田恒金，東漢時期漢語音系特徵考釋，南開語言學刊第三期，南開大學文學院，南開大學漢語文化學院，南開大學外國語學院編，天津：南開大學出版社，2004，4。

田明，秦漢時期「風」字韻尾的演變，古漢語研究論文集（二），北京出版社，1984。

W

溫端政，《方言》和晉語研究，方言，1998，4。

吳安其，上古漢語的韻尾和聲調的起源，民族語文，2001，2。

吳慶峰，古書中的七字韻語，古漢語研究，1996，2。

汪業全，東漢語音規範化略考，南京社會科學，2004，4。

汪業全，東漢正音略考，懷化學院學報，2004，1。

汪啓明，古合韻評議，漢語史研究集刊第二輯，四川大學漢語史研究所編，成都：巴蜀書社，2000，10。

汪啓明，《六書音均表‧四》合韻字研究，楚雄師專學報，1987，2。

汪啓明，《陳宋淮楚歌寒對轉考》補訂，漢語史研究集刊（一），巴蜀書社，1998，。

汪少華，從《周秦漢晉方言研究史》看漢語史研究方法，語言研究，2003，4。

汪鋒，去聲源於＊-s 尾假說之再檢討，北大音韻學沙龍宣讀，2006。

王傳德，陶韻考：兼與王力先生所分魏晉南北朝韻部比較，山東大學學報，1996，2。

王玨，見係、照係互諧與上古漢語方言分區，華東師範大學學報，2000，4。

王福霞，《王力文集‧漢語詩律學》詩例質疑，語文學刊，2004，1。

王麗，何遜詩用韻概況，重慶科技學院學報，社會科學版，2005，1。

王小盾，中國韻文的傳播方式及其體制變遷，中國社會科學，1996，1。

王智群，二十年來顏師古《漢書注》研究綜述，古籍研究整理學刊，2003，4。

王健庵，詩經用韻的兩大方言韻係，中國語文，1992，3。

王越，魏晉南北朝「支」「脂」「之」三部及「東」「中」二部之演變，東方雜誌 31 卷，1933。

王力，南北朝詩人用韻考，清華學報 11 卷，1936，3。

王力，上古韻母系統研究，龍蟲並雕齋文集（第一冊），北京：中華書局，1980。

王恩保，吳淑《事類賦》用韻研究，古漢語研究，1997，3。

王靜如，論開合口，燕京學報第二十九期，1941。

王靜如，論古漢語之齶介音，燕京學報第三十五期，1948。

王靜如，跋高本漢的上古中國音當中幾個問題並論冬蒸兩部，國立中央研究院歷史語言研究所集刊，商務印書館，中華民國二十四年十月初版第一本第三分。

王靜如，「周秦韻部與兩漢韻部的異同」論文討論，語言研究通訊，1957，第十期。

王春淑，范曄《後漢書》序論贊評析，四川師範大學學報，1998，10。

王柯，《三國志》標點拾誤（上），古籍整理研究學刊，1998，3。

王柯，《三國志》標點拾誤（下），古籍整理研究學刊，1998，4。

王魁偉，《晉書》語料年代，中古近代漢語研究第四輯，浙江大學漢語史研究中心，上海：上海教育出版社，2000，6。

王顯，《詩經》的韻例，音韻學研究第一輯，中國音韻學研究會編，中華書局出版，1984，3。

王顯，古韻陽部到漢代所起的變化，音韻學研究第一輯，中國音韻學研究會編，中華書局出版，1984。

王開揚，從術語學論「韻」和「韻部」的定義，古漢語研究，2004，2。

X

許寶華，論入聲，音韻學研究第一輯，中國音韻學研究會，中華書局，1984，3。

許紹早，《詩經》時代的聲調，語言研究，1994，1。

許世瑛，江有誥老子韻讀商榷，中國留日同學會，1943，3。

謝紀鋒，從《說文》讀若看古音四聲，羅常培紀念論文集，商務印書館，1984，3。

謝榮娥，上古楚語研究述評，溫州師範學院學報，1988，2。

向熹，論《詩經》語言的性質，中國韻文學刊湘潭，1998，1。

薛才德，在古音類的基礎上用定量分析法區劃漢語方言，思想戰線，1994，5。

薛才德，「漢語上聲源於某韻尾」說質疑，雲南民族學院學報，2003，2。

夏中易，押韻還是押調——《入聲論》之四，成都大學學報，1994，3。

徐青，魏晉詩人對詩律的探索，湖南師專學報，1994，1。

徐凌，先秦文獻在漢語語音研究中的共時與歷時性價值述評，和田師範高等專科學校學報，2004，4。

徐家齊，三百篇用韻之研究，國學叢刊（東南），1925，4。

熊江平，杜牧詩韻考，青海師範大學學報，1994，1。

辛世彪，揚雄《方言》中所見的兩項重要音變，暨南大學研究生學報，1998，1。

Y

嚴學窘，周秦古音結構體系（稿），音韻學研究第一輯，中國音韻學研究會編，中華書局出版，1984，3。

嚴學窘，論《說文》諧聲陰入互諧現象，音韻學研究第三輯，中國音韻學研究會編，中華書局出版，1994。

尹戴忠，高啓詩歌用韻研究，婁底師專學報，2000，1。

遊尚功，李賢《後漢書》注聲類考，貴州教育學院學報，1994，2。

沅君，楚辭韻例，北京大學研究所國學門月刊 1 卷，1926，2。

喻遂生，《老子》用韻研究，西南師範大學學報，1995，1。

喻遂生，兩周金文韻文和先秦楚音，西南師大學報，1993，2。

喻世長，用諧聲關係擬測上古聲母系統，音韻學研究，1980 年第 1 輯，中華書局。

余心樂，漢語詩歌韻部的演變，江西師院學報，1978，1。

余嘉錫，太史公書亡篇考，余嘉錫論學雜注，中華書局，1963。

余謇，古合韻辨，廈大學報，民國二十年十二月。

袁傳璋，太史公「二十歲前在故鄉耕讀說」商榷，古典文學與文獻論集，合肥：安徽人民出版社，2001。

楊端志，周易古經韻考韻讀，山東大學學報，1994，3。

虞萬里，《三國志》裴注引書新考，溫州師範學院學報，1994，4。

虞萬里，三禮漢讀、異文及其古音系統，語言研究，1996，2。

虞萬里，從古方音看歌支的關係及其演變，音韻學研究第三輯，中國音韻學研究會編，中華書局出版，1994。

俞敏，後漢二國梵漢對音譜，俞敏語言學論文集，商務印書館，1999。

俞允海，韻轉研究，湖州師範學院學報，1995，1。

Z

鄭張尚芳，漢語上古音系表解，《語言》4 卷，首都師範大學出版社，2003。

鄭張尚芳，上古音構擬小議，《語言學論叢》14 輯，商務印書館，1984。

鄭張尚芳，上古韻母系統和四等、介音、聲調的發源問題，溫州師院學報 4 期，中國人民大學複印報刊資料・語言文字學轉載，1988，1。

鄭張尚芳，Decipherment of Yue-Ren-Ge《越人歌的解讀》，《東方語言學報》（CLAO）20 卷 2 期，巴黎；孫琳、石鋒譯文見《語言研究論叢》第 7 輯，語文出版社，1997。

鄭張尚芳，漢語聲調平仄分與上聲去聲的起源，語言研究（增刊），1994。

鄭張尚芳，上古音研究十年回顧與展望（一），古漢語研究，1998，4。

鄭張尚芳，上古音研究十年回顧與展望（二），古漢語研究，1999，1。

鄭張尚芳，漢語方言聲韻調異常語音現象的歷史解釋，語言（第二卷），劉利民、周建設主編，首都師範大學出版社，2001。

鄭張尚芳，上古脂質眞三部 i 元音對見係聲母的齶化及其連鎖反應，石家莊：中國音韻學研究會第 12 屆研討會，2002，8。

鄭張尚芳，中古音的分期與擬音問題，中國音韻學研究會第十一屆學術討論會、漢語音韻學第六屆國際學術研討會論文集，香港文化教育出版社有限公司，2000。

鄭林嘯，音韻學中統計法的比較，語言研究，2004，3。

周祖謨，古音有無上去二聲辨，音韻學研究第一輯，中國音韻學研究會編，中華書局出版，1984，3。

周祖謨，漢代竹書和帛書中的通假字與古音的考訂，音韻學研究第一輯，中國音韻學研究會編，中華書局出版，1984，3。

周祖謨，研究漢代詩文韻讀之方法，北平：經世日報，1946，11。

周祖謨，魏晉宋時期詩文韻部的演變，中國語言學報，1983，1。

周守晉，漢語歷史音韻研究之辨僞與求眞，古漢語研究，2005，2。

周流溪，上古漢語的聲調和韻係新擬，語言研究，2000，4。

周流溪，上古漢語音系新論，古漢語研究，2001，2。

周錫䪖，中國詩歌押韻的起源，中國社會科學，1998，4。

周長楫，《詩經》通韻合韻說疑釋，廈門大學學報，1994，3。

周法高，切韻魚虞之音讀及其流變，《國立中央研究院歷史語言研究所集刊》第十三

本，（臺灣）商務印書館發行，中華民國三十七年出版，1948。

周法高，論上古音和切韻音，香港中文大學《中國文化研究所學報》，第三卷，第二期。

周法高，論切韻音，香港中文大學《中國文化研究所學報》第一卷，1968。

周法高，論上古音，香港中文大學《中國文化研究所學報》第二卷，1969。

祝注先，兩漢時代少數民族的詩歌，民族文學研究，1995，2。

祝敏徹，《釋名》聲訓與漢代音系，人大資料複印中心・語言文字學 1988，3。

曾少波，曾鞏律詩用韻考，撫州師專學報，2003，12。

曾運乾，喻母古讀考，東北大學季刊，第 2 期，1927 年。

朱星，《史記》的語言研究，人大資料複印中心・語言文字學，1982，7。

朱正義，《史記》與漢代語言及關中方言，人大資料複印・語言文字學，1993，11。

朱承平，先秦兩漢散句韻語中的句首韻，江西社會科學，1997，9。

朱承平，先秦漢魏散句韻字的句尾間隔，暨南學報，1998，1。

竺家寧，臺灣四十年來的音韻學研究，中國語文，1993，1。

張敏文，《三國志》整理研究資料簡編，文教資料，1996，4。

張渭毅，魏晉至元代重紐的南北區別和標準音的轉變，語言學論叢（第二十七輯），商務印書館，2003，4。

張鴻魁，王梵志詩用韻研究，兩漢漢語研究，山東教育出版社，1994，7。

張鴻魁，從《說文》「讀若」看古韻魚侯兩部在東漢的演變，兩漢漢語研究，山東教育出版社，1994，7。

張桂權，聲調問題瑣談，桂林市教育學院學報，1999，2。

張民權，鄭庠、項安世《詩經》古韻分部考，語言研究，2003，6。

張興亞，略說去聲，華中師範大學學報，2000，2。

張竹梅，孔廣森「真文不分」芻議，江蘇大學學報，2005，1。

張紹成，四聲定位與圈讀，文史雜誌，2004，2。

張光宇，漢語語音史中的雙線發展，中國語文，2004，6。

張維思，周秦西漢歌戈麻本音新考，說文月刊 5 卷，1944。

張琨，張琨談漢藏係語言和漢語史的研究，語言學論叢（第 13 輯），北京：商務印書館，1984。

趙振鐸，論先秦兩漢漢語，古漢語研究，1994，3。

趙振鐸、黃峰，《方言》裏的秦晉隴冀梁益方言，四川大學學報，1998，3。